大学文科基本用书·文学
DAXUE WENKE JIBEN YONGSHU · WENXUE

《诗经》与楚辞

(第二版)

褚斌杰 主编

图书在版编目(CIP)数据

《诗经》与楚辞/褚斌杰主编. —2 版. —北京:北京大学出版社,2012.9
(大学文科基本用书·文学)
ISBN 978-7-301-21157-1

Ⅰ.①诗… Ⅱ.①褚… Ⅲ.①《诗经》—诗歌研究—高等学校—教材 ②楚辞研究—高等学校—教材 Ⅳ.①I207.22

中国版本图书馆 CIP 数据核字(2012)第 208140 号

书　　名	《诗经》与楚辞(第二版)
	《SHIJING》YU CHUCI（DI-ER BAN）
著作责任者	褚斌杰　主编
责任编辑	徐丹丽
标准书号	ISBN 978-7-301-21157-1
出版发行	北京大学出版社
地　　址	北京市海淀区成府路 205 号　100871
网　　址	http://www.pup.cn　新浪微博:@北京大学出版社
电子邮箱	编辑部 wsz@pup.cn　总编室 zpup@pup.cn
电　　话	邮购部 010-62752015　发行部 010-62750672
	编辑部 010-62752022
印　刷　者	北京虎彩文化传播有限公司
经　销　者	新华书店
	965 毫米 × 1300 毫米　16 开本　15.75 印张　235 千字
	2002 年 11 月第 1 版
	2012 年 9 月第 2 版　2025 年 1 月第 7 次印刷
定　　价	45.00 元

未经许可,不得以任何方式复制或抄袭本书之部分或全部内容。
版权所有,侵权必究
举报电话:010-62752024　电子邮箱:fd@pup.cn
图书如有印装质量问题,请与出版部联系,电话:010-62756370

目 录

绪　论——简叙"风""骚"传统 ………………………………（1）

上编　《诗经》

第一章　《诗经》的编集、流传 ……………………………（15）
　　第一节　《诗经》的编集 ………………………………（15）
　　第二节　《诗经》的流传 ………………………………（20）
第二章　《诗经》的分类 ……………………………………（27）
　　第一节　《诗经》编集的音乐分类 ……………………（27）
　　第二节　汉儒解诗的内容分类 …………………………（32）
　　第三节　《诗经》研究的重新分类 ……………………（34）
第三章　周民族史诗 …………………………………………（36）
　　第一节　周民族史诗的认定 ……………………………（36）
　　第二节　周民族史诗的多重价值 ………………………（39）
第四章　农事诗 ………………………………………………（43）
　　第一节　农事诗的含义及研究动态 ……………………（43）
　　第二节　农业祭祀诗 ……………………………………（44）
　　第三节　农业生活诗 ……………………………………（46）
第五章　燕飨诗 ………………………………………………（52）
　　第一节　燕飨诗的发生、分类及政教功能 ……………（52）
　　第二节　关于燕飨诗的研究 ……………………………（54）
第六章　战争徭役诗 …………………………………………（59）
　　第一节　《诗经》的战争诗 ……………………………（60）

第二节 《诗经》的徭役诗 …………………………………… (65)

第七章 卿士大夫政治美刺诗 ………………………………… (68)
第一节 政治颂美诗 …………………………………………… (68)
第二节 讽喻怨刺诗 …………………………………………… (72)

第八章 婚姻诗与爱情诗 ……………………………………… (79)
第一节 爱情诗 ………………………………………………… (79)
第二节 婚嫁诗 ………………………………………………… (86)
第三节 弃妇诗 ………………………………………………… (90)
第四节 其他诗篇 ……………………………………………… (94)

第九章 《诗经》的文化精神 …………………………………… (97)
第一节 植根于农业生产的乡土情蕴 ………………………… (97)
第二节 浓厚的宗族伦理情味和宗国情感 …………………… (101)
第三节 以人为本的人文精神 ………………………………… (104)
第四节 现实主义的创作态度 ………………………………… (107)

第十章 《诗经》的艺术形态 …………………………………… (112)
第一节 《诗经》在中国文学史上的创作论意义 ……………… (112)
第二节 《诗经》标志着中国抒情诗艺术逐渐发展成熟 …… (118)
第三节 《诗经》的艺术创作和周文化精神 …………………… (127)
第四节 《诗经》的语言艺术特征 ……………………………… (133)

第十一章 《诗经》的历史地位和影响 ………………………… (140)
第一节 《诗经》奠定了中国诗歌艺术创作的民族
　　　　文化传统 …………………………………………… (142)
第二节 《诗经》确立了中国诗歌创作和批评的
　　　　艺术原则 …………………………………………… (143)
第三节 《诗经》奠定了中国诗歌语言形式的基础 …………… (145)

下编　楚　辞

第一章 "楚辞"的文体、传播与结集 ………………………… (149)
第一节 "楚辞"文体的来源和特点 …………………………… (149)
第二节 "楚辞"的传播与结集 ………………………………… (156)

第二章　诗人屈原的时代与生平 …………………………（162）
第三章　宏伟壮丽的政治抒情诗——《离骚》……………（170）
　　第一节　《离骚》释义与写作时期 ………………………（170）
　　第二节　《离骚》的"忠怨"之情与爱国精神 ……………（171）
　　第三节　《离骚》的美学内涵与艺术世界 ………………（176）

第四章　情理兼备的长篇咏史诗——《天问》……………（185）
　　第一节　《天问》释义与主旨 ………………………………（185）
　　第二节　《天问》的内容与结构层次 ………………………（188）
　　第三节　《天问》的独特形式与文学价值 …………………（196）

第五章　屈原的短篇抒情诗——《九章》…………………（201）
　　第一节　《九章》概述 ………………………………………（201）
　　第二节　《九章》作品研读 …………………………………（207）
　　　　《橘颂》………………………………………………（207）
　　　　《哀郢》………………………………………………（210）
　　　　《涉江》………………………………………………（214）

第六章　具有神话色彩和爱国内容的组诗——《九歌》…（218）
　　第一节　《九歌》概述 ………………………………………（218）
　　第二节　《九歌》作品研读 …………………………………（222）
　　　　《东皇太一》…………………………………………（222）
　　　　《东君》………………………………………………（226）
　　　　《少司命》……………………………………………（230）
　　　　《河伯》………………………………………………（233）
　　　　《湘君》《湘夫人》……………………………………（235）
　　　　《山鬼》………………………………………………（241）
　　　　《国殇》………………………………………………（244）
　　　　《礼魂》………………………………………………（246）

后　记 ……………………………………………………………（248）

绪 论
——简叙"风""骚"传统

中国文学历史悠久,并有着独具特色的民族形式、美学理想和发展道路。诗歌,是中国文学中产生最早的艺术形式之一,也是中国文学中得到最为充分发展的体裁。《诗经》是最早的一部诗歌总集,它收录了自西周初年至春秋中叶(约公元前11世纪至公元前6世纪)近五百年间305篇作品。紧接着,在南方楚地又"奇文郁起"(刘勰语),出现了伟大诗人屈原及其所创造的一种新诗体"楚辞"。它们分别是先秦时期北方中原文化和南方楚文化的辉煌结晶,各以其不同的思想、卓越的艺术成就和鲜明的特色,成为我国古典诗歌的两大典范、两面旗帜。故中国文学史上往往将"风""骚"并称,"风"指《国风》,代表《诗经》;"骚",指《离骚》,代表《楚辞》。后世诗人,一般说来,或主要接受了《诗经》的影响,或主要接受了《楚辞》的影响,使诗歌创作沿着《诗经》《楚辞》所开辟的两条道路不断前进。因此而发展、形成的我国诗歌的两种不同的优良传统,习惯上,就称为"诗""骚"传统,亦称为"风""骚"传统。

一

所谓"风"诗传统,是现实主义精神的世代相传。

我们知道,现实主义的基本原则,是按照生活的实际样式再现生活,并通过对生活真实的、具体的、形象的描写,表达作者的思想情感,反映社会生活的本质或本质的某些方面。这种现实主义文学创作是在进步作家长期的实践过程中逐步提高、逐步成熟的。在我国诗歌领域，它萌芽极早，源远流长。例如，相传作于黄帝时代的《弹歌》是一首比较原始的猎歌。它描写了原始人"断竹，续竹，飞土，逐宍"的狩猎活动，流露着原始人学会制造、使用弹弓的喜悦、自豪感以及渴望获取猎物的迫切心情，重演的正是原始渔猎时代人们劳动生活的片段。可以说，这篇作品已经显示了用诗歌描写现实的意向，是现实主义精神的萌芽。这一萌芽，随着社会的推移渐渐茁壮，到周代，蔚为大观。产生于西周初年至春秋中叶的《诗经》，就是耸立于我国现实主义诗歌创作道路上的第一座光耀千古的里程碑。

《诗经》富有现实主义精神的作品，首推《国风》中的两周民歌，其次是《小雅》《大雅》中的文人讽喻诗。它们在内容上的主要特征是正视现实，描写现实，揭露现实，批判现实。《国风》民歌，"男女有所怨恨，相从而歌。饥者歌其食，劳者歌其事"，从社会生活的各个角度，广泛、深刻地展现了周代人民惨遭剥削、压迫的实际处境，抒发了他们对不合理社会现实的怨恨和对美好幸福生活的憧憬。例如《豳风·七月》是一首农事诗，它详尽描述了农奴们一年四季的繁重劳动和"无衣无褐""采荼薪樗"的苦难遭遇。从中，我们能够清楚地看到当时社会的阶级关系，为后人形象地概括出了一幅周代被压迫人民悲惨生活的图景。《魏风·伐檀》是伐木者的诗。他愤愤不平地咏叹着伐木制车的沉重劳作，并尖锐质问那班不劳而获的贵族们"不稼不穑，胡取禾三百廛兮？"表达了作者反对剥削、反抗压迫的态度和心声。又如《邶风·击鼓》是士兵的诗，《唐风·鸨羽》是行役者的诗，它们控诉了战争、徭役加给人民的灾难和痛苦：田地荒芜，家庭离散，父母无人奉养……又如《邶风·谷风》《卫风·氓》等弃妇诗，揭露出古代社会夫权礼教的罪恶、妇女地位的低下和命运的悲惨。它如《陈风·株林》《邶风·新台》《鄘风·墙有茨》《齐风·南山》等讽刺性民歌，则揭露出统治阶级种种男盗女娼的行为和极其腐朽肮脏的灵魂。至于《郑风·溱洧》《秦风·蒹葭》《王风·采葛》《郑风·出其东门》等爱情民歌，反映的则是劳动人民健康、真挚、热烈的爱情生活和高尚、纯洁、坚贞的品操；而像《鄘风·柏舟》，反映的则是青年男女对婚姻自主的追求，对礼教束缚的抗争。……《国风》民歌就是这样多方面地,真实、具体地再现了当时的社会面貌和人民的真情实感。它们集中体现了《诗经》的现实主义精神。在《诗经》中,与民歌面向现实、描写现实的创作方向基本一致的还有收于二《雅》里面的文人政治讽喻诗。例如《大雅·桑柔》《瞻卬》《民劳》,《小雅·正月》《十月之交》《北山》,等等,悯时伤乱、暴露、鞭挞了西周后期政治黑暗、民生凋敝、外族入侵、天灾人祸蜂出并作的社会状况,表现了诗人敢于用诗歌干预政治、针砭时局、讥刺朝廷、忧国忧民的积极态度和进步思想。这类诗,也都是具有强烈现实性的优秀篇章。所以,后人又每每"风雅"并称。后世推重的所谓"风雅",实际指的就是《诗经》中以民歌和文人讽喻诗为代表的现实主义诗歌作品。

  《诗经》,特别是《国风》民歌,在创作实践中创造出了一套与它的现实主义思想内容相适应的现实主义表现艺术。主要特征是:善于用朴素的文风、简洁的语言、巧妙的比兴,塑造出真实、自然而生动的形象,描绘出亲切感人的生活画面,来抒发情怀、反映现实。例如《王风·君子于役》写一位山村劳动妇女怀念她久役不归的丈夫;在苍茫的暮色中,女主人倚门伫望,但见太阳落山了,牛羊回圈了,鸡儿归巢了,家家户户该团聚了,然而自己的亲人却不见回来,一阵孤寂之感、思念之情顿时涌上心头,她默默地呼唤丈夫,"君子于役,如之何勿思?"深深地忧心丈夫,"君子于役,苟无饥渴?"这一生活画面被作者写得朴素简净、情景交融、感人至深,很自然地令人想起当时徭役沉重、野有征夫、家有怨女的社会现实,激起人们对主人公的同情,对统治者的愤恨。又如《小雅·采薇》也是一首抒情写实的佳作。其最后一章抒情、状景、叙事融为一体,把一个征战将归的士兵哀伤时光流驰、路途艰难的思绪表现得深长真切,使人味之无极,闻之动心,强烈地感受到战争带给人民的痛苦。关于《诗经》表现艺术的基本特征,尤须注意的是它的比兴手法。"兴者,先言他物以引起所咏之辞","比者,以彼物比此物",这是《诗经》比兴的一般意义。其中,它也有一个重要特点,即《诗经》的比兴常常与作品所要讽刺和揭露的对象、事件有密切的关联。例如《邶风·北风》是一首讽刺卫国暴虐之政,劝说朋友相携而去的诗:

北风其凉,雨雪其雾。惠而好我,携手同行。其虚其邪,既亟只且!……

这首诗,如果仅从字面上看,它并没有提到卫国的苛政,而它所以能让人明白它的锋芒所向,主要靠着北风的比喻,启发人从寒冷的风雪联想到残暴的统治。所以,唐代大诗人白居易在《与元九书》中针对梁陈之间"嘲风雪,弄花草"却无关现实的靡丽诗风,说:"噫!风雪花草之物,《三百篇》中岂舍之乎?顾所用何如耳。设如'北风其凉',假风以刺威虐也;'雨雪霏霏',因雪以愍征役也……皆兴发于此而义归于彼。反是者,可乎哉!"这一说法,大体上是符合《诗经》实际的。比兴,确是《诗经》现实主义创作的重要手段之一。因其如此,后人即也爱用"比兴"一词代表《诗经》的现实主义特色,所谓"风雅比兴外,未尝著空文"(白居易《读张籍古乐府》)。

《诗经》思想内容、艺术形式方面的上述主要特征,也就是我国现实主义诗歌传统的主要特征。从《诗经》开始,我国的诗歌天地里就奔流出一条现实主义的滔滔长河。

历史上直接继承、发展《诗经》优良传统的是两汉乐府民歌。"感于哀乐,缘事而发"的汉民歌与"饥者歌其食,劳者歌其事"的周民歌一脉相通,描写了社会上的各种矛盾、各种现象,是反映汉代社会生活的一面镜子。汉乐府民歌对于现实主义诗歌艺术的重大贡献,是它在《诗经》创作的基础上,更发展了以叙事为主的创作特色,将叙事诗艺术提高到一个新的趋于成熟的阶段,从而大大扩张了诗歌反映现实、描写现实的能力和容量。如用五言写作的长篇叙事诗《孔雀东南飞》,被后人誉为"古今第一首长诗"。汉乐府民歌高度的思想性、艺术性,使之成为我国现实主义诗歌道路上的第二座里程碑。

降及建安、曹魏时代,在《诗经》和汉乐府民歌的影响下,我国文人诗出现了第一次现实主义创作热潮。诗人或借乐府古题,或采用新兴的五言形式,描叙时事、倾吐怀抱,反映了丰富的社会生活,尤其是深刻揭露了汉末极度动乱的现实,抒发、表现了一种渴望建功立业,"流惠下民"的慷慨昂扬的时代精神,做到了作品充实的思想内容与生动的艺术形式的有机统一。这一时期的诗歌成就,被后代倡导现实主义的作家精辟地概括为:"汉魏风骨""建安风骨"或"建安风力"。所谓"风骨""风力",称道赞许的就是汉魏建安诗歌面对现实、"雅好慷慨"、文质彬彬的创作特色。两晋六朝,坚持、发扬"风"诗传统的主要是北朝民歌。北朝民歌现存六十多首,数量虽不多,却内容深厚、相当全面地反映了北朝两百多年的社会情况,战斗性较强,酷似汉乐府民歌,在艺术上也有独创性。但这一时期,总的说来,由于统治集团扶植形式主义诗风,现实主义的诗歌创作在文人手中转入低潮。此等情况,正如唐人陈子昂所批判的:"文章道弊五百年矣,汉魏风骨,晋宋莫传。""齐梁间诗,彩丽竞繁,而兴寄都绝。"(《与东方左史虬修竹篇序》)也正是因为唐代有很多诗人都能像陈子昂那样自觉地继承"风雅比兴",现实主义创作又逐渐繁荣,并且产生了杜甫、白居易这样伟大的现实主义诗人。

杜甫的文学生涯是和他所生活的时代,特别是安史之乱前后二十年间那"万方多难"的岁月息息相关的。他的诗具有丰富的社会内容、强烈的政治倾向、崇高的爱国爱民精神,在文学史上素有"诗史"之称。杜甫使我国现实主义诗歌创作达到了一个新的高峰。后于杜甫的白居易则以大力提倡和写作"惟歌生民病""但伤民病痛"的"新题乐府"诗而知名当世,流誉千古。他和他的几位志同道合的诗友元稹、张籍、王建、李绅所掀起、进行的"新乐府运动",是我国历史上第一次有理论、有实践的现实主义诗歌运动。

自宋以下,历代也都出现了一些优秀的现实主义诗人和优秀的现实主义作品。比较突出的,例如,宋初自称"本与乐天为后进,敢期子美是前身",慨叹"可怜诗道日已替,风骚委地何人收"的王禹偁,是宋代最早推崇杜甫、白居易,并写出了不少揭露当时阶级矛盾的诗篇的著名作家。金元之际的元好问则于金亡前后,沉痛描绘了"高原水出山河改,战地风来草木腥""红粉哭随回鹘马,为谁一步一回头"这种国破家亡、生灵涂炭的悲惨现实。不过,元明清三代,代表我国现实主义文学成就的已主要不是诗歌而是戏剧和小说。元人关汉卿的杂剧是古代戏剧文学反映现实的杰出表率。清人曹雪芹的《红楼梦》则是一部无与伦比的伟大著作,标志着我国古典现实主义文学经过长期的发展,终于登上了它的"泰山极顶"。

二

历史上和现实主义相映生辉的另一主要的文学潮流是浪漫主义。

我国浪漫主义文学的源泉是上古神话。神话以它奇妙的幻想,启发着后代作家的艺术想象力。并以它许多精彩动人的故事,为文学创作提供了丰富的题材。先秦时代,受神话影响最深,走上浪漫主义创作道路的,于散文方面是庄子,于诗歌方面是屈原。

庄子散文是"谬悠之说,荒唐之言,无端崖之辞",充满了虚妄的故事,如写蜗牛左角上的触氏与右角上的蛮氏之间的"伏尸数万"的战争;奇幻的情景,如北冥鲲鹏"怒而飞,其翼若垂天之云"。在他的笔下,蝉和斑鸠、蛤蟆和甲鱼、蛇和风、栎树和铜铁……一切生物和无生物都在谈笑风生、论难说理,浪漫主义色彩十分浓厚。但是,庄子的浪漫主义是为他的虚无主义、悲观厌世的人生观服务的,"使人逃避现实,徒然堕入自己内心世界的深渊,堕入'不祥的人生之谜'"(高尔基《谈谈我怎样学习写作》),因此,我们说庄子的这种浪漫主义是消极的浪漫主义。

和消极浪漫主义相反,积极浪漫主义则"力图加强人的生活意志,在他心中唤起他对现实和现实的一切压迫的反抗"(同上引)。在我国文学史上,稍迟于庄子的屈原正是这种积极浪漫主义的伟大诗人,他的不朽之作《离骚》"逸响伟辞,卓绝一世。……其言甚长,其思甚幻,其文甚丽,其旨甚明,凭心而言,不遵矩度。……其影响于后来之文章,乃甚或在三百篇以上"(鲁迅《汉文学史纲要》),奠定了我国古典诗歌积极浪漫主义的优良传统,所谓屈"骚"传统。

诗人屈原及其所创造的"楚辞"体作品的出现,在中国文学史上是具有划时代意义的。在屈原的《楚辞》出现以前,中国诗歌,如前所述之《诗经》,还基本上属于群众性口头创作的民歌作品,一般说来,它们内容较为单纯,句式和篇幅也比较短小,特别由于是口耳相传的集体创作,因而还缺少全面反映诗人思想感情和个性之作。《诗经》中也有许多优美动人的作品,不能说那些作品没有作者的个性的闪耀,然而像屈原这样用他的理想、遭遇、痛苦、热情以至整个生命在他的作品上打上了异常鲜明的个性的烙印的,却还没有。(何其芳《屈原和我们》)屈原出现以后,中国文学史上才出现了伟大诗人的名字,出现了集中反映诗人全部思想感情、人格和个性的诗篇。不仅如此,诗人屈原的出现,还给诗坛带来了有别于《诗经》的另一种被称为"骚型"艺术的创作方法,即充满激情和幻想的积极浪漫主义。

表现进步理想,孜孜不倦地追求进步理想是屈原长篇抒情诗《离骚》的主旋律,也是《离骚》积极浪漫主义的首要特征。什么是诗人的理想呢?诗人的理想就是要在七国纷争的历史关头,把自己的祖国——楚国推上繁荣富强的道路。为此,他针对楚国政治的弊端,提出了"举贤授能"、修明法度的"美政"。这表明了诗人反对当时世卿世禄的贵族制度,主张不分贵贱,唯才是举,表明了诗人痛恨楚国贵族营私舞弊、"康娱自纵""背绳墨以追曲"的腐朽风气,主张整顿朝纲,清明政治。毫无疑问,诗人富强祖国的理想和措施,在战国后期,事关楚国存亡,符合楚国人民的利益和愿望,具有历史的进步性。但是,楚国宫廷的黑暗,统治者的昏庸,却使诗人的理想、抱负不仅不能施展,而且招致了残酷的打击和迫害。才气纵横、感情起伏的《离骚》就是立足于诗人理想破灭、身遭流放的现实生活,以丰富的幻想、炽烈的情感,描写诗人对上述进步理想的追求、坚持和献身,以及诗人对现实世界的反抗。全诗前一部分是诗人对自己大半生斗争历史的回溯,主要描述了诗人当年的雄心壮志和在奸人群小的诬陷下壮志未酬的不幸遭遇。后一部分是诗人在神话世界中对未来前途的探索,主要描述了诗人救国无门的苦闷和对自己祖国执着不舍的热爱和眷恋。这种内容的描写虽然披着奇幻的外衣,但正如鲁迅所说"其旨甚明",仍然真实地反映了楚国的黑暗现实,能够唤起人们对丑恶现实的愤恨和反抗,鼓舞人们为实现美好理想去努力奋斗。这,正是《离骚》积极浪漫主义的本质所在。

采用丰富的神话素材,通过自由的幻想,构成奇特的情节、境界,是《离骚》浪漫主义表现方法的一个重要特征。这首诗从"济沅湘以南征兮,就重华而陈词"以后,尽情刻画了诗人上天下地,神游天国的活动,字里行间出现了一系列众多的神话人物和神域,还出现了众多的灵异事物,所有这些又都一齐围绕着诗人的行止旋转,以诗人为中心组织出了一幅"路曼曼其修远兮,吾将上下而求索"的壮阔画面。其中,最能表现诗人在不断探索中,虽屡遭失败,仍坚持不懈的生动情节,是四次求女,即一求"高丘"之神女,二求洛水之宓妃,三求有娀之佚女,四求有虞之二姚,十分深刻地反映了诗人内心世界希望和失望的回旋反复,以及他周围环境的冰冷。又如诗中最后一段写诗人在浩浩荡荡的仪仗队伍的前呼后拥下,转道昆仑,行经流沙,指向西海,奏九歌而舞韶乐时,突然驻足楚国上空不忍离去,则极为动人地表现了诗人高尚的爱国思想,爱国情操。要之,《离骚》一诗中诗人对理想的孜孜以求的精神和对祖国的热爱之情,之所以给人难忘的印象正是得力于诗人的这种浪漫主义的构思,即鲁迅先生所说的"其思甚幻"。

《离骚》浪漫主义表现方法的另一重要特征,是善于利用、发展民歌的比兴手法,来象征他与楚国黑暗势力的斗争是真善美与假恶丑的斗争。这一特征在全诗的前一部分尤其突出。前一部分,向来被人视为实写,但它与后一部分幻想式的写法依然是和谐的,依然富有浪漫色彩及浪漫情调。例如全诗开头,诗人用寥寥几句说完家世接着表白自己的品德、才干、抱负时,他并不直陈其事,而是用一连串的比喻象征其事,如用"朝搴阰之木兰兮,夕揽洲之宿莽"象征他对德才的磨炼、用"惟草木之零落兮,恐美人之迟暮"象征他渴望进取,用"乘骐骥以驰骋兮,来吾导夫先路"象征他振兴楚国的理想,使诗人自己的形象开篇以后迅即具有了浪漫的气质。又如诗人写自己政治上遭受打击时,"制芰荷以为衣兮,集芙蓉以为裳",用自然界极清丽高洁的荷叶荷花,象征自己身居污浊之世而一尘不染的高贵品质。而对于那班"党人",诗人则给他们带上满腰恶草——"户服艾以盈要兮",装上一囊粪土——"苏粪壤以充帏兮",从而表现出诗人与"党人"的鲜明对立,并把这种对立升华为真善美与假恶丑的鲜明对立。需要指出的是,我们所以把《离骚》的"比兴"视为浪漫主义的表现手法,而把《诗经》的"比兴"视为现实主义的表现手法,是因为《诗经》民歌的"比兴"一般都是触景生情,是实写;而《离骚》的"比兴",都是虚构、想象之辞,是诗人用积极浪漫主义创作方法塑造人物、抒发情感的有机组成部分,也是诗人对传统"比兴"手法的重大发展。

《离骚》的上述特征,概括起来,就是在现实生活的基础上,以丰富的幻想和热情,表现作者对进步理想的执着追求。这种精神也强烈地反映在屈原其他作品中,如《九歌》《招魂》等都是闪耀着浪漫主义奇光异彩的名篇。以屈原作品为主体的《楚辞》,实际也就是一部浪漫主义的诗歌总集。

纵观《楚辞》以后中国古代诗歌的发展,由屈原点燃的积极浪漫主义的火炬也在一代一代往下传,形成了和"风"诗传统面貌不同的另一大文学潮流。汉代,继承屈"骚"精神的杰出人物是辞赋家贾谊。他的几篇"骚体诗""骚体赋",如《吊屈原赋》《鹏鸟赋》"俱有凿空乱道意。骚人情境,于斯犹见"(刘熙载《艺概》)。汉末建安时代的曹植,其诗风与他父亲曹操不同,浪漫主义倾向比较突出。他的诗歌作品《白马篇》《鰕䱇篇》及抒情体赋《洛神赋》就是这一倾向的结晶。所以,后人说曹子建之诗出于"骚"。曹魏正始时的阮籍有《咏怀诗》多首,这一组诗或用自然事物,或借神话游仙来隐约曲折地象征现实生活,"言在耳目之内,情寄八荒之表",显然深受《离骚》"比兴"的影响。两晋六朝时,对积极浪漫主义创作有所贡献的是左思、鲍照。其主要特征是以雄健豪放的诗风,表达反抗现实的内容。左思《咏史》八首,笔力矫健,情调高亢,借古讽今,揭露鞭挞了西晋腐朽的门阀制度,在文学史上被称为"左思风力"。鲍照《拟行路难》十八首,以奔放的七言杂体歌行,抒发了他对黑暗社会的悲愤不平之气。清人刘熙载说:"'孤蓬自振,惊沙坐飞',此鲍明远赋句也。若移以评明远之诗,颇复相似。"这种"孤蓬自振,惊沙坐飞"的品评,生动形容了鲍照浪漫主义的豪放气势。这一时期,除左思、鲍照外,北朝民歌《木兰诗》、南朝民歌《神弦曲》和传为蔡琰所作的《胡笳十八拍》都是影响很大的浪漫主义作品。

唐代,许多诗人都能自觉地继承这一传统,生活于盛唐时期的大诗人李白,"笔落惊风雨,诗成泣鬼神",创造性地继承发展了屈"骚"传统,以炽热强烈的个性、排山倒海的气势、神奇莫测的想象、龙吟虎啸的语言,抒发叛逆的思想情感,表现盛唐的社会生活,创作出了一大批内容、形式高度统一、高度完美的作品。这些作品扩大了浪漫主义的领域,丰富了浪漫主义的手法,标志着屈原开创的积极浪漫主义诗歌创作的新阶段、新高度,也使李白成了历史上继屈原之后崛起的又一伟大的浪漫主义诗人。中唐,能学习屈、李而又独树一帜的优秀诗人是李贺。

李贺在诗歌的形象、意境、比喻、辞藻上都乐于创新。他写得出"黑云压城城欲摧",想得出"荒沟古水光如刀",他还写得出"一泓海水杯中泻",想得出"天若有情天亦老",他甚至描绘出了"幽兰露,如啼眼。……油壁车,夕相待。冷翠烛,劳光彩。西陵下,风吹雨"这种荒诞迷离、艳丽凄清、幽灵出没的"苏小小墓",因而使屈"骚"浪漫主义传统中又多了一种奇崛幽峭的风格。与李贺同时代的诗人杜牧,就指出李贺诗"盖'骚'之苗裔"(《樊川文集》卷十《李贺集序》)清人李叔亦直称"长吉诗出于'骚'"(《昌谷集句解定本》)。两宋时期,屈"骚"传统盛于词坛。以苏东坡、辛弃疾为代表的所谓"豪放派",其实质即是"浪漫派"。苏词以旷达飘逸的风神见长,如"我欲乘风归去,又恐琼楼玉宇,高处不胜寒"。辛词则以雄奇博大的境界著称,如"举头西北浮云,倚天万里须长剑"。他们对古典浪漫主义都各有补益,各有建树。元、明、清三代,积极浪漫主义精神尤为小说家发扬光大。明人吴承恩《西游记》所幻想的神魔世界,交织着深厚的现实内容,表达了作者对当时政治的愤懑和他自己的社会理想。清人蒲松龄的《聊斋志异》则通过对花妖狐魅、阴曹地府的描写,寄托了作者的"孤愤",揭露了封建社会的罪恶。至于诗歌领域,明末陈子龙、夏完淳等抒写国破家亡的痛苦,凄楚激昂、悲壮淋漓,是继承屈"骚"精神的出色的爱国诗人。

以上我们简单概述了古代文学史上两种不同的优良传统——"风""骚"传统的特征和源流。其中,我们列举的那些分别归于现实主义和浪漫主义的作家,是就他们的主要创作倾向、主要艺术特征而言的。实际上,我国古代具有进步倾向的诗人几乎个个都接受了"风""骚"两方面的影响。他们往往既有浪漫之作,又有写实之作。在不少诗人的身上,浪漫主义和现实主义的特征都很鲜明、浓重,以致我们很难说他是属于前者还是属于后者。这些情况提醒我们,考察历史上的文学流派,务必坚持具体分析。即使对创作特征十分明显的作家,其作品也不能一概而论。

最后,我们想特别说明,"风""骚"传统虽然是历史上两种不同的传统,但它们也有共同的精神实质,即它们都是古代的进步作家坚持用文学批判现实、抒情言志的表现,都是我国古代进步的文学潮流。并且在漫长的古代文学的发展过程中,它们始终处于主导的地位,是中国古典文学遗产的精华,也是中国古典文学遗产的主体。因此,掌握"风""骚"传统的特征及其沿流,对于认识古代文学是十分重要的。

上 编

《诗经》

第十編

《結論》

第一章 《诗经》的编集、流传

第一节 《诗经》的编集

《诗经》是我国文学史上第一部诗集,它收录了自西周初期至春秋中叶间的305篇作品,大约在公元前6世纪中叶编写成书。《诗经》作品的创作年代由于时代久远,缺乏直证,难以篇篇确考,只能大略推断。从可考知的情况看,其中最早的作品是保存在《周颂》中被称为"大武乐歌"的六篇作品:《昊天有成命》《武》《酌》《桓》《赉》《般》[①],创作于西周初周公摄政制礼作乐之时。现在"夏商周断代工程"的专家们根据对武王伐纣时的天象研究做出最新的推断:公元前1044年1月9日,牧野之战,武王军队与商朝军队决战获胜,灭商建周。武王建周不久后去世,周公摄政七年,据此可推断,"大武乐歌"当作于公元前1040年前后。一说最早的作品为《商颂》,大约创作于公元前12世纪或更早。一般认为最晚的作品是《陈风·株林》,大约创作于公元前599年。其产生地域分布在中原各地区,创作主体包括从农奴平民到贵族的社会各个阶层。《诗经》代表了周代诗歌创作的最高水平。

《诗经》是经过有目的的搜集整理编成的。古代关于《诗经》的编集主要有献诗说、采诗说。

[①] 关于"大武乐歌"的说法较多,此处采王国维的说法,其说见《观堂集林·周大武乐章考》。

关于献诗说，先秦古籍中多有记载：

《国语·周语上》记载邵公谏厉王语说："故天子听政，使公卿至于列士献诗，瞽献曲，史献书，师箴，瞍赋，矇诵，百工谏，庶人传语，近臣尽规，亲戚补察，瞽史教诲，耆艾修之，而后王斟酌焉，是以事行而不悖。"

《左传·襄公十四年》载师旷语说："自王以下，各有父兄子弟，以补察其政。史为书，瞽为诗，工诵箴谏，大夫规诲，士传言，庶人谤，商旅于市，百工献艺。"

《国语·晋语六》载范文子语说："吾闻古之言王者，政德既成，又听于民，于是乎使工诵谏于朝，在列者献诗，使勿兜；风听胪言于市，辨袄祥于谣，考百事于朝，问谤誉于路，有邪而正之，尽戒之术也。"

公卿列士献诗的目的主要是运用诗歌进行讽谏或赞颂，表达对政治的评价。《诗经》中有些作品为此说提供了可靠的内证，如：

"王欲玉女，是用大谏。"（《大雅·民劳》）

"家父作诵，以究王讻。"（《小雅·节南山》）

"寺人孟子，作为此诗。凡百君子，敬而听之。"（《小雅·巷伯》）

"吉甫作诵，其诗孔硕。其风肆好，以赠申伯。"（《大雅·崧高》）

以上所举内证、外证可以证明当时确实存在公卿献诗的制度。公卿献诗可以献自作的诗，也可献他人之诗。《大雅》《小雅》《国风》中的许多诗可能便是通过这条途径搜集起来的。

用诗于政教的献诗制度涉及诗歌的创作与运用，涉及诗歌创作、运用的委婉形式与政教目的，体现出"主文谲谏"的文化传统，直接影响了赋诗言志、言语引诗、著述引诗、经生说诗等文化现象的发生。

关于采诗说，先秦古籍中没有明确提出"采诗"的说法，但有一些与此相关的记载：

《孟子·离娄下》载："王者之迹熄而《诗》亡，《诗》亡然后《春秋》作。"许慎《说文解字》说："迊，古之遒人以木铎记诗言。"朱骏声《说文通训定声》说："《孟子》'王者之迹熄而《诗》亡'，'迹'即'迊'之误。"

《左传·襄公十四年》载师旷语说："故《夏书》曰：'遒人以木铎徇于路。官师相规，工执艺事以谏。'正月孟春，于是乎有之，谏失常也。"杜预注说："遒人，行人之官也。木铎，木舌金铃。徇于路，求歌谣之

言。"(《春秋左传集解》)

前引《国语·晋语六》所载范文子语说:"吾闻古之言王者,政德既成,又听于民……风听胪言于市,辨袄祥于谣。"韦昭注:"行歌曰谣。"

汉代学者明确提出采诗说,认为周朝便有采诗的制度,其中比较重要说法有:

《礼记·王制》:"天子五年一巡守(狩)。岁二月东巡守……命大师陈诗以观民风。"

《孔丛子·巡狩篇》:"古者天子命史采诗谣,以观民风。"

《汉书·食货志》:"孟春之月,群居者将散,行人振木铎徇于路以采诗,献之大师,比其音律,以闻于天子。故曰,王者不窥牖户而知天下。"

何休《春秋公羊传解诂·宣公十五年》:"男女有所怨恨,相从而歌。饥者歌其食,劳者歌其事。男年六十、女年五十无子者,官衣食之,使之民间求诗。乡移于邑,邑移于国,国以闻于天子。故王者不出牖户,尽知天下所苦,不下堂而知四方。"

刘歆《与扬雄书》:"诏问三代、周、秦轩车使者、遒人使者,以岁八月巡路,求代语、僮谣、歌戏,欲得其最目。"(《方言》)

以上诸说关于采诗的时间、方式及采诗之人都有很大的出入,说明汉人可能是参照汉乐府的采诗制度所做出的推测,其中一些细节可能出于想象,未必符合历史原貌,但采诗之制应是存在的,否则在交通不便、语言互异的情况下,遍布黄河及长江流域广大地区的民间之诗便难以汇集王廷。进行采诗工作的当是周王朝及各诸侯国的乐官。《小雅》《国风》中的许多诗便是靠乐官"采诗"汇集在一起的。

关于诗的采集,除献诗、采诗之外,《诗经》中用于宗庙祭祀和燕飨等仪式中的乐歌,则应该是王朝司乐太师等乐官或巫、史奉命创作的乐歌。乐官、巫、史为祭祀、燕飨之用而作的诗在《诗经》中也占有一定的数量。我们以为,诗的采集大概就出于这三个方面。

关于诗的编集,汉代学者认为是经孔子删定而成的。此说最早见于司马迁《史记·孔子世家》:

古者,《诗》三千余篇,及至孔子,去其重,取可施于礼义,上采契、后稷,中述殷周之盛,至幽厉之缺,始于衽席……三百五篇,孔子皆弦歌之,以求合《韶》《武》《雅》《颂》之音。

东汉王充《论衡·正说篇》也说:

《诗经》旧时亦数千篇,孔子删去重复,正而存三百篇。

班固《汉书·艺文志》也说:

孔子纯取周诗,上采殷,下取鲁,凡三百五篇。

删诗说影响很大,唐代陆德明、宋代欧阳修、王应麟、马端临、邵雍、清代顾炎武等皆据此发挥解说。赞成孔子删诗说的主要论据有:

(1)《史记》《汉书》是可信的史书,且去周未远,所记诸事不容怀疑。

(2)当时的诗绝非仅仅305篇,《书》《传》所载许多逸诗即不见于今本《诗经》。故欧阳修说:"以郑《诗谱图》推之,有更十君而取其一篇者,又有二十余君而取其一篇者,由是言之,何啻三千?"又说:"删诗云者,非止全篇删去,或篇删其章,或章删其句,或句删其字。"

(3)当时诸侯国有千余,绝非仅仅十三诸侯国及两地区才有诗;历代皆会有诗,绝非《诗》之所载"六王"才有诗。故邵雍说:"诸侯千有余国,《风》取十五;西周十有二王,《雅》取其六。"(《伊川击壤集序》)

(4)《论语·子罕》载孔子语说:"吾自卫反鲁,然后乐正,《雅》《颂》各得其所。"

至今还有人力证此说,不过大多是偷换概念,改变了司马迁所说"孔子删诗"是指将古《诗》3000余篇删至305篇的本义,而将"孔子删诗"理解为孔子对《诗经》文字、音乐的整理修订。

此说存在许多难以解释的地方,逐渐引起后来学者的怀疑。首先提出怀疑的是唐代的孔颖达,他说:"如《史记》之言,则孔子之前诗篇多矣。案:书传所引之诗,见在者多,亡逸者少,则孔子所录,不容十去九。马迁言古诗三千余篇,未可信也。"(《毛诗正义·诗谱序》疏)之后宋代的朱熹、叶适,清代的崔述、朱彝尊、方玉润,近代的魏源、梁启超以及当代的大多数学者对此说提出质疑。比较有力的论据有:

(1)《左传·襄公二十九年》记载吴公子季札到鲁国观周乐,鲁国乐工为他演奏的十五《国风》的名称与编排顺序与今传的本子基本相同,说明当时被称为"周乐"的《诗经》已基本编集成册,并已流传到鲁国,但孔子那年才八岁。

(2)《史记》说孔子删诗是在自卫返鲁之后,但据《论语》所载,孔子本人在此之前便不止一次地提到"《诗》三百"。

(3)各诸侯国君臣燕飨或使者相会时常常"赋诗言志",所赋之诗绝大多数都出于今本《诗经》。"赋诗言志"之风在孔子之前早已流行,若没有通行的定本,诗何以能够成为表情达意的"恒言";宾主双方又何以会信手拈来,运用得如此娴熟得当;又何以在断章取义、牵强附会的赋诗中心领神会呢?莫说当时地位并不尊显的个人,即便某一诸侯国的删定本也不会有这么大的影响。

我们认为,说孔子未曾删诗,指的是孔子未曾将"古者《诗》三千余篇"删至今本的 305 篇。我们并不否认孔子对《诗经》的文字、方言、乐谱等方面所做的整理修订。《论语》中已明确记载:"吾自卫反鲁,然后乐正,《雅》《颂》各得其所。"(《子罕》)"子所雅言,诗、书、执礼,皆雅言也。"(《述而》)应该说孔子对《诗经》的完善、传播和保存做出了巨大的贡献。

说孔子未曾删诗,不是说当时未曾删过诗,也不是说六百年间只有 305 篇诗,被称为礼乐之邦的鲁国绝不会在几百年间连一首风诗都没有。那么,究竟是谁删定的呢?《国语·鲁语下》记载说:"昔正考父校商之名《颂》十二篇于周之大师。"《左传》言鲁国乐工为吴公子季札演奏"周乐",据此可以推知,用于祭祀和燕飨的诗可能是巫、史奉命而作,政治讽喻诗多是士大夫献的,风谣可能是周王朝及各诸侯国的乐官采集的,而最后的删选编定者当是周王朝的乐官,故称之为"周乐",正考父校商颂于"周之太师"。

关于采诗编集的目的,古代文献中载有多种说法,其要者有:

(1)"大师……教六诗,曰风,曰赋,曰比,曰兴,曰雅,曰颂。以六德为之本,以六律为之音,大祭祀,帅瞽登歌,合奏击拊……大飨,亦如之。"(《周礼·春官·大师》)

(2)"大司乐……以乐语教国子,兴、道(导)、讽、诵、言、语。"(《周礼·春官·大司乐》)

(3)"天子省风以作乐。"(《左传·昭公二十一年》)

(4)"王者所以观风俗,知得失,自考正也。"(《汉书·艺文志》)

这些不同角度的阐述说明当时编集《诗经》的目的是多重的：它既是为了劝谏嗣君，补察时政，也是为了参照民间音乐，制礼作乐，以应用于祭祀、燕飨，明确等级，宣扬王威，满足耳目之娱；既是为了以之为音乐教程，传授瞽蒙乐工，使之熟悉诗歌内容及演奏方式，以备各种典礼及赋诗时演奏，也是为了以之为政治伦理教科书传授贵族子弟，用以修身养性，出使专对，赋诗得体，等等；既出于政治功利目的，又含有娱乐目的的考虑。从对诗的广泛搜集和对它的严格删定，可见出周人对这项工作所持的严肃态度。从它的编辑的多重目的，又可见出它在周人生活中的重要性。从春秋各国诸侯君臣对它的广泛应用以及孔子对它的推崇，也可以看出它在周人心中的地位。它说明，《诗经》的编辑是周代文化史上的一件大事，也可以说是周人建设其礼乐文化事业的一个重要组成部分。它既是对周代诗歌创作的搜集整理和艺术上的系统加工，使之成为周代诗歌创作最高成就的代表，又是对周代社会政治文化思想和广泛的社会生活的一次艺术的概括与总结，使之从一开始就成为具有政治、道德、伦理、哲学以及审美、文化教育和在各种场合里应用等多种意义的一部典范著作。故闻一多论及《诗经》时说："诗似乎没有在第二国度里像它这样发挥过那样大的社会功能。在我们这里一出世，它就是宗教、是政治、是教育、是社交，它是全面的社会生活。"（《神话与诗·文学的历史动向》）后人称《诗》为"经"，固然有对它的引申、比附、推崇和抬高，而它本身所具有的重要价值才是它被抬高的主要原因，也是我们今天仍把它视为中国古代最重要最伟大最有价值的著作之一的主要原因。

第二节 《诗经》的流传

一 关于《诗经》名称的由来

《诗经》最初被称为《诗》，战国后期始称为"经"。
《庄子·天运》："丘治《诗》《书》《礼》《乐》《易》《春秋》六经。"

《荀子·劝学》:"学恶乎始,恶乎终?曰:'其数则始乎诵经,终乎读礼。……《礼》之敬文也,《乐》之中和也,《诗》《书》之博也,《春秋》之微也,在天地之间者毕矣。'"唐杨倞注:"经,谓《诗》《书》。"

荀子称《诗》为"经"虽然只是表示一种尊崇,但这种尊崇直接影响了汉代经学的兴起与畸形发展。西汉文帝时,《诗》首先被官方确认为"经",被当作治国经邦的政治经典列于学官。《诗》的地位空前提高,具有至高无上的权威。"经"的本义是织布机上的纵丝,《说文解字》说:"经,织从(纵)丝也。"后引申为"常""常道"。班固《白虎通》说:"经,常也。"刘勰《文心雕龙·宗经》说:"'经'也者,恒久之至道,不刊之鸿教也。"《诗》成为记载不可刊改的永恒法则的政治经典。《诗经》中的很多诗,尤其是《雅》《颂》部分当初就是为了政教目的而作,经师们将这"部分"夸大为"全部",认为305篇篇篇句句记载着儒家的伦理道德观念。在绵延两千余年的经学时代,《诗经》中许多诗的本义被歪曲了。宋代之后很多学者主张"废序"。我们今天要以实事求是的科学态度重新认识、评价古代经师的注疏,该肯定的肯定,该剔除的剔除,具体问题具体分析,不能简单化地一刀切。全盘肯定或否定经师的注疏都失之偏颇。

二 关于《诗经》的流传

先秦,周人主要运用《诗经》于典礼、讽谏、赋诗、言语,其中融有一些说诗、论诗的内容,可视之为《诗经》研究的萌芽期。

顾颉刚把周人的用诗分为"为了应用而做的诗,和采来的诗而应用它的"两类,并认为"诗用在典礼和讽谏上,是它本身固有的应用;用在赋诗与言语上,是引伸出来的应用。引伸出来的应用,全看用诗的人如何,而不在诗的本身如何"。[①]

周人在重大的典礼上都要演奏诗乐。《诗经》中有些诗就是为了祭祀、燕飨典礼之用而作,如:《生民》《公刘》等是为祭祀先祖而作;《噫

---

① 顾颉刚:《〈诗经〉在春秋战国间的地位》,《古史辨》第三册下,上海古籍出版社1982年版,第322页。

嘻》《丰年》是为春夏祈谷、秋冬报赛的祭祀而作；《鹿鸣》则是为天子宴飨群臣而作。周人对用诗于典礼有严格的规定，不同等级、规模的典礼所规定演奏的诗乐篇目、顺序都不可错乱。如《仪礼》对"乡饮酒礼"规定说："工歌《鹿鸣》《四牡》《皇皇者华》……乐《南陔》《白华》《华黍》……间歌《鱼丽》，笙《由庚》，歌《南有嘉鱼》，笙《崇丘》，歌《南山有台》，笙《由仪》……乃合乐《周南》：《关雎》《葛覃》《卷耳》，《召南》：《鹊巢》《采蘩》《采蘋》。"周人用诗于不同的典礼，形成了不同的曲调与风格，直接影响了风、雅、颂的分类。

讽谏是周人诗歌创作与运用的重要目的，是周人"诗言志"观念的主要内容。在宗法等级社会中，公卿大夫的功名、性命完全操纵在君主手中，作为人臣既要尽职，获取功名利禄，又要保命，免于刑戮，只能采取"主文谲谏"的方式，用委婉文雅的语言表达理性政见，这在中国古代成为一种文化传统。献诗陈志、赋诗言志、言语引诗等现象都是"主文谲谏"传统的具体体现。

由于《诗经》本身内容丰富深刻，语言精辟优美，且入韵入乐，便于记诵，所以流传广泛。从《左传》的赋诗言志记载看，在春秋时它已经在诸侯各国中普遍流传。也正是因为这一原因，使之成为遭秦火的先秦古籍中唯一得以完整保留下来的著作，故《汉书·艺文志》说《诗经》："遭秦而全者，以其讽诵，不独在竹帛故也。"在真赝杂糅的先秦古籍中，"字字珠玑"的《诗经》对于研究先秦文化来说，就显得更加重要了。

《论语》中记载了20条有关用《诗》、评《诗》的言论，其中16条出自孔子。孔子认为《诗》三百的思想内容"一言以蔽之，曰：'思无邪'"（《为政》），系统总结概括了《诗经》兴、观、群、怨，"迩之事父，远之事君"（《阳货》）的政教功能，强调了"通诗（经）致用"目的；传授了用诗的方法，表达了"美善相兼"的美学观念，奠定了中国传统诗学理论的主体框架。

孟子在著述中以《诗》为理论依据，引《诗》明理；提出了"以意逆志""知人论世"两个重要命题，开启了对《诗》本义的研究。

荀子继承发展了孔子《诗》说，进一步提高了《诗经》的政治地位、政教功能，奠定了两汉经学的理论基础和儒学的文学观。其《诗》说具体表现在：首先尊称《诗》为经；理论上明确阐述了《诗》"言志""明道"的性质及修养道德、治国经邦的政教功能，其文学观经扬雄、刘勰继承概括为"明道""征圣""宗经"；著述引《诗》论证儒学之道；《乐论》系统阐述"乐""入人也深，其化人也速"的特征及"先王导之以礼乐而民和睦"的政教功能。据古籍记载，汉代的毛诗、鲁诗、韩诗皆源于荀子。

两汉，经学正式形成，"经学自汉元、成至后汉为极盛时代"（皮锡瑞《经学历史》）。

《诗经》在古代流传过程中主要是被当作政治工具而加以运用的，从最初的用于典礼、娱乐、讽谏，到春秋战国时期的言语引诗、赋诗言志、著述引诗，再到汉代以后的经生注诗。经生用它来发挥儒家的伦理道德学说，来"经夫妇，成孝敬，厚人伦，美教化，移风俗"（《毛诗序》），用它来修身养性，治国经邦。

汉代经学最突出的特征是：今、古文经学之争贯穿始终。《诗经》学也如此。鲁、齐、韩、毛四家诗中，鲁、齐、韩三家为今文学家，在汉代立有博士，成为官学，故又称为"今文三家"或"三家诗"。其中，鲁诗创建最早，影响也最大，其创始人为鲁人申培。鲁诗的特点是：据《春秋》大义，采先秦杂说，以诗训诂，以诗印证周代礼乐典章制度，将诗作为《礼》的说明。齐诗出自齐人辕固，采用阴阳五行学说，以诗解说《易》和律历。韩诗出自燕人韩婴，继承先秦说诗的传统，断章取义，割裂诗句以作自己论文的注脚。东汉班固世习鲁诗，但他已察觉到三家的比附曲解，他说：三家"或取《春秋》，采杂说，咸非其本义"（《汉书·艺文志》）。毛诗晚出，属古文经学，创始人为鲁人毛亨和赵人毛苌，特点是将诗和《左传》配合起来，以诗论史。毛诗训诂简明，很少神学迷信内容，未被立为官学，只能在民间传授。西汉末年王莽篡政时曾一度立为官学，王莽失败后，便被取消，直到东汉章帝时期才受到朝廷重视，允许在朝廷公开传授。东汉末年兼通今古文经学的经学大师郑玄，集今古文经学研究之大成作《毛诗传笺》，主要为毛氏《诗故训传》作注。三家诗自此渐渐衰败。《隋书·经籍志》说："齐诗，魏代已亡；鲁诗亡于西晋；韩诗虽存，无传之者。"

魏晋南北朝，政局动荡，南北分裂，儒学失去往日的尊严，经学的政教作用淡化，加之魏文帝之后不以经术取士，而代之以"九品中正"制。

失去功名利禄的诱引,经学更是日渐衰落。魏晋时期的《诗经》学多宗毛、郑遗说,其间主要是郑学、王学之间的斗争。郑玄《毛诗传笺》融合今古文之学(后称郑学),三国魏人王肃以维护古文毛诗家法为名攻击郑玄(后称王学)。其实王肃本人也兼通今古文经学。郑学王学之争的实质是门户之见与政治地位的争夺。南北朝时期经学分为南学、北学两派,《北史·儒林传》说:"南人约简,得其英华;北学深芜,穷其枝叶。"唐初经生重南学轻北学,实际两派各有短长。

隋代,结束了南北朝的长期分裂,实现了国家的统一。《诗经》学也随之结束了南学北学的对峙,而出现北学并入南学的统一。

唐代,为官学传授、明经取士有统一的标准,唐太宗诏令孔颖达组织学者撰定《五经正义》,《毛诗正义》70卷中包括《毛传》《郑笺》《孔疏》及陆德明《经典释文》中的《毛诗音义》和颜师古考订的《五经定本》中的《毛诗正义》。通训诂重考证的汉代古文经学后被称为"汉学"。《毛诗正义》继承汉学的研究方法与成果,集唐前汉学之大成,将《诗经》学统一于汉学。《毛诗正义》是唐代科举明经科官定标准《诗经》教本,代表当时《诗经》学研究的最高水平,具有绝对的权威,使"终唐之世,人无异词"(《四库全书总目》)。在《诗经》研究史上,《毛诗正义》是继《毛传》《郑笺》之后又一部具有里程碑意义的著作。

宋代,科举制度改革,考试内容变背诵经文为策论。经生们不再背诵僵死的原文注疏,而是从经文中发挥解决社会矛盾的策论。由是学风大变,疑古思辨成为宋学的主要特征,南宋朱熹的《诗集传》为宋学之大成。

清代,经学再盛,学派林立,先后出现汉学宋学之争,今文古文之争,考据义理之争,旧学新学之争,并且还出现了超出各派门户之见的独立研究学派。

1911年经学赖以依存的封建帝制灭亡,经学已不可能继续作为维护封建专制制度的圣典,也不可能再被当作托古改制的依据,绵延两千余年的经学时代随之宣告结束。自此,《诗经》研究发生了根本的转变,从"通经致用"转向《诗经》文化学研究,开创了《诗经》研究的新纪元。

封建帝制灭亡之后的《诗经》文化学研究中也存在多种流派与观

点,如:以李大钊、鲁迅为代表的革命派,认为经学是国家走向衰败的主要原因,要从根本上推翻封建专制政治赖以存活的思想基础,而重新评价《诗经》学;以胡适为代表的西化派,为了抵制马列主义在中国的传播,而主张"多研究问题,少谈些主义",提倡"整理国故",重新阐释《诗经》;以章太炎、刘师培为代表的国粹派,则提倡"精研故训,博考事实",高扬国粹,主张于传统文化中汲取精华,鼓舞民族精神;以顾颉刚为代表的古史辨派和学衡派,则以"昌明国故,融化新知"为己任,对《诗经》进行纯学术的研究;以郭沫若为代表的史学家,则将《诗经》作为重要史料进行历史学的研究;以闻一多为代表的专家,运用民俗学的方法破译《诗经》;高亨、陈子展、余冠英、杨公骥等学者,都结合新时代的文化思想方法来重新诠释《诗经》;胡朴安、张西堂、夏传才等学者,则对《诗经》研究的历史进行再研究;学贯中西的钱锺书则侧重对《诗经》创作艺术的评析与中西文化、文学的比较;新时期以来,更多的中青年学者采用多种方法,在《诗经》研究方面进行新的开拓。

1993年中国诗经学会成立,遍及中国内地、台湾、香港及日本、韩国、美国、蒙古、越南等地的会员已达500余人,已召开五次国际学术研讨会,每次都将优秀论文编集出版。中国诗经学会的成立直接推动了《诗经》的研究,使《诗经》研究呈现出百家争鸣的繁荣景象。

清代以前,历代学者研究《诗经》虽有差异,但是在本质上又是相同的,即把它当作"经",而不是仅仅当作一部文学作品来看待的。从"经"的角度治诗,必然要侧重于对诗的义理的理解,要正确地解释诗义,也必然重视对于诗的字词训诂和关于古代文化知识、典章制度等各方面的详细阐释,此外还要涉及诗中所体现的政治、经济、哲学、道德伦理等各方面的内容。这种把《诗经》视之为"经"的研究态度,其缺点是必然带来后人对诗义的曲解和附会,把本来没有多少甚或是根本没有政治色彩的诗歌也要强加上一些"微言大义",甚或充塞进本不属于《诗经》,而是后人借题发挥的儒学道德观念。但是这种经学研究,从文化学的角度考虑又有其重要意义,没有汉以后人对于《诗经》字词训诂、典章制度、文化考证方面所做的大量工作,我们今天要很好地认识这部书是不可能的。更何况,作为包容了周代五六百年间诗歌创作的一部诗集,它本身就是一部艺术化和形象化的历史,具有多方面的文化价值,也需要我们今天对它进行多方面的开掘。即便是要对它进行文学研究,脱离于对《诗经》的文化研究也是不可能的。相比较而言,现代有些人强调所谓恢复《诗经》文学的本来面目,这话如果从破除封建经学思想和加强它的文学研究方面讲有积极意义的话,那么由此而导致的对于《诗经》研究的狭隘化倾向却应该引起人们的注意。因为它使这一些人的《诗经》研究成了一门脱离了周代文化背景的现代主观阐释。有些个别学者对于产生《诗经》的历史文化状况知之甚少或一点不知,就在那里"以意逆志",这实在是应该纠正的错误倾向。《诗经》的性质与我们今天所讲的纯文学的诗歌创作的性质不同,我们不能从一个政教的极端走向另一个唯美的极端。

第二章 《诗经》的分类

第一节 《诗经》编集的音乐分类

关于《诗经》的分类曾先后出现过六诗、六义、四始、四诗等说法。

"六诗"之说源自《周礼·春官·大师》中的一段话:"大师……教六诗,曰风,曰赋,曰比,曰兴,曰雅,曰颂。"《周礼》将《诗经》分为"六诗",但根据什么标准进行的分类,为什么要依此顺序排列,"六诗"之间是什么逻辑关系,皆未明言,引发后世学者种种推断,先后出现六诗皆体说①、三体三用说②、六诗皆用说③、教诗方法说④、六种作用说⑤、用诗方法说⑥等推断。

任何理论都是一定时代的产物,都是在一定的社会实践的基础上总结出来的。在《周礼》"六诗"产生的时代主要是用诗于典礼、讽谏、赋诗、言语,人们还没有注意到《诗经》的表现技巧,大师教国子"六诗"的目的也主要是传授用诗的方法。风、雅、颂由于用于宗庙祭祀、朝会燕飨、日常生活之礼而形成三种音乐风格,再由三种音乐形成三种诗

---

① 郑玄:《郑志》,孔颖达《毛诗正义》卷一,《十三经注疏》本,中华书局1979年版,第271页。
② 孔颖达:《毛诗正义》卷一,《十三经注疏》本,第271页。
③ 程颐:《二程全书·伊川经说三》。
④ 章必功:《"六诗"探故》,《文史》二十二辑。
⑤ 徐北文:《先秦文学史》,齐鲁书社1981年版,第34页。
⑥ 张震泽:《〈诗经〉赋、比、兴本义新探》,《文学遗产》1983年第3期。

体。赋、比、兴是赋诗言志的方法,兴是"引譬连类","感发志意";比是"事类相似",比较类推;赋是用"讽、诵、言、语"的方式"敷布其义"①。

"六义"说源自《毛诗序》,《毛诗序》因承《周礼》"六诗"说:"故诗有六义焉:一曰风,二曰赋,三曰比,四曰兴,五曰雅,六曰颂。"《毛诗序》的分法与《周礼》相同,只是把"六诗"叫作"六义"。

"四始"说出自西汉司马迁《史记·孔子世家》:"《关雎》之乱以为《风》始,《鹿鸣》为《小雅》始,《文王》为《大雅》始,《清庙》为《颂》始。"此四始是指《风》《小雅》《大雅》《颂》四者的开始。

《毛诗序》在解释风、小雅、大雅、颂的含义之后,也提到"四始"说:"是谓四始,诗之至也。"孔颖达据郑玄说疏:"四始者,郑答张逸云:风也,小雅也,大雅也,颂也,此四者人君行之则为兴,废之则为衰。'又笺云:'始者,王道兴衰之所由。'然则此四者是人君兴废之始,故谓之四始也。"②此四始是指《风》《小雅》《大雅》《颂》四者为王道兴衰之所由始。

"四诗"说也称"二南独立"说。《周南》《召南》是两个地域的土乐,因何得名,说法不一。西汉今文三家以为是地名。鲁诗说:"古之周南,即今之洛阳。"韩诗说:召南"在南郡南阳之间"。③ 北宋苏辙于其《诗集传》中首倡"二南独立"说,认为《诗经》应分《风》《雅》《颂》《南》四类,即把《周南》《召南》从《国风》中独立出来,单列一类。南宋的王质和程大昌都赞同此说。王质在其《诗总闻》中明言:"南,乐歌名也。"崔述在《读风偶识》中也说:"南者,诗之一体。"陆侃如、冯沅君在《中国文学史简编》中说:"'南'是南方的民歌……这个'南'字不但指方向,也是乐器的名称(就是'殳'字)。"

我们以为这个"南"字可能是方位词。西周初期,周公长住东部洛邑,统治东方诸侯;召公长住西都镐京,统治西方诸侯,由陕(今河南陕县)分界。周南,当是周公统治下的南方地域。召南,当是召公统治下的南方地域。《周南》《召南》中屡次提到长江、汉水、汝水可以证明二

---

① 鲁洪生:《从赋、比、兴产生的时代背景看其本义》,《中国社会科学》1993 年第 3 期。
② 孔颖达:《毛诗正义》,《十三经注疏》本,第 272 页。
③ 分别引自王先谦《诗三家义集疏》卷一、卷二,中华书局 1987 年版,第 1、64 页。

南包括长江、汉水、汝水流域的诗歌。既然是南方的诗乐,自然就是南音了。但是要指出:其一,此"南"首先是方位词,其后才以地域之名代指"南音";其二,《周南》《召南》当是周南风、召南风的省称;其三,即便二南是南方土乐,它们也仍是风诗之一种,《周南》《召南》与《国风》之间是种属关系,不当独立于《国风》之外。故"二南独立"说是难以成立的。

关于《诗经》的分类,今人多从孔颖达之说:"风、雅、颂者,诗篇之异体;赋、比、兴者,诗文之异辞耳。"①即"风""雅""颂"是诗的内容体裁,而"赋""比""兴"是诗的表现方法。这符合我们今天所见到的《诗经》编排体例。但风、雅、颂是按照什么标准划分的,古来也众说纷纭,其中影响较大的说法有四种:

(1)按照诗歌的体裁和内容进行划分,如《毛诗序》(详后)。

(2)按照诗歌的作者来划分,如朱熹说:"凡诗之所谓风者,多出于里巷歌谣之作,所谓男女相与咏歌,各言其情者也。……若夫《雅》《颂》之篇,则皆成周之世,朝廷郊庙乐歌之辞,其语和而庄,其义宽而密,其作者往往圣人之徒,固所以为万世法程而不可易者也。"②

(3)按照诗歌的音乐划分,如宋代郑樵说:"风土之音曰风,朝廷之音曰雅,宗庙之音曰颂。"(《通志·昆虫草木略》)清人惠周惕在其《诗说》中说:"风、雅、颂以音别也。"

(4)按照诗歌的用途划分。如张震泽说:"《诗》在典礼上有此三用(指宗庙祭祀、朝会燕飨、日常生活之礼——引者)。三用的意义不同,方式也不同,所以形成了颂、雅、风三体。"③

今人多认为风、雅、颂是音乐上的分类。其实"音乐"与"用途"两说并不矛盾。风、雅、颂是音乐术语,当是音乐分类。不过,不同的音乐风格乃是由于不同的用途所形成的。故用途的分类当是根本的,音乐的分类则是表面的、直接的。

诗、乐、舞紧密融合,是上古歌谣的时代特点。《诗经》时代的诗与

---

① 孔颖达:《毛诗正义》卷一,《十三经注疏》本,第271页。
② 朱熹:《诗集传·序》,上海古籍出版社1980年版,第2页。
③ 张震泽:《〈诗经〉赋、比、兴本义新探》,《文学遗产》1983年第3期。

舞虽有一定程度的分离,但诗乐仍旧融合为一,诗为乐之词,乐为诗之声。关于这一点先秦两汉史籍中有大量记载,如《墨子·公孟》篇中说:"诵诗三百,弦诗三百,歌诗三百,舞诗三百。"《论语·子罕》中说:"吾自卫反鲁,然后乐正,《雅》《颂》各得其所。"《周礼·春官》说:大师"教六诗……以六德为之本,以六律为之音。"①《左传·襄公二十九年》载吴季札至鲁观"周乐","使工为之歌"。宋代程大昌曾怀疑诗有入乐不入乐之分,以为"《南》《雅》《颂》之为乐诗,而诸国之为徒诗也"(《诗论二》)。但论据不足,少有从者。"诗为乐章"几成定论,人们多从音乐上解释风、雅、颂的含义。

风,本义是乐调。《大雅·崧高》"吉甫作诵,其诗孔硕。其风肆好",可为内证。《左传·成公九年》载晋侯见楚囚钟仪,"使与之琴,操南音。……乐操土风,不忘旧也",可为外证。所谓"风者,民俗歌谣之诗也"②。所谓"国风",便是汇集各地的地方土乐。我们也正是在"民俗歌谣"或"地方土乐"这个意义上称《国风》为民歌。在我国传统的观念中,民歌是个很宽泛的概念,并非完全指"劳动人民的集体口头创作",最初的民歌只是相对于朝廷诗乐而言,在作者的阶级身份上并没有严格的限定。它有时也包括了文人墨客借用民歌的形式进行创作,就像后来刘禹锡写的《竹枝词》一样。但就《诗经》一书而言,其《国风》中正有不少直接出自劳动人民的集体口头创作。

《国风》中的小部分(指《豳风》)是西周初期的作品,大部分作于春秋时期。《国风》包括两个地区和十三诸侯国的160篇作品,其地域相当广阔,大致相当于现在的山东、山西、河南、河北、陕西、湖北北部、安徽北部以及长江、汉水流域。

雅,是正的意思。"天子之乐曰雅"(《左传·昭公二十年》),雅即朝廷正乐,就像周人称官话为"雅言"一样,也称朝廷正乐为雅乐。《雅》分《大雅》《小雅》。《大雅》《小雅》因何而别,说法也很多。风、雅、颂既为音乐的分类,大、小雅也当是音乐上的区分。宋人郑樵说:"盖《小雅》《大雅》者,特随其音而写之律耳。律有小吕大吕,则歌《小

---

① 贾公彦:《周礼注疏》卷二十三,《十三经注疏》本,第796页。
② 朱熹:《诗集传》卷一,第1页。

雅》《大雅》,宜其有别也。"(《六经奥论》)余冠英说:"可能原来只有一种雅乐,无所谓大小,后来有新的雅乐产生,便叫旧的为大雅,新的为小雅。"(《诗经选·前言》)此说可做参考。

《大雅》31篇,其中大部分作于西周初期,小部分作于西周末期。如《大雅》中的《生民》《公刘》《绵》等史诗,大约作于西周初期。《板》《荡》《抑》《桑柔》等,大约产生于周厉王和周幽王这两段动乱的时期。《江汉》《常武》两首歌颂武功的诗,是周宣王时代的作品。

《小雅》74篇,其中大部分作于西周末期。如《采薇》《出车》《六月》《车攻》《吉日》等是周宣王时代的诗。《十月之交》《小旻》《巷伯》等政治讽刺诗,大约是周幽王时代的作品。家父所作的《节南山》当是春秋初期的诗,据考家父生活在周桓王时代。

颂,是用于宗庙祭祀的舞曲。清人阮元在《揅经室集·释颂》中说:

> 颂之训为美盛德者,余义也。颂之训为形容者,本义也。且颂字即容字也。……所谓《商颂》《周颂》《鲁颂》者,若曰商之样子、周之样子、鲁之样子而已,无深义也……三颂各章皆是舞容,故称为颂。

今人多从此说,以为《颂》是连歌带舞、节奏缓慢的祭祀舞曲。《周颂》31篇,全是西周初期的作品。《鲁颂》4篇,是春秋时期的作品。《商颂》5篇,是春秋时期的作品,或以为是殷商中后期的作品。

我们既要说明风、雅、颂是音乐上的分类,同时又要说明不同乐调风格的形成与其不同的用途,乃至不同的作者、时代、产地等因素都密切相关。用于宗庙的祭歌自然会带有板滞凝重的宗教色彩;用于朝廷的正乐自然是雍容典雅;用于民间的土风民谣自然不会有那么多的约束,而显得质朴活泼、刚健清新。在某种程度上甚至可以说正是不同的用途决定了不同的音乐风格,不同的用途才是风、雅、颂分类的深层原因,不同的乐调只是表面的差异。但就风、雅、颂的字面含义而言,音乐确是其分类的直接标准。音乐的感染力最为直接、深刻,素有第一艺术的美称。《诗经》时代将音乐置于如此重要的地位,说明当时对音乐的审美价值已深有体认。风、雅、颂不同风格的音乐不仅对诗歌内容有一定的制约,而且还影响了诗歌的表现形式。陈钟凡说,周人"弹琴的方法很拙,是以一手按弦,一手的拇指和中指在弦上挑拨摩擦,可称为'摩擦弦乐'。难怪其音节很低很慢,却成四分之四的拍子,形成为'四言诗'"①。乐调的节奏影响了歌词(诗句)的句式、字数,乐调的重复决定了歌词的重章叠咏。

第二节　汉儒解诗的内容分类

风、雅、颂本是音乐上的分类,至汉代这种音乐分类已经因音乐的失传而失去意义。同时汉儒出于发挥儒家教义的目的,开始了从政治内容上的分类解说。

《毛诗序》解释"风"说:

> 风,风也,教也,风以动之,教以化之。……上以风化下,下以风刺上。主文而谲谏,言之者无罪,闻之者足以戒,故曰风。……是以一国之事系一人之本,谓之风。

《毛诗序》把《风》作为教化、讽谏的政治工具,并以此出发,断章取义,强作解释,以为《风》诗句句关涉美刺政治。如本是表达青年男女爱情的《周南·关雎》,竟被曲解为:"《关雎》,后妃之德也。……是以《关雎》乐得淑女以配君子,爱在进贤,不淫其色,哀窈窕,思贤才,而无伤善之心焉。是《关雎》之义也。"(《毛诗正义·关雎序》)如《邶风·静女》中的"静女其姝,俟我于城隅",《毛传》解释为"女德贞静而有法度乃可说也……城隅以言高而不可逾",孔颖达则进一步解释《传》意说:"又能服从君子,待礼而后动,自防如城隅,然高而不可逾,有德如是。"(《毛诗正义·静女疏》)本来"城隅"只是男女约会的地点,却被解为"静女"道德的象征了。再如"自牧归荑,洵美且异",《传》云:"本之于荑,取其有始有终。"一棵仅仅是青年男女之间用以传情的小草,也被涂上浓厚的伦理色彩。

---

① 陈钟凡:《序》,朱谦之《中国音乐文学史》,北京大学出版社1989年版,第3页。

相较《雅》《颂》而言,汉儒对《国风》的解释与诗义相去最远。

《毛诗序》解释"雅"时说:

> 雅者,正也,言王政之所由废兴也。政有小大,故有小雅焉,有大雅焉。

汉儒认为《雅》是专门陈述政治的利弊得失,并以政事的大小来区分大小雅,这与《雅》诗的内容也不尽吻合。

其一,《雅》中有许多诗并非是"言王政之所由废兴也",而抒发的却是不直接关涉政治的一己之情。如《杕杜》《采绿》是写思妇对征夫的思念,《白驹》写女子怀念所爱之人,《隰桑》写女子对爱人倾诉款曲,《黄鸟》《谷风》《白华》都是弃妇诗,《车舝》是迎亲曲,《蓼莪》诉说的是子女不得终养父母的悲痛。

其二,《小雅》中有天子之大政,《大雅》中有诸侯之小政。这一点,《毛诗序》早有察觉,其本身就前后矛盾。如《毛诗序》解释《小雅》中的具体诗篇说:"《蓼萧》,泽及四海也。""《湛露》,天子燕诸侯也。""《六月》,宣王北伐也。""《车攻》,宣王复古也。""《采芑》,宣王南征也。"至于写燕飨、怨刺等内容的诗更是没有大小之分。如《毛诗序》说《小雅·鹿鸣》是写"燕群臣嘉宾也",而说《大雅·行苇》是周王族宴,"《行苇》,忠厚也。周家忠厚,仁及草木,故能内睦九族,外尊事黄耇,养老乞言,以成其福禄焉",二者孰为大?《毛诗序》说《小雅·正月》是"大夫刺幽王也",说《大雅·抑》是"卫武公刺厉王,亦以自警也",二者孰为小?

《毛诗序》解释"颂"时说:

> 颂者,美盛德之形容,以其成功告于神明者也。

汉儒认为颂是歌颂赞美的意思,颂诗是歌颂赞美统治者盛德功绩,并把这些盛德报告给神明,以祈求上天先祖的赐福。汉儒的解释基本上反映出了颂诗内容的特征,但并没有概括出颂诗音乐上的特征,此其一也。颂诗也并非全是美盛德之诗,如《毛诗序》说:"《振鹭》,二王之后来助祭也。""《有客》,微子来见祖庙也。"此其二也。

由于时代的变迁和古乐的失传,对《诗经》的解释由音乐分类变成内容分类也是历史的必然。故这种分类解诗法一直延续下来。但风、雅、颂本身是音乐上的分类,汉人硬把它说成是内容分类,自然不免矛盾百出,处处难安。所以我们今天研究《诗经》虽然仍须从内容上分类,却必须打破风、雅、颂的框子而另作划分。

第三节 《诗经》研究的重新分类

不同风格的音乐一旦形成,便具有相对独立性,可以容纳不同内容的歌词。如大小雅的音乐本是有区别的,但从今天所看到的《小雅》《大雅》看来,不同的音乐有时却表现了相同的内容。《小雅》中有反映战争、燕飨、怨刺、农事的诗,《大雅》中也有。又如颂诗本为祭歌,但《周颂》中的《振鹭》《有客》及《鲁颂》的四首诗却不是祭祀诗;《小雅》《大雅》本不是祭歌,但其中却有许多反映祭祀内容的诗,如《小雅》中的《楚茨》《信南山》都是周王祭祀的乐歌,《大雅》中的五首史诗都是祭祖诗,等等。

其次,在编集与流传的过程中又难免出现淆乱。如《大戴礼记·投壶》篇说:"凡雅二十六篇。其八篇可歌,歌《鹿鸣》《貍首》《鹊巢》《采蘩》《采蘋》《伐檀》《白驹》《驺虞》;八篇废,不可歌也;七篇《商》《齐》,可歌也;三篇间歌。"①若此段记载可信,就可说明《诗经》编集与流传过程出现的淆乱,上举八篇雅诗中,《貍首》已不见于今本《诗经》,余下七首也分别列入《小雅》《召南》和《魏风》之中。

特别是古乐早佚,这种音乐上的分类对我们今天研究《诗经》已无多大实际意义,我们只是出于维持历史原貌而保留风、雅、颂的原始分类,当今对《诗经》的研究多从其所反映的实际内容进行划分。《诗经》反映了当时社会生活的方方面面,而这方方面面的内容又往往交错夹缠,相互之间有着千丝万缕的联系,即便是某一具体诗篇,其内容也常常是丰富繁杂,关涉众多方面,如《王风·君子于役》写思妇对征夫的思念,就既可属于家庭婚姻的闺怨诗,又可属于战争徭役诗;《魏风·硕鼠》写不堪重敛的农夫对剥削阶级的怨恨及对理想社会的向往,就

---

① 王聘珍:《大戴礼记解诂》,中华书局1983年版,第244页。

既可属于农事诗,又可称为怨刺诗。所以现在还很难找到一个固定的标准将《诗经》所反映的内容作逻辑的分类,只能根据反映内容的侧重大致划分为:周民族史诗、农事诗、战争徭役诗、政治美刺诗、燕飨诗、情爱诗等。

第三章　周民族史诗

第一节　周民族史诗的认定

"周民族史诗"是"五四"以后的《诗经》研究者受西方诗歌理论的影响而对《诗经》内容进行的新的分类。

亚里士多德在《诗学》中首先提出"史诗"这个概念,并将当时产生的文学作品分为史诗、抒情诗和戏剧。黑格尔因承其说,并在《美学》中将史诗作为一种重要的诗歌体裁详加论述。生前并没有见过《诗经》德文译本的黑格尔却武断地认为:"中国人却没有民族史诗。"①受其影响,中国的许多学者也认为中国没有史诗,游国恩等主编的《中国文学史》甚至认为《诗经》中现在被称为史诗的五篇作品只是"与后世的叙事诗相当接近",认为只是"接近",连"叙事诗"都不是。现在也仍旧有些学者以荷马史诗为判断标准,认为《诗经》中没有史诗。不过,"五四"以来,愈来愈多的学者认为《诗经》中有史诗,他们的观点虽有出入,但一致认为《诗经》中至少存在五篇史诗,即《大雅》中的《生民》《公刘》《绵》《皇矣》《大明》。

判断这五篇作品是否为史诗,关键在于如何理解"史诗"这个概念。

"史诗"一词源自希腊文 epos,本义为平话或故事,后泛指人类童年时期歌颂民族英雄的叙事诗。黑格尔本人并未给史诗下过明确的定

---

① 黑格尔:《美学》第三卷下册,朱光潜译,商务印书馆1981年版,第170页。

义,只是称荷马史诗为正式史诗,于是后人便以荷马史诗为标准,对史诗的创作年代、表现方法、结构规模及内容和风格都做了具体的规定,如《辞海》(1989年版)给史诗下定义说:

> 指古代叙事诗中的长篇作品。反映具有重大意义的历史事件或以古代传说为内容,塑造著名英雄的形象,结构宏大,充满着幻想和神话色彩。

若一定以荷马史诗为标准衡量,那么无须讨论,《诗经》中的确没有那么长的叙述历史传说的史诗。问题在于:

(1)"史诗"本是很宽泛的概念,并非特指荷马史诗一样的作品。黑格尔将诗歌分为史诗、抒情诗和戏剧体诗,几乎将史诗等同于叙事诗,他认为:"史诗的任务就是把这种事迹叙述得完整……史诗就是按照本来的客观形状去描述客观事物。""与史诗相对立的是抒情诗。"① 黑格尔将箴铭、格言、教科书称为雏形史诗,他甚至认为:"民歌的内容有一部分是史诗的,而表现方式却大半是抒情诗的,所以既可以属于史诗,也可以属于抒情诗。"② 即便"抒情诗也可以采用按内容和形式应属于史诗的事迹,因而侵入史诗的范围"③,既然"内容有一部分是史诗的",而表现方式却大半是抒情诗的"民歌"乃至"抒情诗",尚且"可以属于史诗",那么,用记叙的方式,叙述周民族历史的《生民》诸诗还不能称为"史诗"吗?若从比较宽泛的意义上说,《诗经》中的史诗并不止于这五篇。

(2)这五首诗与荷马史诗相比,确实存在着作者、篇幅、风格、功用、流传方式等诸多不同,但这些并非"必要条件"的差异,还不足以决定诗歌是否史诗。"史诗"的必要条件应是马克思在《政治经济学批判》导言中所说的歌谣、传说、神话,以及创作时代(人类初期)、形象、情节、叙述的方式。所讨论的五首诗基本具备了这七个要素。

(3)叙述、抒情究竟是"表现方式"(黑格尔语),还是作品内容、创作动机与目的上的分类? 这也许都无须讨论,但还是引用一下流行的

---

① 黑格尔:《美学》第三卷下册,第99页。
② 同上书,第167页。
③ 同上书,第193页。

解释为好:"叙述诗是以叙写故事的方式来达到抒情言志目的的诗歌。"抒情诗是"通过抒发诗人的思想感情来反映现实的社会生活"的诗(《中国文章体式大全》)。这五首诗的确抒发了对祖先的赞美之情,但赞美之情主要是通过叙述历史的"表现方式"来表现的,这当然是叙述诗。其实,包括《荷马史诗》在内的任何民族的史诗都是在对历史的叙述中包蕴着对民族英雄的赞美,都可以称为颂史诗,纯客观的史诗是不存在的。

(4)祭祀(或祭礼)诗与史诗并不是按照同一标准划分的逻辑分类,并不是相互排斥的并列关系,而是交叉关系。这五首诗便具有双重性质,既是祭祀(祭礼)诗,又是史诗。

《生民》是一篇带有神话色彩的诗篇,它叙述了周始祖后稷的诞生和发明农业、定居邰地、开创祭礼的历史。人们根据诗中所写姜嫄无夫而孕的神话,推测这篇史诗记叙的历史大致相当于母系氏族社会向父系氏族社会过渡时期。

《公刘》记述了周人酋长公刘率领周人自邰迁至豳地,初步定居并发展农业,为周代统治阶级的开国历史。周人这次大的迁徙产生于夏末商初,是周人进入原始社会解体和开始阶级分化的阶段。

《绵》写古公亶父率周人自豳迁至岐山之南的周原,营建政治机构,创业兴国,以及文王姬昌的开国历史,周人此时已进入奴隶制。

《皇矣》首先歌颂文王之祖太王、其伯太伯、其父王季的美德,然后重点叙述文王伐密伐崇、克敌制胜的历史。

《大明》记叙周文王、武王从开国到灭商的历史。《皇矣》《大明》分别写周人奴隶制国家不断壮大和灭商的经过。

近年,一些学者认为《商颂》中的《玄鸟》《长发》《殷武》也是祭祖诗,也是通过记叙英雄祖先开国建国的历史伟业赞颂祖先,也是以歌谣的形式记叙商民族英雄祖先开国建国的历史传说,也具有"史诗"因素,也可看作是商族的史诗。如《玄鸟》记叙了商民族的起源和英雄祖先的伟业。《长发》记叙了商民族的发祥史和历代英雄祖先的伟业。《殷武》记叙了武丁伐楚的历史,赞颂武丁复兴殷道的伟业。

若将周民族史诗与荷马史诗进行比较,会发现它们在本质上是相同的,同是运用歌谣的形式记述关于本民族的神话、传说与历史故事,但它们在作者、功用、表演方式、流传过程以及反映出的思想内容、民族精神方面都存在着差异。

周民族史诗出于周王朝巫、史、乐官之手,是用于祭祀先祖的乐歌,荷马史诗出于民间行吟诗人,是用于娱乐消遣的说唱朗读的韵文;不同的创作方式、目的使它们在叙事、抒情的融合比例上也多少有些不同;周民族史诗一经创作出来就成定本,成为王朝御用的庄严神圣的祭祖乐歌,不得轻易改动,而荷马史诗在民间靠口耳相传,在漫长的流传过程中行吟诗人可以随意增删润饰。这些差异影响了史诗的结构规模和艺术风格,使得"荷马史诗文学性多而史实性少,西周史诗史实性多而文学性少",不同的文化背景又使得"从荷马史诗中可以看到以战争去征服,因而崇尚英雄主义,从西周史诗中可以看到以农业求自足,故而推尊勤劳精神","荷马史诗表现了人与自然的对立,向命运的抗争,西周史诗表现人与自然的相安,对命运的满足"。[①]

第二节　周民族史诗的多重价值

历史价值:周民族史诗以周民族的发展历史为轴心,以几次大迁徙和大战争为重点事件,记录了周民族的产生、发展及灭商建周统一天下的历史过程,并记载了当时周人政治、经济、军事、民俗等方面的情况,是我们研究周民族历史不可多得的珍贵史料。

如通过姜嫄"履帝武敏"(《生民》)而受孕及生子之后的三弃三收等神话传说故事,可使我们了解当时周人对生育现象的认识水平以及相关的习俗。

通过"其军三单,度其隰原,彻田为粮"(《公刘》),可以得知早在公刘时代周人为了解决发展生产和防敌守土的矛盾,就采用了军队分三批轮换防守垦田的办法,这是关于军队屯垦的最早记载。

周民族先后经历了邰、豳、岐、丰、镐五次大迁徙,其中太王因受薰鬻戎狄的逼迫而率周人自豳迁至岐山脚下的周原,是其中最重要的一

[①] 邓乔彬:《从荷马史诗与西周史诗谈中西文学》,《华东师范大学学报》1986年第6期。

次大迁徙。《绵》便记述了这次迁徙的全过程:一章先写太王率周人初至岐山的情景,"陶复陶穴,未有家室",写初到之时尚无房屋,只好住在洞穴。二章写太王察看地形。三章写太王率周人定居周原,"筑室于兹"。四章写太王规划田亩。五章写太王营建宗庙。六章写营建宫室的场面。七章写太王营建王都郭门和祭神大社。后两章略叙文王制胜之功。"文王之兴,本由大王"(《毛诗序》),太王迁岐为周民族的日益强大繁荣奠定了雄厚的物质基础,具有重大的历史意义。通过诗中对营建宫室宗庙的描写,可以了解周人建筑的工艺水平及宫室建筑的格局与规模。

文学价值:周民族史诗代表了公元前11世纪诗歌创作的最高成就,它们已从篇幅短小、内容单纯的抒情诗发展为篇幅宏大、内容丰富的叙事诗。

周民族史诗最突出的艺术特色便是:西周初期创作的、歌谣的形式、叙事中融合着描写与抒情的手法、记述有关周民族祖先的神话与传说、形象鲜明、具有相对完整的情节,基本具备了史诗在歌谣、传说、神话以及创作时代(人类初期)、形象、情节、叙述的方式等七个方面的要素。如《生民》记叙周民族祖先后稷降生的神异:

厥初生民,时维姜嫄。生民如何?克禋克祀,以弗无子。履帝武敏歆,攸介攸止。载震载夙,载生载育。时维后稷。

诞弥厥月,先生如达。不坼不副,无菑无害,以赫厥灵。上帝不宁,不康禋祀,居然生子!

这完全符合史诗的要素。

其次是,叙事与抒情、描写有机结合。《诗经》中的祭祖诗对祖先的赞美之情也往往不是直接地抒发,而是在具体的记叙祖先伟业中自然地流露出来,叙事的过程使它们具有史诗的性质;对祖先的功绩往往不是抽象地叙说,而是建立在对具体事件、场景的描写上,抒情、描写,使它们具有文学作品所特有的抒情性、形象性的本质特征。如《公刘》中,几乎每章都是把"笃公刘"为民操劳的情形与周人的赞美爱戴之情交替着来写,这显然是出自有意的安排。这既反映出周人敬天保民的思想观念,注重了民心的向背;同时又反映出人们已意识到先王所以能受人民拥戴的根本原因,不是他们空洞的许诺,而是脚踏实地地为国为民造福谋利。这既是赞美公刘,又是在告诫嗣王与后人。赞美先王,便是树立楷模,其政教功能、目的与讽谏相同。相较而言,赞美也许比讽刺让人更容易接受,效果更明显。不能把赞美一律贬为阿谀拍马,"赞美"有时可能是一种"讽谏"的技巧,况且美先王与美后王又有所不同。

又如《生民》中对祭祀场面的记叙、描写:

> 诞我祀如何?或舂或揄,或簸或蹂。释之叟叟,烝之浮浮。载谋载惟。取萧祭脂,取羝以軷。载燔载烈,以兴嗣岁。

这里有的舂,有的舀,有的簸,有的搓;有"嗖嗖"的淘米声,有腾腾的蒸气;有的商量,有的谋划;有缕缕徐升的青烟,有香气弥漫的萧脂;丰盛的祭品中有大公羊,有烧的肉、烤的肉。诗人虽然没有描写总体场面和人的神情,只是从视觉、听觉、嗅觉角度突出一个个特写镜头,但我们却能很自然地从这动静结合、虚实相间、声色交汇的"浮雕式"描写中,感受到那轰轰烈烈的场面、忙忙碌碌的人群、虔诚喜悦的神情;感受到周人对后稷的尊崇与赞颂,对发展生产获得更大丰收的强烈企盼与追求。

具体的叙事、描写使史诗具有一定的情节性。如《生民》中便具体描写了姜嫄无夫而孕的神异、生子无灾的神异及后稷弃而不死的神异、擅长农艺的神异、创立祀典的功绩,使之成为相对独立的完整的情节。

具体的叙事、描写还塑造出了一个个先王的光辉形象,如半人半神、具有耕艺才能的后稷,诚实笃厚的公刘,有魄力有远见、艰苦创业的古公亶父,"其德靡悔""顺帝之则"(《皇矣》)的文王,牧野誓师、一举灭商的武王等等。

再次,周民族史诗还很讲究谋篇布局的章法结构。这五篇史诗基本上都是按照历史事件发展的自然时空顺序依次叙述。如《绵》中写太王率民迁岐,营建周地,便是按照实际建筑的顺序依次记述:先察看地形,进行谋划,占卜决疑,然后划定区域,丈量田界,开沟筑垄,接着建造宫室庙宇,修筑城墙祭坛。有的则以相同的词语领起一章,如《生民》中间六章都以"诞"字发端,《公刘》每章都以"笃公刘"领起,以相同的赞叹语气词或赞美句领起一章,既构成章节之间的排比形式,增强了外在形式上的层次感,又使深层内容紧密关联;既表现出赞颂之情的不断深化，又将全诗融为一个浑然整体，似江河顺流而下一气贯注，滔滔不绝。

此外，周民族史诗的创作中还很讲究修辞技巧。或用比喻形象地再现战争场面，如"殷商之旅，其会如林"（《大明》），言简意赅，使人想见殷人兵多将广、来势汹汹的样子；"维师尚父，时维鹰扬"（《大明》），则突现出太师尚父如苍鹰展翅俯仰飞扬所向无敌的英雄形象；"绵绵瓜瓞，民之初生"（《绵》），以瓜瓞自小变大绵绵不绝来比喻周民族的从小变大，由弱变强，世代延续，源远流长，开篇即以比喻构成意蕴深长的意象总领全诗，耐人寻味，增强了史诗的形象性。或连用叠音词摹声状态，不仅传神，而且发音相同的字紧密排列一处还大大增强了诗歌的节奏感，使读者朗朗上口，听者和谐悦耳。如《生民》中的"荏菽旆旆，禾役穟穟，麻麦幪幪，瓜瓞唪唪"，连用四个叠音词语描摹不同农作物的丰收景象，形容词的叠用往往能够增强词语的意义，突现出不同农作物的不同神态，由此可见史诗作者观察生活的细腻、掌握词汇的丰富、驾驭语言的娴熟。又如《绵》中的"捄之陾陾，度之薨薨。筑之登登，削屡冯冯。百堵皆兴，鼛鼓弗胜"，连用四个摹声的叠音词来突出听觉感受，直接模仿现实生活的声响，使人感到亲切自然，深有亲临其境之感。这不同声响的交汇，不仅使人想见不同工序的同时进行以及"百堵皆兴"的浩大规模，同时也使人感受周人高涨的劳动热情、紧张的劳动节奏、创业的艰辛、恢宏的气魄和积极奋进的时代精神。

史诗中还运用了许多排比、对比、对仗等修辞技巧，大大增强了史诗的文学性。

第四章 农事诗

第一节 农事诗的含义及研究动态

据考古发掘证明,我国在一万多年前的新石器时代初期便已开始了农业种植活动,到了《诗经》时代,农业已成为周人的主要生产方式和主要的社会生活内容,全社会所有人几乎都与农业生产发生直接关系,许多政治、宗教活动也都围绕着农业而展开。"物质生活的生产方式制约着整个社会生活、政治生活和精神生活的过程。"①可以说《诗经》中所有的诗都是农业社会的产物,都反映了农业社会生活的不同侧面,从题材、道德观念到审美情趣都带有农业文化的性质,但我们这里所说的农事诗主要是指《诗经》中描述农业生产生活的以及与农事直接相关的政治、宗教活动的诗歌。

自西周以来绵延两千多年的封建社会一直是以农业为本的农业社会,因而封建时代的学者对农事诗颇为重视,常借农事诗宣扬儒学思想。"五四"以后,特别是1944年,郭沫若发表了著名论文《由周代农事诗论到周代社会》以后,人们逐渐认识到农事诗的历史价值,常常把农事诗作为推断周代社会性质和研究周代历史的重要史料。尽管由于人们对农事诗的理解不同而做出不同的推断,尽管人们在农事诗诸篇

---

① 马克思:《〈政治经济学批判〉序言》,《马克思恩格斯选集》第二卷,人民出版社1972年版,第82页。

的题旨、思想性及创作年代等具体问题上还存在很大分歧，但愈来愈多的学者已将农事诗作为一个独立分类进行研究，并且大都认定《诗经》中较为重要的农事诗有：《豳风·七月》,《小雅》中的《楚茨》《信南山》《甫田》《大田》,《周颂》中的《臣工》《噫嘻》《丰年》《载芟》《良耜》。根据它们所描述的内容又可分为农业祭祀诗和农业生活诗。

第二节 农业祭祀诗

农业祭祀诗是指《诗经》中描述春夏祈谷、秋冬报赛等祭祀活动的诗歌，《小雅》中的《楚茨》《信南山》和《周颂》中的五篇农事诗便属于农业祭祀诗。农业祭祀诗与祭祀诗是种属关系。

周初的统治者极为重视农业的发展，但农业的丰收很大程度上取决于大自然的风调雨顺，在生产力水平还很低下的时代，人类尚无法凭借自身的力量控制自然，支配自然，只能寄希望于幻想世界中天神先祖的庇护与恩赐。于是，周人便围绕农业生产设置了名目繁多的祭祀活动。

一年农事活动将要开始的早春，周王要亲自主持隆重的宗教仪式"祈谷"于上帝，并进行"籍（也写作藉）田"典礼。《吕氏春秋·孟春纪》记载说："是月也，天子乃以元日祈谷于上帝。乃择元辰，天子亲载耒耜措之，参于保介之御间，率三公、九卿、诸侯、大夫躬耕帝籍田。天子三推，三公五推，卿、诸侯、大夫九推。"《噫嘻》《载芟》，便是描述"祈谷""籍田"祭祀活动的诗，《诗序》说："《噫嘻》，春夏祈谷于上帝也。""《载芟》，春籍田而祈社稷也。"所谓"籍田"，郑玄解释说："籍田，甸师氏所掌，王载耒耜所耕之田，天子千亩，诸侯百亩。'籍'之言'借'也，借民力治之，故谓之'籍田'。"籍田典礼，就是天子率诸侯、大夫和各级农官携农具来到周天子的"籍田"象征性地犁地。前引《吕氏春秋》中所说的"推"，就是用耜（类似今天的锹）翻土，翻土的次数因等级有别。《国语·周语》载虢文公语说："王耕一坺，班三之，庶人终于千亩。"韦昭注说："一坺，一耦之发也。耜广五寸，二耜为耦，一耦之发，宽尺深尺……王一坺，公三，卿九，大夫二十七也。"坺字，《说文解字》作："坺，土也。一耜土谓之坺。"周天子用耜在籍田中象征性地挖几下,以示躬耕,"且以勤率天下,使务农也"(《汉书·文帝纪》)。《载芟》中的"侯主侯伯,侯亚侯旅,侯强侯以",便是描述籍田典礼的各阶层人物:有天子(主),有公卿(伯),有大夫(亚),有士(旅),有强壮劳力(强),有老弱农夫(以)。《噫嘻》中的"十千维耦"和《载芟》中的"千耦其耘",便是描写籍田典礼的盛大规模。

夏天要举行耨礼,也就是除草之礼。《国语·周语》中载虢文公论及籍田的礼仪时说:"耨、获亦如之。"是知天子籍田之礼,除了要在早春举行始耕典礼,在夏季锄草,秋季收割时还分别要举行典礼。《臣工》便是周王举行耨礼时所唱的乐歌。

秋收之后,还要举行大规模的报祭,答谢神灵的恩赐,"以兴嗣岁"(《大雅·生民》)。如《周颂》中的《丰年》《良耜》,《小雅》的《楚茨》《信南山》就是用于"秋冬报赛"的祭歌。

农业祭祀诗的价值:

其一,它们记录了周人为祈求农业丰收而进行的宗教活动以及与之相关的风俗礼制,如《楚茨》中对祭祀场面进行了详细的描写:

济济跄跄,絜尔牛羊,以往烝尝。或剥或亨,或肆或将,祝祭于祊。祀事孔明,先祖是皇,神保是飨。孝孙有庆,报以介福,万寿无疆!

执爨踖踖,为俎孔硕,或燔或炙。君妇莫莫,为豆孔庶,为宾为客。献酬交错,礼仪卒度,笑语卒获。神保是格,报以介福,万寿攸酢!

这些描写使我们对那个特定时代的文化现象有所了解。

其二,农业祭祀诗并不是抽象地抒发"祈谷报赛"的心情,而是具体描写了周人农业生产的方式、规模以及丰收的景象。如《载芟》《噫嘻》中对耦耕方式及全社会各阶层人参加田间劳动的情况进行了描述。《噫嘻》中所说的"骏发尔私,终三十里"以及下面要讲到的《小雅·大田》中的"雨我公田,遂及我私",则反映了西周封建领主采用了劳役地租制的剥削形式。"公田"即封建领主的籍田,"私田"即农奴的"份地",农奴要"同养公田,公事毕,然后敢治私事"(《孟子·滕文公上》)。农业祭祀诗中还屡屡描写到农业丰收的景象,如"丰年多黍多稌。亦有高廪,万亿及秭"(《丰年》),"我黍与与,我稷翼翼,我仓既盈,我庾维亿"(《楚茨》),"积之栗栗,其崇如墉,其比如栉"(《良耜》),等等。这些描写反映出周初农业生产的规模和农业经济的繁荣,而所有这些都是考察西周政治、经济及社会性质的珍贵史料。

其三,象征性地躬耕籍田等活动,在今天看来也许会觉得这是带有一定欺骗性质的消极行为,其实在这消极之中却蕴涵着许多积极的因素。天子亲耕籍田足以表明农业生产在统治集团心目中的重要地位,而统治集团的重视与提倡必然会大大促进农业的迅速发展。"春夏祈谷""秋冬报赛"等宗教活动,在今天看来也许是荒唐愚昧的,但这是那个时代的普遍信仰,轰轰烈烈的祭祀活动定会大大提高周人夺取丰收的信心,激发周人的劳动热情,而精神力量的高涨必然会转化为现实的物质力量。况且周人并不是消极地坐等,完全依赖于上天,只是在勤劳耕作的同时,希望上天能赐予一个风调雨顺的天时,以求得一个"多黍多稌"的丰年。美好的愿望、虔诚的祈求之中也表现出周人对自身力量不足的清醒认识,而这正是了解、征服未知世界的内在驱动力。

第三节 农业生活诗

农业生活诗是直接描写农业生产生活的诗。一般以为《小雅》中的《甫田》《大田》也是秋冬报赛的农业祭礼诗。考其诗文,其中虽然提到秋收之后的祭神祈年,但只是对祭祀场面的侧面描写,并且只占很小比重,二诗的主要内容是描写领主省耕、省敛及农夫选种、修械、播种、除草、灭虫、收获等农业生产情况。省耕、省敛与籍田不同,它们不是祭祀的典礼,而是周代关于农业生产的一种巡视制度,指的是周王或领主巡视春耕秋收。《孟子·梁惠王下》中记载说:"春省耕而补不足,秋省敛而助不给。"巡视春耕秋收,省问农人,补给耒耜等农具的不足,更重要的是督促农人抓紧农时,勤勉耕作。故《甫田》《大田》也当视为农业生活诗。

《豳风·七月》是最典型的农业生活诗。历史上对于这首诗的理解存在很大分歧,如关于《七月》的创作年代,《诗序》以为作于西周初期,"五四"以后有些学者认为作于春秋时期,郭沫若说《七月》"不是王室的诗,并也不是周人的诗……知道了中国古代并无所谓三正交替的事实,而自春秋中叶至战国中叶所实施的历法即是所谓'周正',那么合于周正时令的《七月》一诗是作于春秋中叶以后,可以说是毫无问题的了"①。但据今人考证,春秋之前"周正"便已实施,并早已出现三正交替现象②。而且《七月》并不合于周正时令,而是与合于草木季候的"夏正"相符,故不能单纯依据历法判定《七月》的创作年代。又由于豳地在西周末已被猃狁侵占,春秋时归属秦国,故《七月》以及《豳风》中其他诗篇当是西周初期豳地未沦陷时的作品。

关于《七月》的作者,《诗序》以为周公所作:"《七月》,陈王业也。周公遭变,故陈后稷先公风化之所由,致王业之艰难也。"今人多以为是被剥削阶级(农奴或奴隶)倾诉自己的悲哀与痛苦。前者将《七月》作为"陈王业"的政治工具,后者运用了阶级分析的方法,都是依照一个先验的观念框架去套说,故难免得出失于简单化的推断。关于《七月》的作者缺乏直证史料,只能根据作品文本及有关典籍提供的信息进行推断:

(1)《七月》全面细致地描写了一年十二月中的各种物候及农活,说明作者对农业生产了如指掌,"非躬亲陇亩久于其道者,不能言之亲切有味也如是"(方玉润《诗经原始》)。

(2)《七月》不仅描述了农夫一年到头永无休止的艰苦劳作和哀苦之情,而且还描述了封建领主们喜气洋洋的宴饮场面,而且自始至终使用第一人称,说明作者对两个阶级成员的生活及情感都十分熟悉。作品最后的写定者不可能既是农奴,又是领主,他对双方(至少对一方)的描述叙说乃是出于"代言"。

(3)《七月》是风诗中最长的一篇,88句,380字,在艺术上也是"三百篇"中比较突出的一篇。文学创作本是极其复杂的意识活动,非经

---

① 郭沫若:《青铜时代》,《郭沫若全集·历史编》第5卷,人民出版社1982年版,第421—422页。

② 谢伯良:《〈豳风·七月〉的时代》,《西部学坛》1989年第2期。

一定文化教育的农奴恐怕难以有此创作才能,看一看古籍所载《诗经》以外的民歌创作,便可理解两者之间的悬殊差别。

(4)《周礼·春官·籥章》载:"中春,昼击土鼓,龡豳诗,以逆暑。中秋,夜迎寒,亦如之。凡国祈年于田祖,龡豳雅,击土鼓,以乐田畯。国祭蜡,则龡豳颂,击土鼓,以息老物。"郑玄注说:"豳诗,豳风,《七月》也。吹之者以籥为之声。《七月》言寒暑之事,迎气歌其类也。""豳雅,亦《七月》也。""豳颂,亦《七月》也。"不论是说《七月》一诗中分风、雅、颂三体,还是说《七月》一诗可分别用风、雅、颂三种乐调演唱,总之,于此可知《七月》是可用于迎寒暑节气、祈年、祭蜡的乐歌。那么,怎可想象在这庄严神圣的时刻能够演唱"充满农奴血泪的悲歌"。反复诵读,就会发现《七月》全没有《伐檀》《硕鼠》那样强烈的怨恨与反抗,它只是出于一种雍容和缓的客观陈述。所谓"女心伤悲,殆及公子同归",《毛传》所言"春女悲,秋士悲,感其物化也"近是。女子感物伤情,春景引发春情;春天为婚嫁之时,采桑女将随公子同嫁,远离父母,故而伤悲。

诗义的纷繁复杂,恰恰又是多方的限制,使我们排除种种可能之后推知:这篇作品可能是周王朝乐官在豳地农奴所作歌谣的基础上进行再创作的代言体诗,代农奴与领主立言。其代言体的表现方法,有如同属《豳风》中的《鸱鸮》,代鸟立言;其采用"花开两朵,各表一枝",同时描述两个不同阶级生产生活的手法,有如《周南·卷耳》;其乐官进行再创作的过程,有如《汉书·食货志》中所说:"行人振木铎徇于路以采诗,献之大师,比其音律(不会仅限于音乐的再创作——引者),以闻于天子。"其本为西周初期的作品,但艺术成就却高于几百年之后春秋时期的作品,成为"天下之至文"(姚际恒《诗经通论》)。这一方面是民歌的乐调决定了歌词有别于雅、颂的生动活泼的艺术风格,另一方面则要归功于后来乐官的不断加工润饰。于是,我们可以进一步推知:《七月》非一时之作,它的胚胎出于西周农奴之手,而最后定型则完成于春秋时期周王朝的乐官,使《七月》既保留了西周初期农业生产生活的历史原貌,又具有春秋时期的艺术特征。《诗经·国风》中的诗歌创作多似《七月》,会有一个不断加工润饰的过程。

虽然《七月》经过乐官的编纂组合,结构有些杂乱,但大致还可以理出层次来,全诗可分四层。第一层(一章),从岁寒授衣写到春耕生产,总括衣、食的生产。第二层(二、三、四章),承第一章前半部分,分述关于"衣"方面的事。第三层(五章),由天寒写到修缮破屋御冬。第四层(六、七、八章),承第一章后半部分,分述关于"食"方面的事。

虽然《七月》经过乐官的增删润饰,但并未因此而减弱它的社会意义;虽然乐官主观上并无意于对比贫富,揭露黑暗,发泄不满,但由于采用了"敷陈其事而直言之者也"(朱熹《诗集传》)的赋法,客观地叙说,真实地再现了现实生活中两个阶级在衣、食、住等方面的悬殊差别,便已自然地形成鲜明的对比:农奴自己是"无衣无褐",却仍要:"我朱孔阳,为公子裳。""取彼狐狸,为公子裘。"自己是"采荼薪樗",臭椿当柴煮苦菜吃,却仍要为领主们生产"黍稷重穋,禾麻菽麦","为此春酒,以介眉寿"。自己住的是"穹窒熏鼠,塞向墐户"才能勉强过冬的破房,却仍要"上入执宫功,昼尔于茅,宵尔索绹"。最低的物质待遇,却要承受最强的劳作:"自正月至十二月,趋事赴功,初无安逸暇豫之一时。男子耕耘于外,女子蚕绩于内。未'举趾'而已先'于耜',甫'纳稼'而即'执宫功',虽农隙之时而亦有'剥枣''断壶''采荼''薪樗''取狐狸''缵武功'之事,乃至冰坚水涸,一切之事皆毕,而犹使之冒寒'凿冰',毋乃过于劳乎?"①这在当时也许是天经地义的正常事,故乐官的叙说竟可作为"祈年""祭蜡"的乐歌,而我们在这种平静的叙说中会更加深刻地认识到西周初期阶级对立的社会本质,会更加真切地感受到农奴的不幸与哀苦。

农业生活诗不仅具有重大的社会价值,同时还由于它们多方面地表现西周初期农业生产的情况,使之成为研究西周农业生产的重要史料。从诗中我们可以了解到当时农奴们已发明制造了多种多样的农具,培育了多种多样的农作物与果品,并在长期的生产实践中积累了许多农业生产经验,使农业生产技术达到一个很高的水平。如诗中屡屡提及"俶载南亩""馌彼南亩"(《大田》),这个"南"字已不是单纯的方位词,而是说周人或是选择向南朝阳的土地,或是南北方向起垄,这说明周人已注意到阳光对农作物生长的重大意义了。"去其螟螣,及其

---

① 崔述:《读风偶识》卷四,《崔东壁遗书》,上海古籍出版社1983年版,第575页。

螽贼,无害我田稚。田祖有神,秉畀炎火"(《大田》),写周人用火烧的办法防治虫害。这个办法有效易行并延续下来,朱熹说:"姚崇遣使捕蝗,引此为证,夜中设火,火边掘坑,且焚且瘗,盖古之遗法如此。"(《诗集传》)此外,像《七月》对不违农时,及时春耕、夏耘、秋收、冬藏的描写,都是对周人农业生产宝贵经验的形象记载。

农业生活诗还具有很高的艺术价值,它们不仅艺术地再现了农业社会中人们勤劳朴实的性格,淳厚平和的民风,凝聚向心的心理,而且在表现技巧上也达到了很高的水平。如《七月》中将节令物候与农事结合起来写,这是由当时记时的习惯方式所形成的独特表述方法,用一系列的物候形象地表现了季节更替的抽象概念,而且生动地传达出了农业生产生活的乡土气息。如"七月在野,八月在宇,九月在户,十月蟋蟀入我床下"。运用蟋蟀由远及近的迁移来表示气温的逐渐降低、季节的变化,别有意趣。人们在诵读之中,会随着蟋蟀空间位置的转换而产生不同的肤觉感受与心理体验,当然也会在"十月蟋蟀入我床下"中,感受到农夫居住条件的简陋。

农事诗虽然没有运用很多借外物委婉言志的比兴手法,但由于它们往往撷取生产生活中寓有深意的片段,形象的"片段"同样会引发人们对其发生根源的思考,同样使作品具有言在此而意在彼的含蓄隽永的韵味。如《大田》中的:"彼有不获稚,此有不敛穧,彼有遗秉,此有滞穗,伊寡妇之利。"表面看来只是写寡妇拾取田间众多的遗穗,细细咀嚼之后,才知另有深意在。方玉润对此剖析极为精辟,他说:"诗只从遗穗说起,而正穗之多自见。其穗之遗也,有低小之穗,为刈获之所不及者;有刈而遗忘,为束缚之所不备者;亦有束缚虽备,而为辇载之所不尽者;且更有辇载虽尽,而折乱在垄,为刈获所不削,而束缚之难拾者。凡此皆寡妇之利也。事极琐碎,情极闲淡,诗偏尽情曲绘,刻摹无遗,娓娓不倦。无非为多稼穑一语设色生光,所谓愈淡愈奇,愈闲愈妙,善于烘托法耳。"①

农事诗是周代农业社会大文化背景下的直接产物,以农为本的社会生活决定了"饥者歌其食,劳者歌其事"等农事题材诗作是《诗经》中

---

① 方玉润:《诗经原始》卷十一,中华书局1986年版,第439页。

最有历史文化价值的部分之一,它较之其他内容的作品更直接地反映周代的经济基础状况的物质生活实际,揭示中华民族精神气质和审美趋向产生的物质之源,其在文学研究方面的意义同样是极其重要的。

第五章 燕飨诗

第一节 燕飨诗的发生、分类及政教功能

周代是个以小农生产为生产方式的农业宗法社会,家族血缘关系是维系社会的重要纽带,家族血缘上无法更易的亲疏远近决定了人们社会地位的尊卑贵贱,血缘情感把周人家庭、社会协调得自然和谐,使周人习惯于在充溢着和谐亲切的家庭气氛中交流感情,解决纠纷。适应这种农业宗法等级制社会的政治需要,逐渐形成了一系列的礼制。周代的礼制极为宽泛,它既包括个人伦理道德修养、行为方式的准则规范,又包括国家政治的典章制度。据《周礼》记载,当时把礼划分为吉礼、凶礼、军礼、宾礼、嘉礼五大类,统称为五礼。吉礼,是用于祭祀的礼仪;凶礼,是用于丧葬的礼仪;军礼,是用于军事的礼仪;宾礼,是用于朝聘会盟的礼仪;嘉礼是用于融合人际关系、沟通感情、联络友谊的礼仪,它的内容比较复杂,包括婚礼、冠礼、飨燕、立储、宾射等等礼仪。

燕飨诗是直接反映嘉礼中飨礼、燕(宴)礼等礼仪活动的诗,故也称为礼仪诗或宴饮诗。称之"礼仪诗"有失宽泛,燕飨只是礼仪中的一部分;称之"宴饮诗"又容易与一般的宴乐饮酒相混淆,故还是称之为燕飨诗为好,以表示它们是反映燕飨礼仪的诗歌。"燕"本为"宴"之假借,现仍沿用"燕",也是为了显现其反映燕礼的特定意义。根据它们反映的不同礼仪内容,又可分为飨礼诗、燕礼诗、乡饮酒礼诗等。

飨礼是周天子在太庙举行的一种象征性的宴会。《左传·成公十

二年》记载说:"世之治也,诸侯间于天子之事,则相朝也,于是乎有享宴之礼。"杜预注:"享有体荐,设几而不倚,爵盈而不饮,肴干而不食,所以训共俭。"①《小雅·彤弓》郑笺云:"大饮宾曰飨。"②"飨谓享,大牢以饮宾。"③飨以大牢招待宾客,规模盛大,但并不真吃真喝,献酒爵数也有一定限制。燕飨诗中有几首反映飨礼活动的诗,如《小雅·鹿鸣》描写了周王大宴群臣嘉宾的盛况;《小雅·彤弓》是写周王宴飨,赏赐有功的诸侯;《小雅·桑扈》是写周王宴飨诸侯时对他们的赞美及劝诫;《小雅·鱼藻》《大雅·泂酌》是写周王宴飨诸侯时,诸侯对周王的赞美。

燕礼应用最广,据《仪礼·燕礼》贾公彦疏说:"燕有四等……诸侯无事而燕,一也;卿大夫有王事之劳,二也;卿大夫又有聘而来,还与之燕,三也;四方聘客,与之燕,四也。"④《仪礼·燕礼》说:"燕,朝服于寝,其牲狗也。"⑤《左传·成公十二年》杜预注:"宴则折俎,相与共食。"⑥燕礼在主宾献酒行礼后便可开怀畅饮,至醉方休。

燕飨诗反映燕礼活动的最多,如《小雅·南有嘉鱼》是写封建领主设宴款待嘉宾,"兼叙宾主绸缪之情"(方玉润《诗经原始》);《小雅·宾之初筵》描写了领主贵族宴饮的全过程,并讽刺他们饮酒无度失礼丧德;《小雅·湛露》是写同姓王侯贵族夜燕祝颂;《小雅·鱼丽》是写领主贵族宴饮席上美酒佳肴的丰盛;《鲁颂·有駜》是写鲁国君臣宴饮公室,庆祝丰收,颂德祝福。

乡饮酒礼多指诸侯乡大夫的宴饮之礼。《仪礼·乡饮酒礼》说:"乡饮酒之礼,主人就先生而谋宾介。"郑玄注:"主人,谓诸侯之乡大夫也。先生,乡中致仕者。宾介,处士贤者。"贾公彦疏:"郑《目录》云:'诸侯之乡大夫三年大比,献贤者能者于其君,以礼宾之,与之饮酒。'""凡乡饮酒之礼,其名有四。案此宾贤能谓之乡饮酒,一也;又案乡饮

---

① 杜预:《春秋左传集解》,上海人民出版社1977年版,第718页。
② 孔颖达:《毛诗正义》,《十三经注疏》本,第42页。
③ 贾公彦:《仪礼注疏·聘礼》郑玄注,《十三经注疏》本,第1064页。
④ 贾公彦:《仪礼注疏·燕礼》,《十三经注疏》本,第1014、1024页。
⑤ 同上。
⑥ 杜预:《春秋左传集解》,第718页。

酒义云,六十者坐,五十者立侍,是党正饮酒,亦谓之乡饮酒,二也;乡射,州长春秋习射于州序,先行乡饮酒,亦谓之乡饮酒,三也;案乡饮酒义又有卿大夫士饮国中贤者用乡饮酒,四也。"①

周王的族宴为私饮酒礼。《周礼·春官·大宗伯》:"以饮食之礼,亲宗族兄弟。"贾公彦疏:"《经》云,饮者,非飨燕,是私饮酒法。其食可以通燕食。"②

反映乡饮酒礼活动的诗有:《小雅·常棣》写宴请同族兄弟,并反复申述兄弟应该相互扶持团结友爱;《小雅·伐木》写宴请亲友故旧,歌颂友谊;《小雅·頍弁》是写贵族宴请兄弟甥舅等亲戚,被请者表示对主人的依赖和爱戴,并流露了人生短促及时行乐的心情;《大雅·行苇》是写贵族宴请族人,兼行射礼。

周人逢时遇事必有燕飨,所以在反映不同内容的诗歌中也记录了燕飨活动,如《小雅·楚茨》中的"为宾为客,献酬交错"和《周颂·丝衣》中的"兕觥其觩,旨酒思柔"都是描写祭祀之后的宴饮;《豳风·七月》中的"朋酒斯飨,曰杀羔羊"是写农事之余的宴饮;《小雅·六月》中的"饮御诸友,炰鳖脍鲤"是写王师凯旋后的宴饮;《小雅·吉日》中的"以御宾客,且以酌醴"是写会猎之后的宴饮。由于诗歌内容各有侧重,它们与单纯描写燕飨的诗歌有所不同,故不属于燕飨诗,但这些诗也反映了燕飨的场面及礼仪,也是研究燕飨礼仪的重要史料。

第二节 关于燕飨诗的研究

由于燕飨诗主要反映了封建领主贵族阶层的生活,故"五四"以来,特别是新中国成立以后以阶级斗争为纲的时代很少有人对燕飨诗进行深入的研究。③ 而在古代,燕飨诗是礼乐文化的重要组成部分,受到格外的重视。

---

① 贾公彦:《仪礼注疏·乡饮酒礼》,《十三经注疏》本,第980页。
② 贾公彦:《周礼注疏·春官·大宗伯》,《十三经注疏》本,第760页。
③ 赵沛霖在《诗经研究反思·关于宴饮诗》中对燕飨诗做了比较全面系统的研究,我们这里便借鉴了其中的一些论述。

周代的礼不仅是伦理道德的规定,社会生活的仪式,还包括国家政治上的制度法令在内,故周代学者非常注重礼对修身养性、治国经邦的政治功利作用。《礼记·礼运》篇在强调礼的重要性时说:

> 夫礼,先王以承天之道,以治人之情,故失之者死,得之者生。《诗》曰:"相鼠有体,人而无礼。人而无礼,胡不遄死?"是故夫礼必本于天,殽于地,列于鬼神,达于丧、祭、射、御、冠、昏(婚)、朝、聘,故圣人以礼示之,故天下国家可得而正也。①

诸礼之中,燕飨之礼运用得最为普遍,周代统治者将之作为和睦九族、沟通上下、巩固统治秩序的政治手段。《周礼·春官·大宗伯》中明言:"以飨燕之礼,亲四方之宾客。"②《左传·成公十二年》载:"享以训共俭,宴以示慈惠,共俭以行礼,而慈惠以布政,政以礼成,民是以息。"③故历代经生对燕飨诗也极为重视,将其与政治教化紧密结合起来。如《诗序》说:"《鹿鸣》,燕群臣嘉宾也。既饮食之,又实币帛筐筥以将其厚意,然后忠臣嘉宾得尽其心矣。"孔颖达疏解其意说:"忠臣嘉宾佩荷恩德,皆得尽其忠诚之心以事上焉。明上隆下报,君臣尽诚,所以为政之美也。"④《诗序》说:"《伐木》,燕朋友故旧也。自天子至于庶人,未有不须友以成者。亲亲以睦,友贤不弃,不遗故旧,则民德归厚矣。"⑤《诗序》说:"《有駜》,颂僖公君臣之有道也。"孔颖达疏:"君以恩惠及臣,臣则尽忠事君,君臣相与皆有礼矣,是君臣有道也。"⑥

详考燕飨诗的内容、周代的礼制以及当时编集《诗经》的目的,我们以为古代经生对这几首诗的解释大致不差,基本上反映出了燕飨诗的本质特征。燕飨诗是周代礼乐文化的直接产物。燕飨之礼只是手段,巩固政权才是根本目的。燕飨诗的写作目的也并非纯是表现欢聚宴饮的活动场面,而是用诗歌的形式告诫人们要遵循燕飨礼仪,重在突出燕飨能够联络情谊、巩固统治的政治功利作用。这在宴飨诗中可以

---

① 孔颖达:《礼记正义·礼运》,《十三经注疏》本,第1414页。
② 贾公彦:《周礼注疏·春官·大宗伯》,《十三经注疏》本,第760页。
③ 杜预:《春秋左传集解》,第718页。
④ 孔颖达:《毛诗正义》,《十三经注疏》本,第405页。
⑤ 同上书,第410页。
⑥ 同上书,第610页。

得到充分的证明:如《小雅·鹿鸣》中"人之好我,示我周行",是写群臣嘉宾赞美惠爱周王,并向周王进谏有益的治国之道;"我有嘉宾,德音孔昭"则是写周王夸赞君臣嘉宾道德高尚,美名远扬。君臣之间相敬以礼,相爱以德,相互赞扬称颂,自然会有益于消除隔阂、融洽关系,有益于治理国家。可见经生所解并非臆测。不仅君臣之间需要沟通情感、同心协力,就是兄弟族人、友朋故旧之间也需要互相扶持爱护,才会有所成就,燕飨诗中便屡屡表现人们的这种普遍愿望,如希冀通过燕飨增进兄弟情谊:"兄弟既具,和乐且孺。""兄弟既翕,和乐且湛。"(《小雅·常棣》)企望通过燕飨结识朋友知心:"嘤其鸣矣,求其友声。相彼鸟矣,犹求友声。矧伊人矣,不求友生?"(《小雅·伐木》)等等。

  为实现燕飨的政治目的,自然对燕飨之礼有了一些具体的规定。礼是对人行为举止的外在约束,依礼而行则是道德修养的最高体现。人们是以礼为标准品评人的道德修养的,所以在对燕飨活动中美德的褒扬,对丑行的鞭挞中,便表现燕飨礼仪的具体内容,通过燕飨诗可以得知在不同的场合有不同的礼仪约束,在君臣飨礼中,要"彼交匪敖"(《小雅·桑扈》),"饮酒温克","各敬尔仪"(《小雅·小宛》),要既不侮慢,又不骄傲,饮酒要温文尔雅,诚敬谦恭,象征性地品尝,重在行礼。而在兄弟族人的私宴上则相对宽松一些,可以"厌厌夜饮,不醉无归"(《小雅·湛露》)。《毛传》注此句说:"夜饮,私燕也。宗子将有事,族人者入侍,不醉而出是不亲也,醉而不出是渫宗也。"[1]可知即便是私燕也不能纵酒无度,饮至微醉而止是最合礼仪的。故《小雅·宾之初筵》中说:"既醉而出,并受其福。醉而不出,是谓伐德。"对那些放纵狂饮不能循礼自制的人,人们便要斥之以无礼无德,还要设立酒监酒史明察仪法,如《小雅·宾之初筵》中说:"凡此饮酒,或醉或否。既立之监,或佐之史。彼醉不臧,不醉反耻。"意思是说:所有这些饮酒的人,有的已醉,有的没醉。就要设置酒监,还要附设酒史。"彼醉者所为不善而不自知,使不醉者反为之羞愧也。"[2]从中可见周人对燕飨之礼之德的重视。

---

[1] 孔颖达:《毛诗正义》,《十三经注疏》本,第421页。
[2] 朱熹:《诗集传》,第165页。

燕飨诗不仅具有重要的政治价值,还具有重要的历史价值,它们记载了许多燕飨之礼的程序和仪式,是研究周代礼制的重要史料。如《小雅·瓠叶》用三章分别写到"酌言献之""酌言酢之""酌言酬之"。古人合称之为"一献之礼",又称之为"三爵之礼"。孔颖达疏:"主人献宾,宾饮而又酢主人,主人饮而又酌以酬宾。"[1]这是燕飨中必经的程序。《小雅·宾之初筵》中"三爵不识,矧敢多又"便是指此,不过这里又特指以三为度的臣侍君小宴之礼。《小雅·鹿鸣》中"承筐是将"则是写酬币之礼,即飨礼中以筐承币帛作为礼品酬宾劝酒之礼。诸如此类,不胜枚举。

当然,燕飨席上宾主之间互相称颂不可避免地要带有歌功颂德、粉饰太平、掩盖社会矛盾的因素。有些燕飨诗,如《小雅·鱼丽》反复渲染酒席上美味佳肴的丰盛,客观上也从一个侧面暴露了统治阶级生活的奢侈糜烂。如《小雅·頍弁》中"死丧无日,无几相见。乐酒今夕,君子维宴",还反映出封建贵族对国家、人生前途的悲观失望和及时行乐的颓废心情。尽管如此,这些都遮掩不了燕飨诗在人类文化学上的重要意义。

但燕飨诗毕竟是诗,是世界文学史中唯一单纯反映古代燕飨活动的一组诗歌。它们不仅真实地展现了周代燕飨活动的场面,而且表现出燕飨活动中那种和谐融洽、欢快热烈的气氛,形成燕飨诗的独特风格。诗人不仅通过互相赞颂的语言、"举酬逸逸"的行动来突现宾主之间的和谐融洽,用"籥舞笙鼓,乐既和奏"的歌舞琴声,用"笾豆有楚,殽核维旅"的丰盛酒食来再现燕飨场面的热烈;(《小雅·宾之初筵》)而且还巧妙地借助种种寓意丰富深厚的自然物象来渲染烘托,将这种热烈的气氛转换为可视可感的艺术形象。如《小雅·鹿鸣》开篇便以"呦呦鹿鸣,食野之苹"起兴,《毛传》说:"鹿得萍,呦呦然鸣而相呼,恳诚发乎中,以兴嘉乐宾客,当有恳诚相招呼以成礼也。"[2]鹿为吉祥仁兽,用以象征明主的仁厚圣明,又以"呦呦之鸣"表现仁君的恳诚殷切,又为全诗奠定了欢快和谐的基调。《小雅·常棣》则以"常棣之华,鄂不韡

---

[1] 孔颖达:《毛诗正义》,《十三经注疏》本,第 487 页。
[2] 同上书,第 405 页。

骅"起兴,用常棣繁花的鲜明茂盛来渲染众多兄弟欢聚一堂的喜悦和睦。《小雅·伐木》则用嘤嘤不停的鸟鸣来比喻寻求朋友知心的诚挚迫切。

燕飨诗中还栩栩如生地塑造出了燕飨席上种种不同的贵族形象。这其中既有"於粲洒扫,陈馈八簋。既有肥牡,以速诸舅"(《小雅·伐木》)的慷慨好客、敦厚热情的主人,又有"德音孔昭"(《小雅·鹿鸣》)、文质彬彬、谦恭有礼的嘉宾;既有反复陈说"凡今之人,莫如兄弟"(《小雅·常棣》)的明智之士,又有纵酒狂欢、群魔乱舞的酒肉之徒。《小雅·宾之初筵》便是以燕飨活动的发展为序,写出与宴者在不同阶段上的神态变化。宴会开始时,一个个还能装模作样,遵循礼仪,相互酬酢;三杯过后,酒酣耳热,渐次放肆,手舞足蹈,不顾礼仪;待到酩酊大醉时,已是"宾既醉止,载号载呶。乱我笾豆,屡舞僛僛。是曰既醉,不知其邮。侧弁之俄,屡舞傞傞"。他们大喊大叫,呼号喧闹,打翻了竹笾,踢倒了木豆,一个个歪戴着鹿皮帽,东倒西歪,跌跌撞撞地手舞足蹈。诗人惟妙惟肖地刻画出一群腐朽虚伪、骄奢淫逸、丑态百出的醉鬼形象。燕飨诗在诗歌史中具有独特的审美价值。

第六章　战争徭役诗

战争和徭役作为周代社会历史生活中的重要内容贯穿其始终。《诗经》既然是周代社会的文学创作，就必然对其有所反映。我们将《诗经》中以战争和徭役为主要题材的叙事和抒情诗作视为战争徭役诗（为避免与其他各讲重复，这里不包括武王伐纣时的作品）。据粗略统计，这类诗作有三十余篇，占《诗经》诗篇总数的10%左右。

战争和徭役作为人类社会生活特定历史阶段的两大活动，各有其特质（尤其是社会生活相对稳定时期更是如此），但从周代社会的具体情况看，从当时人们的观照角度看，二者又颇多相通之处。

首先，战争和徭役在当时都被视为"王事"。如写战争的《小雅·采薇》曰："王事靡盬，不遑启处。"而写徭役之苦的《唐风·鸨羽》亦曰："王事靡盬，不能蓺稷黍，父母何怙？"同样，为上层统治阶级奔走四方的"士子"们，在《小雅·北山》中也痛心疾首地喊道："王事靡盬，忧我父母。""王事"者，国事也。参加战争与服徭役都是周人必须履行的义务。

其次，《诗经》中的三十余首战争徭役诗虽然由于时空跨度较大，叙事抒情的背景和角度各异，表达的内涵及情感较为纷繁，但是从民族文化心理上讲，其中绝大部分篇章的主旋律是相近的，即在情感上是颇为相通的。由于周人重农尊亲，故从总体上将战争和徭役都视为对农业生产和伦理亲情的破坏，所以《诗经》中的战争徭役诗除若干篇什表达了共御外侮、保土保国的豪情外，其他主要表现为对战争、徭役的厌倦，含有较浓郁的感伤情绪和恋亲意识，从而凸显出周民族文化心理特点。我们正是从这两个意义上来界定《诗经》中的战争徭役诗的。

第一节 《诗经》的战争诗

反映在《诗经》中的周代战争主要有两种情况。一种是对周边部族的抵御和进袭(主要是抵御,进袭也往往只是带有主动性的抵御,所谓以攻为守是也)。自西周建立以来,一直受到周边部族的威胁和侵扰,其时北方和西方有猃狁和戎狄,东南方有徐戎、淮夷,南方有荆楚,这些部族大多都未跨入人类文明的门槛,尚处于游牧阶段,文化水准的差异及对财帛子女的垂涎使他们对以农业为主体的较富庶的周人时时发动进袭。"四夷并侵,猃狁最强",正因为如此,《诗经》中这类战争诗,多以描写抵御或进袭猃狁为主要内容,如《小雅·出车》《秦风·无衣》等。此外,还有反映与淮夷作战的《大雅·常武》《大雅·江汉》,表现进袭荆楚的《小雅·采芑》等。周代战争的另一种则为对内镇压叛乱。武王灭殷后,封商纣之子武庚于殷国,并令管叔、蔡叔、霍叔监视武庚。武王死后,周公当政,武庚、管、蔡及徐国、奄国相继背叛,周公率兵东征,经历了三年激战,最后平定了叛乱。《豳风·东山》《豳风·破斧》就是这一史实的艺术反映。

由于周代战争本身所具有的复杂性,社会各阶层所处的地位、生活条件以及在战争中所扮演的角色不同,所以周人对战争的态度也有很大的差异,有时甚至相互抵触。正是这些复杂的情感,构成了《诗经》战争诗的特色。

这其中,有些诗表现了周民族作为一个核心文明、主体民族对周边部族作战时的自豪感。我们这里所说的核心文明与主体民族,指的是中原地区发展较高的农业文明和在此基础上形成的华夏族主体。中原地区作为华夏核心的文明区域,是早自炎黄以来漫长的历史中形成的,它经历了尧舜时期和夏商两代,其文明程度已远较周边地区要高,从而在华夏民族文化融合中起着越来越重要的主导作用。周王朝上继夏商而来,更自视为高于周边部族的上方大国,带有较强的民族自豪感和民族自信心,从而使他们在对外的征讨或防御的战争中,都带有一种必胜的信念。如《小雅·六月》:

六月栖栖,戎车既饬。四牡骙骙,载是常服。狁孔炽,我是用急。王于出征,以匡王国。

比物四骊,闲之维则。维此六月,既成我服。我服既成,于三十里。王于出征,以佐天子。

四牡修广,其大有颙。薄伐狁,以奏肤公。有严有翼,共武之服。共武之服,以定王国。

狁匪茹,整居焦获。侵镐及方,至于泾阳。织文鸟章,白旆央央。元戎十乘,以先启行。

戎车既安,如轾如轩。四牡既佶,既佶且闲。薄伐狁,至于大原。文武吉甫,万邦为宪。

吉甫燕喜,既多受祉。来归自镐,我行永久。饮御诸友,炰鳖脍鲤。侯谁在矣,张仲孝友。

《毛诗序》说:"《六月》,宣王北伐也。"这首诗叙写周宣王时大臣尹吉甫奉王命北伐狁,终获胜利的事迹。全诗共六章,前三章写尹吉甫六月受命出征之缘由,车马军容之盛大,治戎戒备之严谨。第四章说狁入侵近京邑,尹吉甫奉命北伐御强敌。最后两章写战斗以胜利结局,回归镐京后庆功。全诗表现了对狁的愤怒和藐视,显示了周军士气之盛,叙述了统帅指挥若定,将士勇于用命,迅速克敌制胜,战后饮御庆功的整个战争经过,洋溢着民族自豪感,表达了一种必胜的信念。《诗经》中表达类似情感的篇什还有《大雅·江汉》:

江汉浮浮,武夫滔滔。匪安匪游,淮夷来求。既出我车,既设我旟。匪安匪舒,淮夷来铺。

江汉汤汤,武夫洸洸。经营四方,告成于王。四方既平,王国庶定。时靡有争,王心载宁。

江汉之浒,王命召虎:式辟四方,彻我疆土。匪疚匪棘,王国来极。于疆于理,至于南海。

王命召虎:来旬来宣。文武受命,召公维翰。无曰予小子,召公是似。肇敏戎公,用锡尔祉。

厘尔圭瓒,秬鬯一卣。告于文人,锡山土田。于周受命,自召祖命,虎拜稽首:天子万年!

>虎拜稽首,对扬王休。作召公考:天子万寿!明明天子,令闻不已,矢其文德,洽此四国。

《毛诗序》说:"《江汉》,尹吉甫美宣王也,能兴衰拨乱,命召公平淮夷。"这首诗与《六月》产生于同一时代。据说,周厉王时国政混乱,四夷交侵,周宣王即位之后,内修政治,外抗强敌,北伐猃狁,南征淮夷。此诗颂美召公虎平定淮夷,开拓南疆有功,受到周宣王封赏的全过程。诗的前半部分写周人军容齐整、士气旺盛、无坚不摧的气势;后面又歌颂周王的教化和文德,"明明天子,令闻不已,矢其文德,洽此四国"。这种主体民族精神和民族自豪感,在华夏民族凝聚力的不断增强和华夏民族群体的不断扩大中起着极为重要的作用,体现了这种精神和情感的《诗经》中的战争诗,因而具有鼓舞民族士气、振奋人心的艺术力量,对后世同类题材的诗歌创作从"源头"上产生了极大影响。

有些诗表现了同仇敌忾地抵御外侮的精神。中华民族是一个农业民族,农业生产的一个重要特点就是对土地的依赖。而土地的开垦、水利设施的建设以及定居的生活方式使他们很早就形成了安居乐业、不事扩张的文化心理。但是如果敌人来侵,则会给以坚决的抵抗。《诗经》战争诗中最集中地体现这一情感的是《秦风·无衣》:

>岂曰无衣,与子同袍。王于兴师,修我戈矛,与子同仇。
>岂曰无衣,与子同泽。王于兴师,修我矛戟,与子偕作。
>岂曰无衣,与子同裳。王于兴师,修我甲兵,与子偕行。

如果说,体现第一种情感即民族自豪感的诗作均为雅诗,即其大致均为士阶层以上的作者所作,而且所表现的又是周民族对周边部族的进袭(即使是防御性的进袭)的话,那么《秦风·无衣》则是下层人民在国家面临强敌压境时而唱出保家卫国的战歌。此诗据有关专家考证,大约成于公元前771年。其时因统治集团内讧,周幽王死,周地大部沦陷,于是秦地人民纷纷抗击猃狁的侵掠。因此可以说,《秦风·无衣》艺术地反映了下层人民抗强敌,保家卫国的精神和行动。他们虽因受着贵族剥削陷入"无衣"之境,但外敌入侵、民族矛盾(或部族矛盾)上升为主要矛盾时,广大民众还是同仇敌忾,修兵整装,待命出征,"与子同仇""与子偕作",字里行间跳荡着昂扬斗志和必胜信念。

有些诗表现了抵御外侮和思念家乡的矛盾心情。主体民族的自豪和抵御外侮的目的虽然使周人勇敢地拿起了战斗的武器,但是从另一个方面看,周人并不是一个好战的民族,而是一个热爱家园的民族。因而,即便是在保家卫国的战争中,他们仍然表现出另一种思乡自伤的矛盾心情,《诗经》中战争诗表达这种矛盾心情的代表作是《小雅·采薇》:

采薇采薇,薇亦作止。曰归曰归,岁亦莫止。靡室靡家,猃狁之故。不遑启居,猃狁之故。

采薇采薇,薇亦柔止。曰归曰归,心亦忧止。忧心烈烈,载饥载渴。我戍未定,靡使归聘。

采薇采薇,薇亦刚止。曰归曰归,岁亦阳止。王事靡盬,不遑启处。忧心孔疚,我行不来。

彼尔维何,维常之华。彼路斯何,君子之车。戎车既驾,四牡业业。岂敢定居,一月三捷。

驾彼四牡,四牡骙骙。君子所依,小人所腓。四牡翼翼,象弭鱼服。岂不日戒,猃狁孔棘。

昔我往矣,杨柳依依。今我来思,雨雪霏霏。行道迟迟,载渴载饥。我心伤悲,莫知我哀。

这首诗以采薇起兴,由薇菜的初生、生长、变老,喻示诗人在外出征的时间之长。诗中既表达了作者对外侮强敌的愤怒("不遑启居,猃狁之故")和克敌制胜的豪情("岂敢定居,一月三捷"),但又表现了久战不休、久戍不归的战士对故乡的思恋,对自身遭际的哀伤。其中"靡室靡家"的哀叹,"载饥载渴"的呼喊,"忧心孔疚"的自伤,都极为生动形象地刻画了受战争之苦的士卒、同时又是农奴或农民的悲惨命运。尤其是最后一章悬想士兵久战后归家的情景更是令人悲怆:在那雨雪霏霏的天气,又饥又渴的士兵在归途上蹒跚而行,虽不寒而栗——"我心伤悲,莫知我哀"。对敌人的痛恨和对自身的哀伤,这种矛盾心情就这样复杂地交织在一起,从而表现出作者热爱和平反对战争的深刻思想,使这首诗具有极大的艺术感染力量。

有些诗则表现了诗人对于战争的怨恨。如果说,在《小雅·采薇》

这样的诗里,诗人尽管反对战争,但是面对强敌入侵的危急时刻,诗人还是勇敢地参加了保家卫国战斗的话,那么在统治者内部政治争夺的战争中,诗人则表现为强烈的怨恨之情。《豳风·东山》是表达这种思想情感最为鲜明的作品。

> 我徂东山,慆慆不归。我来自东,零雨其蒙。我东曰归,我心西悲。制彼裳衣,勿士行枚。蜎蜎者蠋,烝在桑野。敦彼独宿,亦在车下。
>
> 我徂东山,慆慆不归。我来自东,零雨其蒙。果臝之实,亦施于宇。伊威在室,蟏蛸在户。町畽鹿场,熠燿宵行。不可畏也,伊可怀也。
>
> 我徂东山,慆慆不归。我来自东,零雨其蒙。鹳鸣于垤,妇叹于室。洒扫穹窒,我征聿至。有敦瓜苦,烝在栗薪。自我不见,于今三年。
>
> 我徂东山,慆慆不归。我来自东,零雨其蒙。仓庚于飞,熠燿其羽。之子于归,皇驳其马。亲结其缡,九十其仪。其新孔嘉,其旧如之何!

这首诗记叙了一位随周公东征三年的战士退役归家的情形,通过他归途中的见闻及悬想,反映了动乱的现实,揭示了战争对农业生产和伦理亲情的破坏,表达了作者对战争的厌倦之情。

这是一首艺术性很高的抒情诗,它熔现实、回忆、想象于一炉:现实——沿途农田荒芜、民不聊生,"伊威在室,蟏蛸在户。町畽鹿场,熠燿宵行";想象——妻子在家盼夫归来,"鹳鸣于垤,妇叹于室。洒扫穹窒,我征聿至";回忆——当年新婚时的欢乐场景"之子于归,皇驳其马。亲结其缡,九十其仪"。但诗的表达中心还是现实,想象深化了现实,回忆反衬了现实,从而使该诗的主题得以凝练和升华。这种厌战、反战情感在周以后的同题材诗歌(特别是民歌)中有所延续和发展。

由上述论列可见,《诗经》中的战争诗表现情感是比较复杂的,那里既有主体民族的自豪感,又有共御外侮的勇敢精神,同时也表现出对自身的哀伤和对战争的怨恨。然而,正是在这看似矛盾的情感内容表达中,不但生动地反映了周代社会战争的历史,而且表现了周人对待战争的态度,从而说明周人思想品格的可贵,他们爱国家,也爱自己的故土与亲人,他们能够分辨战争性质的好坏,能够积极地投身于正义的战争,也同样敢于批判和诅咒那些不正义的战争。他们以这样的情感来进行战争诗创作,也同样使作品具有崇高的性质,从而使它成为教育人的艺术,被人们视为《诗经》中最为感人的题材类别之一,在中国历史中发挥着重要影响。

第二节 《诗经》的徭役诗

周代的徭役大致可分为两种。一种是大夫为诸侯、天子,或士为大夫、诸侯、天子服役,奔走四方而效劳。《诗经》中反映这类徭役的诗有《周南·卷耳》《召南·殷其雷》《召南·小星》《邶风·北门》《卫风·伯兮》《王风·君子于役》《小雅·四牡》《小雅·四月》《小雅·北山》《小雅·小明》等。另一种为下层士、庶民或农奴为国君戍守征发、出各种杂役。《诗经》中反映这类徭役的诗有《邶风·击鼓》《邶风·式微》《王风·扬之水》《郑风·清人》《齐风·东方未明》《魏风·陟岵》《唐风·鸨羽》《小雅·鸿雁》《小雅·大东》《小雅·渐渐之石》《小雅·何草不黄》等。

与《诗经》战争诗情感表现的多重性相比,徭役诗的情感表现比较统一,尽管其内容繁纷,背景各异,但概括起来,其情感表现主要有以下两个方面:

其一是由于农业生产的破坏和违背人伦之常所造成的心灵痛苦,表现在诗中就是深深的"思念"——思乡、念亲之情。如《唐风·鸨羽》:

> 肃肃鸨羽,集于苞栩。王事靡盬,不能蓺稷黍,父母何怙?悠悠苍天,曷其有所?
>
> 肃肃鸨翼,集于苞棘。王事靡盬,不能蓺黍稷,父母何食?悠悠苍天,曷其有极?
>
> 肃肃鸨行,集于苞桑。王事靡盬,不能蓺稻粱,父母何尝?悠悠苍天,曷其有常?

繁重的徭役,使服役者离乡背井,日夜奔忙。农田荒芜了,父母无人赡养,人民的生产和生活都受到了严重的破坏。这首诗每一节的结句,作者都以呼天式的抒情倾诉自己的痛苦,读来令人心酸。除《鸨羽》等诗由服役者直抒胸臆外,还有一些诗是通过对服役者的思念来表达同类情感的,如《卫风·伯兮》《王风·君子于役》写妻子对丈夫的怀念,《魏风·陟岵》想象父母兄弟对服役者的嘱托和希望等,也都表现得真切感人。如《王风·君子于役》:

君子于役,不知其期。曷至哉?鸡栖于埘。日之夕矣,羊牛下来。君子于役,如之何勿思?

君子于役,不日不月。曷其有佸?鸡栖于桀。日之夕矣,羊牛下括。君子于役,苟无饥渴?

徭役不仅给在外的征人造成痛苦,更给家人带来了不幸。诗中的这位女子,在暮色苍茫之中,看见牛羊下山、鸡禽归巢之时,不禁想起了自己在远方行役的丈夫。他在外行役已经很久,可是现在还不知道何时才能回家,怎能不让家中之人思念?她想象征人在外无日无月地劳作,不知道哪一年哪一月才是尽头。她可以想象出他的劳苦的身影,在无可奈何之中,她只能希望征人在外面好好地保重自己,不要有什么饥渴。这诗写得朴素之极,是农村最为典型的生活画面。每当日暮黄昏之时,牛羊鸡鸭等都回到了圈栏,家家的屋顶上都冒起了袅袅炊烟,劳作了一天的农夫们也回到家里,和妻子儿女共享着家庭的温馨和生活的快乐。可是,这诗中的男子却远在外地行役,家中只剩下女主人公一个人每天在同一时刻怅惘地等待。这里没有再说什么,但是,读者已经深深地感到了战争徭役给人们生活所带来的破坏,已经深深地同情诗中女主人公的不幸。这就是这首诗震撼人心的力量。

其二是对个人劳苦和命运不公平的感叹,表现在诗中就是深深的"怨尤"——怨天、尤人。如《小雅·何草不黄》:

何草不黄,何日不行。何人不将,经营四方。
何草不玄,何人不矜。哀我征夫,独为匪民。
匪兕匪虎,率彼旷野。哀我征夫,朝夕不暇。
有芃者狐,率彼幽草。有栈之车,行彼周道。

这是一首"经营四方"的"征人"们的哀歌。诗以野草的枯萎比喻他们的劳苦生活。由于被征调，他们不得不像野兽一样四处奔波，"匪兕匪虎，率彼旷野"，他们没日没夜地劳作，"朝夕不暇"，这使他们发出了"独为匪民"的怨愤。其他诸如《王风·扬之水》中"怀哉怀哉，曷月予还归哉"的呼喊，《召南·小星》中"夙夜在公，寔命不同"的感叹，《小雅·北山》中"大夫不均，我从事独贤"的抱怨……都从不同角度、不同层次对名目繁多、负担繁重的徭役给人们带来的痛苦给予指控，这表明徭役诗在整体上具有哀伤沉痛的特征，具有较强的批判色彩。

　　徭役诗虽然从情感表现上不像战争诗那么矛盾复杂，但是却从另一角度表现了大夫、士、庶民，乃至农奴在周代社会生活中的一个非常重要的方面。从数量上看比战争诗篇也要多出许多。这说明，周王朝各种繁重的徭役对人民的日常生活具有更为普遍的影响，因而周人在徭役诗中也自然寄寓着更为深沉的世俗生活情感；客观上揭示因之而带来的生活悲剧，主观上袒露由之而产生的情感怨尤，使这类诗具有极强的感人力量。

第七章 卿士大夫政治美刺诗

卿士大夫政治美刺诗是《诗经》中的一个重要类别,这一类别又包含政治颂美诗与政治怨刺诗两类。政治颂美诗主要是指《诗经》"雅诗"中那些"以述其政之美者"的作品,而不包括"美盛德之形容,以其成功告于神明"的宗庙祭歌《周颂》,它们大多是在宗周建国、领主封建制形成、封建礼制与道德确立与完备的历史条件下产生的,时间约当西周初、中期;政治怨刺诗则主要是在领主封建制衰落、礼崩乐坏的时刻出现的,时间约当在西周中后期至东周初。这两类诗基本存于《诗经》"二雅"之中,都出于周代社会的卿士大夫之手。这两类诗,虽有美刺之别,但都是周代社会政治的产物,是周代贵族的精神品格在不同政治形势下的表现。

第一节 政治颂美诗

政治颂美诗的主要内容,是对整个贵族阶级及其政治代表人物的赞美。它主要体现在两个方面:其一是赞扬贵族阶级的美德与容仪,如《大雅》中的《泂酌》《假乐》《卷阿》《韩奕》,《小雅》中的《天保》《南山有台》《裳裳者华》《采菽》《都人士》《庭燎》等;其二是赞美贵族阶级政治代表人物的政绩,如《大雅·烝民》《崧高》等。

《诗经》政治颂美诗的一个突出特点是颂扬周代贵族人物的道德与容仪之美。之所以如此,是因为在周人的文化观念里,道德践履是政治实践的基础,"治国"需从"修身"做起,在这方面,文王已经给他们树立了榜样。所谓"刑于寡妻,至于兄弟,以御于家邦"(《大雅·思齐》),因此,颂扬贵族人物的道德人格之美,也就具有特殊的意义,它是统治者治国的基础,也是卿士大夫们从政的基本条件,这就是君子的"道德之美":

既醉以酒,既饱以德。君子万年,介尔景福。(《既醉》)
瞻彼旱麓,榛楛济济。岂弟君子,干禄岂弟。(《旱麓》)
岂弟君子,民之父母……岂弟君子,民之攸归。(《泂酌》)
岂弟君子,四方为则……岂弟君子,四方为纲。(《卷阿》)

这些诗中所说的"德"是指君子的美好道德,"岂弟"(恺悌)也是就道德而言,其义指君子能平和近人,对人充满了仁爱,也是君子的基本品格。正因为如此,所以诗人才一再地说他们是"民之父母""民之攸归""四方为则""四方为纲"。同样,《小雅·南山有台》在颂美君子时,也一再地说"乐只君子,德音不已""乐只君子,德音是茂",并由此而称他们是"邦家之基"。正因为道德是立国的基础,所以《诗经》中的政治颂美诗首先歌颂君子的道德之美,也就是必然现象。

在周人看来,"君子"之美不仅表现为内怀德性,而且还外具仪容。内在的德性恰恰又是通过外在的仪容才得以表现的。所以,《诗经》中的颂美诗另一个突出的特点就是描写君子的外在仪容之美:

菁菁者莪,在彼中河。既见君子,乐且有仪。(《小雅·菁菁者莪》)
瞻彼洛矣,维水泱泱。君子至止,鞞琫有珌。(《瞻彼洛矣》)
彼都人士,狐裘黄黄。其容不改,出言有章。行归于周,万民所望。(《都人士》)

《菁菁者莪》中的君子,他的仪容美好又举止得体,"乐且有仪";《瞻彼洛矣》中的君子,佩刀的鞘上都镶着美玉,"鞞琫有珌",可见其仪容多么高贵华美;而那个居住在镐京的贵族"都人士",穿着毛色黄亮的狐皮大衣,始终保持着雍容的仪表神态,说出话来文采斐然。正是这样的君子,才能够让"万民所望",才是能够肩负起国之重任的"邦家之基"。

总之,既歌颂君子的内在美质,又赞美君子的外在仪表,内德外仪

的统一,是《诗经》政治颂美诗的一个基本模式。《大雅·假乐》比较集中地体现了这两点:

> 假乐君子,显显令德。宜民宜人,受禄于天。保右命之,自天申之。
>
> 干禄百福,子孙千亿。穆穆皇皇,宜君宜王。不愆不忘,率由旧章。
>
> 威仪抑抑,德音秩秩。无怨无恶,率由群匹。受福无疆,四方之纲。
>
> 之纲之纪,燕及朋友。百辟卿士,媚于天子。不解于位,民之攸塈。

《毛诗序》曰:"《假乐》,嘉成王也。"现在一般人也都认为这是赞美周成王的诗。诗中第一段说他有美好的品德,能安抚百姓,使所有的人都能尽职,所以从天那里承受了福禄。第二段说他因受福禄而有众多的子孙。他又有肃穆的神态,堂皇的仪表,他是一个很好的君主,因为他从来不犯什么过错,一切都按先王的法度办事。第三段再一次申说他有严肃庄重的仪表,谈吐文雅有序,因而他没有任何私怨私恶,他率领着众多贤人治国,成为四方纲纪。第四段写朝中群臣对他充满了热爱,一个个尽职尽责,老百姓在他的荫庇下也都安居乐业。全诗并没有具体地写成王到底取得了哪些功业,而是一再地歌颂周成王的德行与仪容,"显显令德""穆穆皇皇""威仪抑抑""德音秩秩",不过,正是由此,诗人向我们暗示了成王所取得功业的伟大,并在字里行间流露出对他的真挚的热爱。

在《诗经》的政治颂美诗里,传为周宣王大臣尹吉甫所作的《大雅·烝民》是最为杰出的一首,诗篇赞美了王室重臣仲山甫的赫赫政绩,同时成功地塑造了一个德性完美、勤于王事的政治家形象:

> 天生烝民,有物有则。民之秉彝,好是懿德。天监有周,昭假于下。保兹天子,生仲山甫。
>
> 仲山甫之德,柔嘉维则。令仪令色,小心翼翼。古训是式,威仪是力。天子是若,明命使赋。
>
> 王命仲山甫,式是百辟。缵戎祖考,王躬是保。出纳王命,王

之喉舌。赋政于外,四方爰发。

肃肃王命,仲山甫将之。邦国若否,仲山甫明之。既明且哲,以保其身。夙夜匪解,以事一人。

人亦有言:"柔则茹之,刚则吐之。"维仲山甫,柔亦不茹,刚亦不吐;不侮矜寡,不畏强御。

人亦有言:"德輶如毛,民鲜克举之。"我仪图之,维仲山甫举之,爱莫助之。衮职有阙,维仲山甫补之。

仲山甫出祖,四牡业业,征夫捷捷,每怀靡及。四牡彭彭,八鸾锵锵,王命仲山甫,城彼东方。

四牡骙骙,八鸾喈喈。仲山甫徂齐,式遄其归。吉甫作诵,穆如清风。仲山甫永怀,以慰其心。

此诗是尹吉甫为仲山甫受周宣王之命赴齐筑城之事而作。仲山甫即樊仲,《国语·周语》又称其为樊仲山甫、樊穆仲,是周宣王卿士,食采于樊。宣王命他到齐地筑城,大概是为了平定齐乱。① 但"城彼东方"之事,只在诗的结尾处点出,全诗的中心都在颂扬这位辅佐宣王的贤臣的政绩与德性上。诗的首章先赞美天降贤人,为了"保兹天子"而"生仲山甫",从第二章起便对"仲山甫之德"进行了多方描绘,说他以温柔善良为做人的准则,"柔嘉维则",仪容端庄、面色和善,"令仪令色",为人处世非常谨慎,以先王的古训作为自己的行事准则,以勤修威仪作为行动的力量,"小心翼翼。古训是式,威仪是力",使人们看到这位王室重臣的人格之美,既内见于守礼修德,又外显于形态威仪。接着,诗人又通过重大政事,写仲山甫怎样秉德为政,而在政事中显现其美德:他恭谨地执行天子的命令,他身居高位,总领诸侯百官,在内管理政务,出则经营四方。作为王的喉舌,他负责传达王的命令让四方施行。凡是国家大事的好坏顺逆,他都能够明辨;他既高明又有智慧,保全自己一身。他从早到晚不肯懈怠,忠心地服务天子一人(三、四章)。再接下来,诗又回到对"仲山甫之德"的具体颂扬:他秉德而行,处理事务中刚柔相济,不卑不亢,"不侮矜寡,不畏强御",不仅如此,他还能对周王的缺失加以匡正(五、六章)。最后两章,先写仲山甫作为重臣离

---

① 王先谦:《诗三家义集疏》,第972页。

京出行"城彼东方"的威仪,他奉王命远行,有雄壮的车马、威武的士兵,威仪非凡;再写诗人对他的怀思。就这样,全诗通过对仲山甫政绩的记述,美德的颂扬,崇敬与思怀之情的抒发,既展现出一位政治家外在的威仪风采,又显示了他的"柔嘉维则"的人格之美。

政治颂美诗所歌颂的对象是周代社会的上层贵族,在一段时间内,曾把这类诗看成是封建统治阶级的歌功颂德之作而给予否定。其实,在周代社会里,这些上层贵族在社会的发展中起着重要的进步的历史作用,他们的个体人格以及其道德功业都是值得歌颂的,有些人也可以称得上是我们中华民族中优秀的代表,并为后世树立了光辉的榜样。颂美诗作为政治抒情诗的重要组成部分,从一个侧面体现了诗人对周代社会的礼乐文明的歌颂,体现了对贵族阶级优秀代表人物热情洋溢的爱。

第二节 讽喻怨刺诗

"雅诗"中的讽喻怨刺诗产生在"王道衰""周室大坏"的西周中叶以后,特别是西周末年到平王东迁的时期。讽喻怨刺诗也像政治颂美诗一样,其作者属于贵族阶层中的"公卿列士"。作为本阶级意识形态的"思想家"和"代言人",他们很不幸地生活于末世与乱世之时,这使他们不但难以实现自己的政治抱负和理想,还不得不同社会上一切腐朽现象作斗争,同时不得不面对自己的各种挫折和不幸。于是,他们作诗的目的也不得不因时代条件的变化由颂美而转向讽喻和怨刺。这些诗从内容上看又可以分为两个方面:其一是对统治者进行讽喻和规谏,其二是对社会的黑暗现实进行怨刺和批判。这些诗主要见于二雅,《大雅》中的《民劳》《板》《荡》《抑》《桑柔》《瞻卬》《召旻》;《小雅》中的《节南山》《正月》《十月之交》《雨无正》《小旻》《小宛》《小弁》《巧言》《巷伯》等都属于这一类作品。这两类诗在内容上又有其共同性,即表现了那一时期的卿士大夫们的忧患意识和忧患之情。刘熙载《艺概·诗概》说:"《大雅》之变,具忧世之怀;《小雅》之变,多忧生之意。"忧世,也就是忧国忧民;忧生,也就是感慨个人遭遇。一般来说,由于

《大雅》的作者多为贵族中地位较高的人物,宗法血缘关系已把他们个人的命运同周王朝的命运紧紧联系起来,他们对于国家兴衰所具有的强烈的责任感、使命感,以及由此而产生的政治参与意识,使他们对于宗周的倾圮有焚心之忧、切肤之痛,故出于这个阶层之手的诗如《大雅》中的《板》《荡》《抑》等便"具忧世之怀",这些诗的抒情主调多表现为讽喻和规谏。《小雅》的作者地位较《大雅》为低,其血缘层次和等级身份虽使他们也关注国家命运,但是,在等级制度中他们之中某些人或处于受压的地位,或有不幸的个人遭遇,如《小雅》中《正月》《小弁》《巷伯》《北山》等诗作者即是这样,因此,在他们抒愤述伤的诗篇中,便感慨个人的遭遇而每多"忧生之意",相应地,这些诗的主调也主要表现为怨刺与批判。下面我们就从两方面进行分析。

一 讽喻规谏诗

在讽喻规谏诗中,《板》是其中有代表性的诗篇之一:

上帝板板,下民卒瘅。出话不然,为犹不远。靡圣管管,不实于亶。犹之未远,是用大谏。

天之方难,无然宪宪。天之方蹶,无然泄泄。辞之辑矣,民之洽矣。辞之怿矣,民之莫矣。

我虽异事,及尔同僚。我即尔谋,听我嚣嚣。我言维服,勿以为笑。先民有言,询于刍荛。

天之方虐,无然谑谑。老夫灌灌,小子蹻蹻。匪我言耄,尔用忧谑。多将熇熇,不可救药。

天之方懠,无为夸毗。威仪卒迷,善人载尸。民之方殿屎,则莫我敢葵。丧乱蔑资,曾莫惠我师。

天之牖民,如埙如篪。如璋如圭,如取如携。携无曰益,牖民孔易。民之多辟,无自立辟。

价人维藩,大师维垣,大邦维屏,大宗维翰。怀德维宁,宗子维城。无俾城坏,无独斯畏。

敬天之怒,无敢戏豫。敬天之渝,无敢驰驱。昊天曰明,及尔出王。昊天曰旦,及尔游衍。

这首诗传为周厉王时的老臣凡伯所作。全诗共分为八章。第一章由天道变化,人民遭难说起,而这一切都是由于当政者没有政治远见、王道无常所造成,所以诗人要进行讽谏。第二章接写天降灾难,乃是由于为政多变、国家政策不得人心。第三章责备那些当政者,他们本与诗人是同僚,但是却不听诗人的劝告。古代曾说,为政者还要向割草砍柴的人请教,"先民有言,询于刍荛",可是现在这些执政者连我这样同僚的话都听不进去。第四章进一步以一个老臣的身份来责备周厉王,说自己如此真诚恳切地劝导,可是你却如此骄傲无礼,"老夫灌灌,小子蹻蹻",以至于到了"无可救药"的地步。第五章劝周王要正视天的愤怒,要关心民生疾苦。第六章告诉厉王正确的治民之方,那就是为政的和谐,君与民之间的关系,像乐器的和奏,像圭与璋的相得益彰。并且告诫厉王,百姓们之所以生出邪辟之事,主要是由于当政者做出了坏的榜样,"民之多辟,无自立辟"。第七章再告诉厉王为政之方,要正确地认识天子与群臣诸侯之间的关系,要把他们团结在自己的周围,而团结的根本就在于"怀德维宁",否则,就会自毁城墙,就会使国家灭亡。最后一章,再一次告诫厉王要敬畏天怒,不要再做那些戏豫和荒淫之事。整首诗就这样以一个旧臣老者的身份,反复地向厉王陈说,促其猛醒。其拳拳之忠,溢于言表。

《诗经》中这种讽喻规谏之诗的言辞,有时显得非常激切,如《板》诗中"老夫灌灌,小子蹻蹻""多将熇熇,不可救药"这样的言辞,在后世的诗中很难出现。而在"以德辅天"与"敬天保民"观念深植的周代社会,以诗规谏当政者却是一个良好的传统。据《国语·周语》记载:"故天子听政,使公卿至于列士献诗,瞽献曲,史献书,师箴,瞍赋,蒙诵,百工谏,庶人传语,近臣尽规,亲戚补察,瞽史教诲,耆艾修之,而后王斟酌焉,是以事行而不悖。"这说明在周代"公卿列士"献诗本属礼乐文化内容之一,而备"王斟酌"以使"事行而不悖"的讽喻诗,若起到"尽规""补察""教诲"的作用,也自然成为那些进步的贵族思想家用以辅政的有力工具。特别是在宗周倾圮,国势岌岌可危的情况下,他们更会以极大的政治勇气向统治者进言,忧时感事之意溢于言表。除我们上文所引的《板》诗之外,还有不少同类的诗篇,如《民劳》旧说是召穆公劝谏周厉王之作。诗以安民保国这一思想向最高统治者进谏,警告他"民亦劳止",为政者必须体恤他们的超负荷的疾苦,使其"小康""小休""小息""小愒""小安"才能防止矛盾激化,不使国家陷于灾难。"民亦劳止"一句在诗中反复出现,既表明诗人以民本思想谆谆劝谏,也道出了当时人民承受劳役之繁不得安生的苦况。《荡》也是写给周王的谏诗,诗人在行谏时采取托古讽今的手法,借周文王口气指责殷纣王因失德而亡国,并以前人所言"颠沛之揭,枝叶未有害,本实先拨"喻示君为国之根,君若失德,国将难保的道理。结尾又以"殷鉴不远,在夏后之世"表明周鉴之在于殷。《抑》,《国语·楚语》引此诗篇名作《懿》,说是卫武公95岁所作,用以自儆。其实诗中更多的内容是严厉地劝告厉王。诗人劝告厉王要守礼修德,"敬慎威仪,维民之则"。并以宗族老人的身份称厉王为"小子",说他不知道好坏,不辨是非,我不但用手来牵着他,还要指出具体的事给他看;不但要教诲他,还要提着耳朵警醒他:"於乎小子,未知臧否。匪手携之,言示之事。匪面命之,言提其耳。"《桑柔》一诗《左传》《国语》俱载其为周厉王臣子芮良夫所作,诗名"桑柔",如朱熹《诗集传》所说:"取以比周之盛时,如叶之茂,其荫无所不遍,至于厉王肆行暴虐,以败其成业,王室忽焉凋弊,如桑之既采,民失其荫而受其病。"厉王被人民赶走,镐京大乱,芮良夫亦逃难东去,故诗中有"我生不辰,逢天僤怒。自西徂东,靡所定处"的诗句。表现出诗人"忧世""忧生"之怀兼具。本诗对当时黑暗腐败政治多有揭露,但箴诫规谏的精神还是寓于全诗。

二 讽刺批判诗

与讽喻规谏诗所不同的是,这一类诗篇大多出自受到当权者打击迫害的卿士之手,表现出强烈的讽刺批判精神。其讽刺批判的对象由地上的当权者而及于天上的主宰者,还有那些宵小和权臣。《小雅》中的《十月之交》是代表性诗篇之一:

> 十月之交,朔月辛卯。日有食之,亦孔之丑。彼月而微,此日而微;今此下民,亦孔之哀。
>
> 日月告凶,不用其行。四国无政,不用其良。彼月而食,则维其常;此日而食,于何不臧。

> 烨烨震电,不宁不令。百川沸腾,山冢崒崩。高岸为谷,深谷为陵。哀今之人,胡憯莫惩?
>
> 皇父卿士,番维司徒,家伯维宰,仲允膳夫,棸子内史,蹶维趣马,楀维师氏。艳妻煽方处。
>
> 抑此皇父,岂曰不时?胡为我作,不即我谋?彻我墙屋,田卒污莱。曰予不戕,礼则然矣。
>
> 皇父孔圣,作都于向。择三有事,亶侯多藏。不慭遗一老,俾守我王。择有车马,以居徂向。
>
> 黾勉从事,不敢告劳。无罪无辜,谗口嚣嚣。下民之孽,匪降自天。噂沓背憎,职竞由人。
>
> 悠悠我里,亦孔之痗。四方有羡,我独居忧。民莫不逸,我独不敢休。天命不彻,我不敢效我友自逸。

周幽王六年(前776),曾发生过一次日食,在此之前的四年(前780),周地又曾有过一次大地震。这在古代都认为是不祥之兆,是天怒人怨、天下大乱的表现。于是,诗人写下了这首批判昏君佞臣的政治抒情诗。全诗共八章。第一章先写日食之变,指出这是在上者昏庸,也是下民的悲哀。第二章分析日食和月食产生的原因,那是因为统治者的失政。第三章追溯发生在前四年的大地震,曾经给人民带来了巨大的灾难,可是统治者并没有引以为戒。第四章对倒行逆施的七个用事大臣和与他们勾结在一起的幽王宠妃给予直斥其名的揭露。第五、六两章则直接揭露七个用事大臣中的代表皇父的罪恶,他毁坏了别人的田地房屋,聚敛财富,在向地经营自己的采邑。最后两章写自己为王事而勤劳,却无辜被谗的遭遇,以及面对时政不敢贪图安逸的忧心。整首诗所表现的这种疾恶如仇的态度和直言不讳的大胆批判,使其与《板》《荡》等诗的谆谆劝告形成了比较鲜明的区别,这就是讽喻规谏诗与讽刺批判诗的区别。同样的诗篇还有《节南山》,这是一个自称家父的人所作,诗人为"国既卒斩"而"忧心如惔",因而直刺"秉国之均"的执政大臣师尹,指责他为政不平,任用宵小,连引私党,"琐琐姻亚,则无膴仕",造成"丧乱弘多。民言无嘉",以至人怨天怒。诗人"作诵"的目的即在"以究王讻"。《正月》的作者是位遭受迫害的官吏,他从天时不正,人多讹言写起,表现了诗人"忧心京京",处乱世而惧亡国的心情。

篇中"心之忧矣,如或结之。今兹之正,胡然厉矣?燎之方扬,宁或灭之?赫赫宗周,褒姒灭之"等语,揭示出诗的主题和讽刺批判之意,同时,诗人还把世上一切苦难的出现归怨于天。《雨无正》不仅讽刺了王朝腐朽贵族的昏聩荒淫、自私自利、失德乱政,而且将自己的一腔怒气发泄于上帝,指斥"浩浩昊天,不骏其德。降丧饥馑,斩伐四国",把"天"看作是人间灾难的根源。《小雅》中的其他讽喻诗篇,或揭露痛斥宵小"缉缉翩翩,谋欲谮人"的卑鄙伎俩(《巷伯》),或批评执政者不能择善而用,"谋臧不从,不臧覆用"(《小旻》),或斥责谗人"巧言如簧,颜之厚矣",讽刺君王信谗,"乱之又生"(《巧言》)。总之,《小雅》中的讽喻诗更为突出地显示了讽刺批判精神,在抨击不良政治时,把锋芒直指周王、权臣和天。

箴诫规谏诗和讽刺批判诗在情感的表现上虽有不同,但是二者的精神实质又是共同的。它们共同构成了《诗经》的讽喻精神,而这些诗的作者,也被后世称之为"讽喻诗人"。他们是周代贵族中的优秀分子,良好的文化教养、强烈的社会责任感和政治参与意识,造就了他们的精神品格。这种精神品格又包括两个方面,第一是忧国忧民的情怀,第二是守礼修德的自觉意识。讽喻诗人忧国忧民的情怀,从根本上说,是他们与周王朝休戚与共的命运决定的。建立在宗法血缘关系上的周代封建制度,政治上代表"大宗"的周天子是整个王朝的最高统治者,讽喻诗人则是处于不同等级上的臣下士卿;伦理上,周天子乃是宗族的一族之长,讽喻诗人则是处于不同血缘层次上的兄弟子孙。这样,宗法血缘关系就把他们同周王朝的命运联系在一起,一荣俱荣,一损俱损,忧国忧民的情怀遂成为讽喻诗人的一种精神品格。在宗周倾圮的时代,这种品格也就表现得尤为明显。在"二雅"所有的讽喻诗篇中,都流露出一种"忧心惨惨,念国之为虐"的情怀。讽喻诗人守礼修德的自觉意识,则表现为他们对于"礼"的笃信并恪守"德"的规范。他们把它视为生活准则,既用以自律又以之律他,要求包括国君大臣在内的所有社会成员都要依此而行。他们严正告诫昏君和佞臣们"尔德不明"(《荡》)、"颠覆厥德"(《抑》),并向他们大声疾呼,要"敬慎威仪,以近有德"(《民劳》),同时,他们也时时以"礼"和"德"来约束自己,"天命不彻,我不敢效我友自逸"(《十月之交》)、"敬天之怒,无敢戏豫"

(《板》)。诗人之所以写出那些充满了讽喻批判精神的作品,其内在心理动力便是他们忧国忧民的情怀和守礼修德的自觉意识。

　　《诗经》讽喻怨刺诗中所体现的这种讽喻精神,其作者群体性的精神品格和心理情感特征,是中国古代社会的文化产物,在中国封建社会中具有一定的典范意义。《诗经》开创了这个文学传统,其作者的精神品格和心理情感特征,无疑对屈原以后的诗人及作品产生了极为重大的影响:屈原忧愤深广的政治抒情诗《离骚》和抒发了"郁结纡轸"之怀的《九章》,就直承了《诗经》的怨刺讽喻精神;屈赋中抒情主人公重视内修外仪的人格美,诗人追求美政、坚持道德操守的精神品格和"忧国怨深"的情感特征,也同样能从《诗经》"二雅"怨刺诗人那里找到其多方面的文化继承。屈原以后,杜甫等大诗人的忧国忧民情怀,也正是上承了《诗经》的这种传统。

第八章 婚姻诗与爱情诗

婚姻诗与爱情诗在《诗经》中占有重要的地位。人类在两性关系中产生爱情,是性意识觉醒、人的个性及自我意识有了一定发展后的事情。随着爱情的产生,便出现了男女爱情诗。《诗经》305篇中,抒写男女相思相恋各种情感的诗篇,约有50首,占总数的六分之一。另外还有一些表现男女婚姻生活的诗。我们把这些诗统称之为婚姻诗与爱情诗,并把它们分为三个部分来叙述:一、描写男女之间互相悦慕、爱恋、思念的爱情诗;二、描写男女结合的婚嫁诗;三、描写婚姻破裂的弃妇诗。其中爱情诗大都表现出男女情爱的热烈、坦诚与幸福,弃妇诗多写对失去了的男女情爱的缱绻与怨怼,婚嫁诗则在字里行间,透露出对男女情爱结局的感受与评价。

第一节 爱情诗

胡应麟说:"男女构精,万物化生,人道之本也。太初始判,未有男女,孰为构精乎?天地之气也。……周之《国风》、汉之乐府,皆天地元声。"①《诗经》中的男女爱情诗,有"太初始判"的放纵恣肆,有"天地元声"的朴丽清新,而较少封建道统的桎梏艰涩,亦绝无绣帐罗帷的柔靡浓艳。其在爱情诗史上的重要价值,是不容忽视的。

但是,在《诗经》研究史上,《诗经》中所保存的这些具有极高审美

---

① 胡应麟:《诗薮》,上海古籍出版社1979年版,第127页。

价值的男女爱情诗却长期遭受不公平待遇。从汉代的《毛传》《郑笺》《诗序》直到唐代孔颖达的《毛诗正义》，都从根本上否定《诗经》中男女爱情诗的性质，而把她们穿凿附会为政治说教的工具。他们抓住诗中的片言只语，随心所欲地加以解释，以达到为政治说教的目的。比如他们把《郑风·子衿》与"子产不毁乡校"相联结；把《郑风·将仲子》说成是不满"郑伯克段于鄢"而"刺庄公也"(《诗序》)。这些完全不顾及诗歌内容的离奇说诗方法，让人啼笑皆非。

宋代朱熹，"唯本文是求"(《诗传遗说·卷四》)，承认《诗经》中有男女相悦之词，把男女爱情诗从政治说教的桎梏中解放出来，功不可没。但他在评说男女爱情诗时，大都从理学道统的立场出发，认为爱情诗即"淫诗"，这又从另一个方面否定了男女爱情诗的价值。清代王夫之从"圣人有欲，其欲天之理。天无欲，其理即人之欲"(《读四书大全说》卷四)的观点出发，批判了朱熹等人对男女爱情诗的不公正评价，肯定了爱情诗的积极思想意义和美学价值，为后人正确认识《诗经》中的男女爱情诗，奠定了基础。

"五四"以来，《诗经》研究者们冲破了封建思想的束缚，对《诗经》中男女爱情诗进行了大量的甄别研究，并充分肯定了她们的固有价值，爱情诗越来越受到读者的喜爱。

周代社会是礼教初设而古风犹存的时代，甚至当时的一些礼教也建立在民间的风俗之上。如《周礼·地官·媒氏》说："媒氏掌万民之判。……中春之月，令会男女。于是时也，奔者不禁，若无故而不用令者罚之，司男女之无夫家者而会之。"由于较少婚恋的禁忌，《诗经》中的爱情诗显得特别的自由活泼，真实地传达了少男少女之间互相悦慕、思念的心声，生动地再现了他们相爱相恋的世俗生活，其内容丰富而又多彩。这里有男女间互相悦慕之情的表白，其中充满初恋的热烈与羞涩；男女之间嬉乐游戏的描写，其中洋溢着融合和乐；也有恋爱过程中的各种感受和遭际，其中不乏对桎梏少男少女纯真情感的社会环境的揭露、嘲讽、诅咒乃至反抗，当然也有对有情人终成眷属的欣喜与欢乐。

相恋首先是男女之间从心底对对方的悦慕，因此，表现男女间的相恋和相思，是《诗经》爱情诗中非常突出的方面。这里有男子对女子的悦慕，如《郑风·出其东门》：

>出其东门,有女如云。虽则如云,匪我思存。缟衣綦巾,聊乐我员。
>
>出其闉闍,有女如荼。虽则如荼,匪我思且。缟衣茹藘,聊可与娱。

这是一个男子思念女子的诗篇。在众多的美女之中,他只喜欢那个穿白色素绢衣服,戴绛色佩巾的女子,并说只有同她在一起才会感到幸福与快乐。诗中男子那忠贞专一的感情以及其真率大胆的表白,让人读来感动。

《诗经》中也有女子对男子的悦慕,如《郑风·叔于田》:

>叔于田,巷无居人。岂无居人?不如叔也。洵美且仁。
>
>叔于狩,巷无饮酒。岂无饮酒?不如叔也。洵美且好。
>
>叔适野,巷无服马。岂无服马?不如叔也。洵美且武。

诗中所写的是一位女子对她所爱之人的歌颂。这位女子的恋人"叔"出去打猎,在整个里巷之中就再也没有她看得上的人。因为他不但能骑能饮,而且勇武英俊,有美好的品德。总之,在她的心目中,"叔"是最杰出的男子,举世无双,无人能及。这种夸张的写法,最真切地表现了相恋中的女子心理。

《诗经》中有许多诗篇描写了男女的欢会。这里有携手春游的快乐,如《郑风·溱洧》:

>溱与洧,方涣涣兮。士与女,方秉蕳兮。女曰观乎?士曰既且。且往观乎?洧之外,洵訏且乐。维士与女,伊其相谑,赠之以勺药。
>
>溱与洧,浏其清矣。士与女,殷其盈矣。女曰观乎?士曰既且。且往观乎?洧之外,洵訏且乐。维士与女,伊其将谑,赠之以勺药。

郑国风俗,每当春季上巳节,男女都到水边沐浴,以拂除不祥。这也是男女相会定情的时间。诗中描写的就是这样一幅情景,在春水涣涣、游人如织的溱洧两河旁边,在一片春光融融之中,有一对青年男女相邀同游,嬉戏调笑,并互赠芍药,真是春意无限,情深意长。

也有在城边的相约和郊外的幽会：

《召南·野有死麕》：

> 野有死麕，白茅包之。有女怀春，吉士诱之。
> 林有朴樕，野有死鹿。白茅纯束，有女如玉。
> 舒而脱脱兮，无感我帨兮，无使尨也吠。

《邶风·静女》：

> 静女其姝，俟我于城隅。爱而不见，搔首踟蹰。
> 静女其娈，贻我彤管。彤管有炜，说怿女美。
> 自牧归荑，洵美且异。匪女之为美，美人之贻。

《鄘风·桑中》：

> 爰采唐矣？沫之乡矣。云谁之思？美孟姜矣。期我乎桑中，要我乎上宫，送我乎淇之上矣。
> 爰采麦矣？沫之北矣。云谁之思？美孟弋矣。期我乎桑中，要我乎上宫，送我乎淇之上矣。
> 爰采葑矣？沫之东矣。云谁之思？美孟庸矣。期我乎桑中，要我乎上宫，送我乎淇之上矣。

在这些描写男女相会的诗中，或者写男子把刚刚猎获的小鹿作为礼物以讨取少女的欢心；或者是女子把彤管作为礼物送给心爱的男子；或者写男女相约至送别的整个过程，无不写得热烈欢快，真情动人。

还有的诗，写的是男女之间刻骨铭心的相思：

《王风·采葛》：

> 彼采葛兮，一日不见，如三月兮！
> 彼采萧兮，一日不见，如三秋兮！
> 彼采艾兮，一日不见，如三岁兮！

《郑风·子衿》：

> 青青子衿，悠悠我心。纵我不往，子宁不嗣音？
> 青青子佩，悠悠我思。纵我不往，子宁不来？

> 挑兮达兮,在城阙兮。一日不见,如三月兮。

因为相恋之深,《采葛》诗中的主人公竟然有一日不见,如隔"三月""三秋""三岁"的感受。话语虽然简单,但是却十分传神地表达了男女之间缠绵相的款款深情。而《子衿》诗中的女主人公以女子特有的矜持,埋怨情人为什么不主动地前来,为什么连个信也没有。她想起两人当时在城阙幽会时的情景,更有"一日不见,如三月兮"的感受,抒情真是细致入微。

恋爱并不仅仅是相会的快乐和相亲相爱的幸福,还有相恋过程中的矛盾与烦恼、求之不得的惆怅。如《周南·汉广》:

> 南有乔木,不可休息。汉有游女,不可求思。汉之广矣,不可泳思。江之永矣,不可方思。
> 翘翘错薪,言刈其楚。之子于归,言秣其马。汉之广矣,不可泳思。江之永矣,不可方思。
> 翘翘错薪,言刈其蒌。之子于归。言秣其驹。汉之广矣,不可泳思。江之永矣,不可方思。

这诗中的男主人公深情地恋着一位女子,但是却难以如愿,也找不到追求的办法。就好像面对既广又深的汉水一样,怎么也渡不过河去。但诗人的一往情深却难以动摇,他甚至愿意做她的一个仆人,等那女子结婚之时去给她喂马。江汉浩渺迷茫的水色,男子无限缠绵的情丝,有机地融为一体,使这首诗有一种难以言说的风韵。与之相近似的还有《秦风·蒹葭》:

> 蒹葭苍苍,白露为霜。所谓伊人,在水一方。溯洄从之,道阻且长。溯游从之,宛在水中央。
> 蒹葭萋萋,白露未晞。所谓伊人,在水之湄。溯洄从之,道阻且跻。溯游从之,宛在水中坻。
> 蒹葭采采,白露未已。所谓伊人,在水之涘。溯洄从之,道阻且右。溯游从之,宛在水中沚。

这是一个深秋的季节,在蒹葭苍苍的水边,一个男子在诉说着他的失意之情。他所思念的"伊人",在春光明媚的春日,就在这条河边,也许曾与他有过热烈的相恋,现在到了爱情收获的秋季,"伊人"却到了水的另外一方,让他难以接近。这种可望而不可即的无边惆怅,与迷蒙苍凉的无边秋色,就这样有机地融为一体。而全诗一唱三叹的抒情,更让人感到诗人那无比缠绵的情怀。这是中国最早的具有象征意味的情景交融的抒情诗,内含婉转不尽的情韵,对后世有极大的影响。

自从人类进入阶级社会以来,爱情就受到各种社会因素的制约,这使得恋爱并不仅仅是男女双方的事情,首先要受到家庭的干预。《诗经》时代男女的恋爱虽然比较自由,但是也有了一定的礼教的限制。《齐风·南山》云:"取妻如之何?必告父母。""取妻如之何?匪媒不得。"《豳风·伐柯》说:"取妻如何?匪媒不得。"《卫风·氓》中的女主人公也说:"匪我愆期,子无良媒。"《鄘风·蝃蝀》中的女子大概就是一个不顾父母之命而出嫁远方的女子,因而受到了当时人的非议。诗的第一段说这种行为不好公开议论:"蝃蝀在东,莫之敢指。女子有行,远父母兄弟。"第三段直接指斥这种行为,说那个女人一心想婚嫁,竟然不听父母之言,"乃如之人也,怀婚姻也。大无信也,不知命也!"可见,虽然当时的男女恋爱比较自由,但是要确定婚姻关系,父母之命、媒妁之言已经起了很大的作用。如果父母反对子女的恋爱,就会给他们带来痛苦。如下面两首诗:

《鄘风·柏舟》:

泛彼柏舟,在彼中河。髧彼两髦,实维我仪。之死矢靡它。母也天只,不谅人只!

泛彼柏舟,在彼河侧。髧彼两髦,实维我特。之死矢靡慝。母也天只,不谅人只!

《郑风·将仲子》:

将仲子兮,无逾我里,无折我树杞。岂敢爱之?畏我父母。仲可怀也,父母之言,亦可畏也。

将仲子兮,无逾我墙,无折我树桑。岂敢爱之?畏我诸兄。仲可怀也,诸兄之言,亦可畏也。

将仲子兮,无逾我园,无折我树檀。岂敢爱之?畏人之多言。

仲可怀也,人之多言,亦可畏也。

前一首诗中的女子本已有了心上人,要求婚姻自主,可是却遭到家庭的反对。她表示决不改变自己的主意,并怨愤母亲和老天不能体谅她的情感,这使她感到痛心和无助。后一首诗中的女子一方面对自己的心上人"仲子"难以释怀,另一方面又劝告他不要越墙前来幽会。她希望"仲子"能够理解她的心情,她是爱他的,但是又担心这样的幽会被父母兄弟以及邻人们发现,受到他们的指责,这种复杂而又矛盾的苦楚心情,在诗中得到了非常准确的传达。

《诗经》中的爱情诗丰富多彩,除了上面的内容之外,还有许多优秀的诗篇。如《诗经》的第一首《周南·关雎》就历来被人所称道,诗中写一个男子日夜思念一个美丽贤淑的女子,并渴望有一天能与之过上幸福的生活,"关关雎鸠,在河之洲。窈窕淑女,君子好逑",已经成为中华民族人人知晓的爱情诗歌名句。有的诗写男女之间的深情报答,"投我以木瓜,报之以琼琚"(《卫风·木瓜》);有的写女子希望男子及时来求偶,"摽有梅,其实七兮。求我庶士,迨其吉兮"(《召南·摽有梅》);有的写男子失恋后的痛苦,他眼睁睁地看着自己的心上人与别人结婚,心里难过之极,"江有汜,之子归,不我以。不我以,其后也悔"(《召南·江有汜》);有的写男女之间的矛盾,其中一方要反目离开,另一方哀请对方要顾念旧情,希望能心回意转,"遵大路兮,掺执子之袪兮。无我恶兮,不寁故也"(《郑风·遵大路》);有的写男女之间的调笑,"子惠思我,褰裳涉溱。子不我思,岂无他人?狂童之狂也且"(《郑风·褰裳》);有的写偶然相遇的欣喜,"野有蔓草,零露漙兮。有美一人,清扬婉兮。邂逅相遇,适我愿兮"(《郑风·野有蔓草》);有的写女子投奔心上人的快乐,"扬之水,白石凿凿。素衣朱襮,从子于沃。既见君子,云何不乐"(《唐风·扬之水》);有的写男子的单相思,"子之汤兮,宛丘之上兮。洵有情兮,而无望兮"(《陈风·宛丘》);有的写女子的空思恋,"维鹈在梁,不濡其翼。彼其之子,不称其服"(《曹风·候人》)。如此丰富多彩的爱情诗,生动地再现了《诗经》时代青年男女的婚恋生活,展现了纯朴而又自由的上古民风,同时从一个侧面体现了中华民族艺术童年时的精神风貌。这里的每一首诗,都如同一颗璀璨的明珠而放射耀眼的光华。

第二节　婚嫁诗

《诗经》中的婚嫁诗，大体上可分为两类：一是对结婚仪式和结婚情景的描写，对结婚者的祝愿与礼赞；二是表达在婚嫁中的欢乐、幸福、失望、离别以至怨恨等各种感情。恋爱的理想结局是结婚。但是在《诗经》时代，许多婚姻并非是恋爱的直接产物，而是在父母之命、媒妁之言下的结合。之所以如此，是因为在现实生活中婚姻是远比恋爱更为重要的事情。《礼记·昏义》说："昏礼者，将合二姓之好，上以事宗庙，而下以继后世也，故君子重之。"因此，《诗经》中的婚嫁诗虽然与爱情诗有直接关系，有些诗可以看成是爱情诗的继续，但是还有更多的婚嫁诗并不是爱情的产物，而从另一个方面反映了那一时代的婚嫁习俗、婚姻观、社会观和家庭观。在这些诗篇中，我们可以强烈地感到当时的社会文化施加给婚姻的全方位干预与影响。

在《诗经》的婚嫁诗中，首先值得我们重视的是描写结婚场景的诗篇和那些贺婚诗。婚礼是人生大礼，在《诗经》时代，婚礼是非常隆重的。《豳风·东山》中的主人公在回顾他的婚礼时的景象是"仓庚于飞，熠耀其羽。之子于归，皇驳其马。亲结其缡，九十其仪"。这是就普通百姓来说。而贵族的婚礼，更是如此。如《大雅·韩奕》写韩侯娶妻时的盛况是："韩侯迎止，于蹶之里。百两彭彭，八鸾锵锵，不显其光。诸娣从之，祁祁如云。韩侯顾之，烂其盈门。"韩侯娶的妻子是蹶父的女儿，韩侯亲自到那里迎接，迎亲的车子有上百辆，陪嫁的妾媵多如云。《召南·鹊巢》写的也是贵族女子的出嫁，同样场面盛大，"维鹊有巢，维鸠居之。之子于归，百两御之"。在这方面，最典型的诗篇是《卫风·硕人》：

    硕人其颀，衣锦褧衣。齐侯之子，卫侯之妻，东宫之妹，邢侯之姨，谭公维私。

    手如柔荑，肤如凝脂，领如蝤蛴，齿如瓠犀，螓首蛾眉，巧笑倩兮，美目盼兮。

    硕人敖敖，说于农郊。四牡有骄，朱幩镳镳，翟茀以朝。大夫夙退，无使君劳。

河水洋洋,北流活活。施罛濊濊,鳣鲔发发。葭菼揭揭,庶姜孽孽,庶士有朅。

诗中写婚嫁女子的显赫地位、豪盛装束、高傲气度、宏大场面乃至女子本人的绝伦美丽,可谓纤毫毕至、手笔不凡。诗的第一段写出嫁女子的华丽衣着与高贵身份。你看,新嫁娘的亲戚皆为公侯,何等高贵!第二段写出嫁女子的绝伦美貌与优雅仪态,生动而传神。第三段写新嫁娘出嫁时隆重的仪仗。最后一段用滔滔河水、甩尾的鱼儿、丛密的芦荻等比喻来描写随嫁媵妾的众多与随从护卫的盛备。从这里,我们可以看到当时的婚礼情况。

在婚礼上,最鲜亮的主角总是新嫁娘,所以,对她的歌颂,往往描写的最为成功。在这方面,除了《硕人》外,最为生动的一首诗则是《鄘风·君子偕老》:

君子偕老,副笄六珈。委委佗佗,如山如河。象服是宜。子之不淑,云如之何?

玼兮玼兮,其之翟也。鬒发如云,不屑髢也。玉之瑱也,象之揥也,扬且之皙也,胡然而天也!胡然而帝也!

瑳兮瑳兮,其之展也,蒙彼绉絺,是绁袢也。子之清扬,扬且之颜也,展如之人兮,邦之媛也。

这是一首绝妙的新娘赞美诗:她的发髻上配着六颗珠的簪子,戴着象牙的发钗,衣服上装饰着美丽的山鸡图案,两耳垂着玉制的耳环,里面穿着细纱的礼服,外面罩着细麻的外套,她的额头圆润白皙,她的眉目漂亮清秀。诗人为她的美丽而倾倒,发出了"胡然而天也!胡然而帝也"的惊叹,并把她称之为全国最美的女子,"展如之人兮,邦之媛也"。有这样的美女与君子偕老,那将是多么幸福的一生!这样全面而又生动的人物描写与歌颂,在中国古代诗歌史上是不多见的。

当然,对新嫁娘的赞美并不止于外表,重要的是她会给家庭带来更多的幸福。《周南·桃夭》:

桃之夭夭,灼灼其华。之子于归,宜其室家。
桃之夭夭,有蕡其实。之子于归,宜其家室。

桃之夭夭,其叶蓁蓁。之子于归,宜其家人。

诗中用桃花鲜艳比喻新娘的貌美,用桃的果实肥大、树叶茂盛来比喻给家族带来的人丁兴旺、家业隆盛。诗虽简单,却生动之极,并充满了喜庆的气氛。

《诗经》中许多婚嫁诗都描写了结婚时男女主人公的喜悦心情。请看《唐风·绸缪》:

绸缪束薪,三星在天。今夕何夕,见此良人?子兮子兮,如此良人何?

绸缪束刍,三星在隅。今夕何夕,见此邂逅?子兮子兮,如此邂逅何?

绸缪束楚,三星在户。今夕何夕,见此粲者?子兮子兮,如此粲者何?

古代结婚时需要束薪为炬,束刍喂马。"绸缪束薪""束刍""束楚"意味着这是结婚的仪式;"三星"是参星,它在秋后的夜晚开始出现在东方天空,"三星在天"暗示这是结婚的时节。"今夕何夕,见此良人",是惊喜感叹之词:今晚是个什么样的夜晚啊!让我见到了心爱的人。诗的话语不多,却含义深长,并生动地传达了诗中主人公的新婚欢乐之情。而《小雅·车舝》则是一首传神的迎亲曲:

间关车之舝兮,思娈季女逝兮。匪饥匪渴,德音来括。虽无好友,式燕且喜。

依彼平林,有集维鷮。辰彼硕女,令德来教。式燕且誉,好尔无射。

虽无旨酒,式饮庶几。虽无嘉肴,式食庶几。虽无德与女,式歌且舞。

陟彼高冈,析其柞薪。析其柞薪,其叶湑兮。鲜我觏尔,我心写兮。

高山仰止,景行行止。四牡骓骓,六辔如琴。觏尔新婚,以慰我心。

车舝指的是车轴两头的铁键,这里代指迎亲的车辆。诗中写一个小伙子驾车去迎娶新娘,越过了平林,登上了高冈,又走上了大道,四匹大马在飞快地奔跑,他想到新娘的美丽和贤淑,想到结婚的幸福,抑不住心头的喜悦。诗的感情洋溢,情调欢快,真实感人。此外,如《齐风·著》写新娘等待着新郎亲迎时的快乐心情,《齐风·东方之日》写新郎对妻子的赞美,以及看到妻子与他形影不离时的得意,《郑风·女曰鸡鸣》写婚后夫妻间的幸福和谐生活,也同样是传神之作。

  女曰鸡鸣,士曰昧旦。子兴视夜,明星有烂。将翱将翔,弋凫与雁。
  弋言加之,与子宜之。宜言饮酒,与子偕老。琴瑟在御,莫不静好。
  知子之来之,杂佩以赠之。知子之顺之,杂佩以问之。知子之好之,杂佩以报之。

诗分三段,第一段写妻子催丈夫早起;第二段写丈夫回来后妻子对他的馈劳;第三段写丈夫对妻子的赠答。全诗以对话的方式写来,暖意融融,温情无限,把一对夫妇和睦美好的婚姻生活描绘得无以复加。

但婚姻并不全是幸福和快乐,对于女子来说,更是如此。"女子有行,远父母兄弟",想到从此远离了自己的父母兄弟,出嫁的女子自然有难以割舍的亲情。父母兄弟把自己的心爱的女儿和姐妹送走,也自有说不出的复杂情感。《邶风·燕燕》就是这样一首诗:

  燕燕于飞,差池其羽。之子于归,远送于野。瞻望弗及,泣涕如雨。
  燕燕于飞,颉之颃之。之子于归,远于将之。瞻望弗及,伫立以泣。
  燕燕于飞,下上其音。之子于归,远送于南。瞻望弗及,实劳我心。
  仲氏任只,其心塞渊。终温且惠,淑慎其身。先君之思,以勖寡人。

从诗意看,这是卫君送妹远嫁南国的诗。诗以燕燕于飞起兴,含有兄妹之情留恋不舍之意。而远送于野,驻足远望,挥泪而别,真情无限。这首诗其实早已超出婚嫁诗的局限,对后世送别诗也有极大影响。同样,《邶风·泉水》也是写一个卫国女子远嫁他国,怀念家乡和父母亲人的诗,其中"有怀于卫,靡日不思""女子有行,远父母兄弟""我思肥泉,兹之永叹"等诗句,把诗中女主人公那种每日思乡、难以遣怀的感伤之情,描写得细致非常。若所嫁又非伊所思,那就更痛苦了。这种怅别亲情加上所嫁非人,难免造成新嫁娘凄楚痛切的失望情绪。据说,春秋时卫宣公给自己的儿子娶媳妇,见到女子貌美,就在河岸筑了新台,把儿媳妇强占为老婆。《邶风·新台》以此为题,讽刺卫宣公,同时也委婉地表达了新嫁娘那失望的心情。本来自己心向往之的"燕婉之求",却换来一个臃肿肥胖、形似鼓肚癞蛤蟆的丑男人,怎样让新嫁娘不痛苦!

婚嫁诗在《诗经》中占有较多数量,这在中国诗歌史上也是一个特别值得注意的事,它一方面表明周代社会对于家庭婚姻的特别关注,另一方面也让我们更深层地了解那一时期的社会婚姻习俗以及其文化心理。同时,这些诗也以其独特的内容和高超的艺术成就,丰富了中国的诗歌宝库。

第三节 弃妇诗

《诗经》时代,以男性为中心的社会早已形成,宗法礼教虽不及封建社会中、后期那么严密,但妇女因没有独立的经济地位,婚后成为男子的附属品已是社会的普遍现象。因此,即使在前所述反映恋爱过程的情诗和反映恋爱结局的婚嫁诗中,固然唱出了少男少女们发自内心的爱情呼声,但是在婚后的生活中,如果夫妻间发生感情的破裂,受戕害最深的,往往是女子。由此,产生了《诗经》描写女子婚姻不幸的诗和弃妇诗。

《邶风·柏舟》就是一个女子对自己婚姻不幸的哀叹:

泛彼柏舟,亦泛其流。耿耿不寐,如有隐忧。微我无酒,以敖以游。

我心匪鉴,不可以茹。亦有兄弟,不可以据。薄言往诉,逢彼之怒。

> 我心匪石,不可转也。我心匪席,不可卷也。威仪棣棣,不可选也。
>
> 忧心悄悄,愠于群小。觏闵既多,受侮不少。静言思之,寤辟有摽。
>
> 日居月诸,胡迭而微?心之忧矣,如匪浣衣。静言思之,不能奋飞。

诗以在河中漂荡、不知所至的柏舟起兴,来比喻自己在家中的处境遭遇以及自己不知如何摆脱这种处境的复杂心情。从诗中看,女主人公是个非常有个性的人,在夫家,她不能逆来顺受,在遇见不公正时,她曾经和丈夫有过抗争,"我心匪鉴,不可以茹",但没有成功。她曾经希望娘家兄弟为自己做主,同样没有得到任何帮助。"亦有兄弟,不可以据。"但是她秉性坚强,决不妥协,虽然受到各种委曲,仍然保持自己的威仪。可是在那个时代,她又是那样的孤立无援,摆脱不了自己的命运,她多么渴望自己能够飞出牢笼,获得自由,但是又无法做到。全诗就这样以饱满的感情,深深地诉说着自己的痛苦,读来让人感动。《邶风·日月》一诗的女主人公,则受到了更为严重的虐待。初嫁时丈夫曾经对她很好,可是不久就变了态度,"乃如之人兮,逝不古处""逝不相好""德音无良",在无可奈何中,她只好向日月哭诉,希望日月能够洞察人间的不平,"日居月诸,照临下土"。她甚至埋怨她的父母,为什么不能养她到老而让她出嫁,"父兮母兮,畜我不卒"。因为她受的苦实在太多了,已经无法尽述,她不知道这样的日子何时才能出头,"胡能有定?报我不述"。

婚姻不和的最坏结局是女子被弃,表现这一现象的诗歌就是弃妇诗。由于妇女没有独立的政治地位和经济地位,弃妇的命运自然也就最为悲惨。《诗经》中有多首弃妇的诗篇,其中最典型的当属《卫风·氓》:

> 氓之蚩蚩,抱布贸丝。匪来贸丝,来即我谋。送子涉淇,至于顿丘。匪我愆期,子无良媒。将子无怒,秋以为期。
>
> 乘彼垝垣,以望复关。不见复关,泣涕涟涟。既见复关,载笑载言。尔卜尔筮,体无咎言。以尔车来,以我贿迁。

> 桑之未落,其叶沃若。于嗟鸠兮!无食桑葚。于嗟女兮!无与士耽。士之耽兮,犹可说也。女之耽兮,不可说也。
>
> 桑之落矣,其黄而陨。自我徂尔,三岁食贫。淇水汤汤,渐车帷裳。女也不爽,士贰其行。士也罔极,二三其德。
>
> 三岁为妇,靡室劳矣。夙兴夜寐,靡有朝矣。言既遂矣,至于暴矣。兄弟不知,咥其笑矣。静言思之,躬自悼矣。
>
> 及尔偕老,老使我怨。淇则有岸,隰则有泮。总角之宴,言笑晏晏,信誓旦旦,不思其反。反是不思,亦已焉哉!

诗中的"氓"以其貌似忠厚的样子骗取了女主人公一往情深的思恋和最终的以身相许,但是当他把妻子和她的财物一同娶到家里之后就现出了原形。可怜的女主人公毫不嫌弃他的贫穷,婚后任劳任怨地操持家务,得到的回报却是"氓"对她的负心、虐待以致最后的抛弃。这使得女主人公在精神上肉体上都受到极大的折磨。全诗以叙事为线索展开抒情,同时夹以议论,细致地描述了自己从相恋到被弃的过程,生动地表达了自己从当初被骗到最后被弃时的心灵痛苦,全方位地展示当时社会妇女的社会地位和她们的婚姻生活,具有极大的认识价值和极高的艺术水平。

《诗经》中的弃妇诗,由于其内容的特殊性,大都写得楚楚动人,除了《氓》以外,《邶风·谷风》和《小雅·谷风》也都是弃妇诗。两诗同样以"谷风"起兴,第一首有比较详细的叙事,诗中女主人公追忆她与丈夫的生活,最初她们曾经发誓白头偕老,新婚时两人亲密得如同兄弟手足。是女主人公不辞劳苦、勤俭持家,才使日子一天天好起来。谁想到丈夫喜新厌旧,竟将她赶出了家门。诗中历数这一经过,述说着自己的不幸和丈夫的无情,凄怨哀恸。第二首则直斥丈夫的无情,诗中充满了怨恨。《王风·中谷有蓷》以山谷中的野草枯萎起兴,"中谷有蓷,暵其干矣",写一个女子不幸被弃,"有女仳离,嘅其叹矣",她由此而感叹所遇非人,"遇人之艰难矣""遇人之不淑矣",并为此而痛哭,而追悔莫及,"有女仳离,啜其泣矣。啜其泣矣,何嗟及矣"。全诗回环往复的低吟浅诉、自伤自悼,充分表现了一个弱女子的孤苦无靠。《小雅·我行其野》写一个女子远嫁他乡,"我行其野,蔽芾其樗。婚姻之故,言就尔居",没想到丈夫却另有新欢,"不思旧姻,求尔新特",于是她表示了与丈夫的决绝,要回到自己家乡,"尔不我畜,复我邦家","尔不我畜,言归斯复"。从这些诗中我们可以看到,在那个历史时代,弃妇们的命运是多么悲惨。她们被那些负心的男子无情地抛弃,却没有反抗的能力,她们是那样软弱无助。正是在她们的声声哭诉之中,让我们更深刻地了解了那个社会男女不平等的残酷现实。

综观《诗经》中的婚姻诗和爱情诗,我们可以认为它们是全书中最有价值的部分之一。它们既有比较高的美学价值,又有蕴涵深刻的社会学意义,显现了丰厚的文化学内容,值得我们从思想性、艺术性、社会性三个方面,进行深入的研究挖掘。

从总体上来说,《诗经》中的男女爱情诗所表达的情感是高尚的、纯洁的,它在《诗经》中的出现,标志着那时代的中国人对于爱情已经有了十分严肃的认识,已经由原始的性爱升华为情爱。它极大地丰富了人类的情感世界,非常细腻地表现了两情之间的相悦与相知。如《周南·关雎》中男子的"寤寐思服""辗转反侧",是渴望与"窈窕淑女"结成美好的姻缘,"琴瑟友之""钟鼓乐之"。这些诗篇中表现了对情爱的积极、健康的追求,热烈坚韧,严肃坚贞,如《郑风·风雨》《有女同车》《出其东门》。诗篇也表现了情人们的纯朴诚厚和对情爱的高尚理解,这是中华民族的美德的体现。如《邶风·静女》《陈风·月出》等诗所反映的对女性的尊重;《卫风·木瓜》等诗所描写的"投我以木瓜,报之以琼琚"的奉献精神;《陈风·衡门》《东门之池》等诗所写对内美的崇尚等,都是这种高尚理想的重要组成部分。男女爱情诗篇中最有思想价值的诗篇是那些表现对压抑爱情的文化氛围的反抗的绝唱。如果说《郑风·将仲子》虽不改爱恋初衷,但仍对社会压力有所顾忌的话,那么,《鄘风·柏舟》则直接喊出了反抗的呼声,而那些写不待父母之命、媒妁之言而私下幽会乃至私奔的诗,便是用行动来进行反抗了。

爱情诗是《诗经》中艺术价值最高的部分之一,现实主义的写实手法、特点鲜明的形象塑造、深含意蕴的景物描写以及生动活泼的语言在这些诗篇中都得到了充分的展现。其中在形象塑造与景物描写两个方面,爱情诗篇取得的艺术成就,较其他诗篇更高一筹。

我们在爱情诗篇中窥到的少男少女们的形象,是鲜活的、立体的,并且是各具特色的。比如写少女,或天真烂漫,或妩媚窈窕,或庄重矜持,或顽皮泼辣;写少男,或孔武有力,或倜傥潇洒,或因恋爱受挫辗转反侧地夜不成寐,或因恋爱成功喜不自胜地炫耀幸福,当然也有毛手毛脚的愣头青甚至嬉皮笑脸的坏小子。所有这些形象,无不跃然纸上,栩栩如生。能在抒情诗中塑造如此鲜明的形象,主要是因为诗人在诗篇中直接倾诉其内在感受,因此,我们能从抒情主人公的欢乐和悲哀中,看到他们的行动与面貌乃至性格特征。爱情诗篇中的景物描写也颇具特色。它们除了前所述大都掺进了主观因素之外,在创作动机上,也都各显千秋。这些诗篇中的景物,或用来衬托感受,或用来寄托情感,或用来兴起寓意,总之在景物描写中,绝少闲笔,多有兴寄,其在艺术上的成功之处,多为后世诗人所吸纳。

爱情诗篇的社会文化价值,主要在于我们可以通过婚恋当事人的遭遇和命运,来透视当时社会历史的本质。这些诗篇产生的时代,初期封建社会制度已日趋形成,但原始社会的某些残余影响尚存在,故而纵然有男女结合需遵父母之命、媒妁之言的封建礼教,但比较宽松的社会环境,终究使男女恋情有了滋生的土壤,这也是爱情诗篇产生的必要条件。即便是在婚嫁诗中,我们也可以看出当事人对于情感的重视。至于弃妇诗,则直接反映了封建制度下妇女没有独立经济地位所经历的痛苦遭遇。

第四节　其他诗篇

《诗经》三百篇以内容分类,除前面叙述各类之外,还有一些怀人念旧、表现人伦情感和反映民俗风情等诗篇,我们在这里也附带略作说明。

第一类是怀人、念旧、表达人伦情感之诗。如《唐风·葛生》一诗表达未亡之人对配偶的痛切思念:"葛生蒙楚,蔹蔓于野。予美亡此,谁与独处。""夏之日,冬之夜,百岁之后,归于其居。"诗中极写未亡人失去亲人后的寂寞孤独,漫长而又炎热的夏日,凄凉而又寒冷的冬夜,活人在世间慢慢地熬煎,亡人在地下默默地度过。这真是表现夫妻挚爱的刻骨相思。《邶风·凯风》,写有子七人仍不能将养老母,致"母氏劬劳"之惨状,读来情真意切。《小雅·蓼莪》写儿子痛悼父母,他深情地回忆父母的养育之恩,为自己不能报答万一而呼天喊地,这也是《诗经》中最为感人的诗篇之一。《秦风·渭阳》一诗,传说是秦康公送他舅父重耳回家的诗篇,在字里行间传达着甥舅之间的依依别情。还有写对古人的怀念、敬仰的,如传说中的召伯勤政爱民,南巡时曾在一棵甘棠树下休息,召地人就因物思人而作《召南·甘棠》,告诫人们要加倍地爱惜他生前在其下休息过的甘棠树,诗句中流露出浓浓的怀念之情。《秦风·黄鸟》一诗极力称道子车氏三兄弟的杰出不群,同时对他们成为秦穆公的殉葬品的可怕遭遇表示深深的震动。

《诗经》中还有些诗表现对过去的生活怀念,感伤今不如昔,如《秦风·权舆》里诗人悲叹:自己从前住广屋大宅,现在却连顿饱饭也吃不上,于是发出了"於嗟乎,不承权舆"(哎呀呀,今不如昔)的呼喊。《曹风·下泉》和《王风·黍离》则饱含着故国之思,两诗都写对已灭亡的故国或远离的故乡的追念,陈词痛切,催人泪下,颇有"国破山河在,城春草木深"及"去国怀乡,伤之如何"的情调。除此之外,《诗经》中还有少数篇章,带有明显的消极情绪,像《唐风·山有枢》,感叹人生短促,追求世间享乐。其情感虽较消极,但其中所体现的哀叹人生短促的生命意识,对战国秦汉以后人的思想和汉代游仙行乐等诗歌的创作显然有极大影响,这同样是值得我们注意的现象。

第二类是民俗风情诗。它表达的是对自己生活其中的人文环境的热爱与眷恋。尤其应当指出的是,在先秦典籍中,"《尚书》《春秋》所记,皆当时政治,而民俗风情无闻焉耳……若三百篇之诗,则为当时民俗地理,往往及之"①。因此《诗经》中所记的民俗风情,更值得我们认真挖掘研讨。《诗经》中涉及民俗风情的诗篇极多,其中所包含的婚姻习俗、生产习俗等,我们在上面各讲已经有所论列,下面我们还可以举些例子。如《周南·麟之趾》《螽斯》写对贵族家庭的祝颂,《周南·芣苢》《召南·采蘩》写女子的劳动,都非常传神。《郑风·萚兮》,写男女间山歌的对唱,《齐风·还》写猎人们在狩猎路上相遇时的对歌,都是那样的自然亲切,有如天籁一般。而《小雅·斯干》一诗,前半篇描写

---

① 徐澄宇:《诗经学纂要》,中华书局1936年版,第152页。

了周王朝的宫室建筑之美,后半篇写占梦生子的风俗,"维熊维罴""维虺维蛇"的占梦与"弄璋""弄瓦"的风俗,反映了男女之间身份的不等和周人重男轻女的民族习惯。

通过对《诗经》内容的分类梳理,我们可以明显感到其反映社会生活的广泛性与深刻性。从中既可以看到周代的文化特征与实践理性精神,又可以体味其文化精神的鲜活气息。所有这些,确定了《诗经》在中国文学史上不可取代的经典地位。

第九章 《诗经》的文化精神

作为中国第一部诗集,《诗经》以其丰富的生活内容、广泛的创作题材,向我们展示了殷商社会乃至包含着远古社会的历史风貌。从《诗经》的祭祖诗中,我们看到了殷周祖先创业建国的英雄业绩;从农事诗中,看到了在农业生产中辛勤地劳作的农奴;从战争徭役诗中,看到了仆仆风尘的役夫征人;从卿士大夫政治美刺诗中,看到那些关心国家时政的优秀人物;从婚姻爱情诗中,看到了周人的婚姻习俗;从其他诗篇中,我们也看到周代社会各种各样的民俗风情;等等。可以这样说,《诗经》中的305篇作品,交织成一幅多层次的、多角度的,从多个方面展现殷周社会历史的立体画卷。它的每篇作品,都潜含着无数的可以发掘的文化内容。它是中国上古文化一部形象化的历史,是从远古到周代社会的文化积淀。因此,对于《诗经》,我们不仅仅需要从题材上的大体分类中去认识其伟大,而且更需要从整体上去把握这部作品中所包孕的中华民族的文化精神。从这方面讲,它的意义也是无限的,下面,我们从几个方面略作概括。

第一节 植根于农业生产的乡土情蕴

中国是一个古老的农业民族。据考古发掘,早在一万多年前的新石器时代初期便已开始了农业种植活动。在公元前5000年至公元前3000年左右存在的仰韶文化,就是一种较发达的定居农耕文化遗存,主要栽培粟、黍。从出土的甲骨卜辞记载中可知,农业已经是商代社会的主要生产。卜辞中多次出现黍、禾、麦、稻等农作物名称,农业生产的好坏乃是殷民族最为关心的大事。从土质丰厚的黄土高原的富饶的渭河流域发祥的周民族,更是一个专事农业生产的农业民族。

农业的发展,一方面使中国人很早就摆脱了依赖自然采集和渔猎的谋生方式,有了更为可靠的食物来源,促进了文明的进步;另一方面也改变了因采集和渔猎不得不经常迁徙的生活方式,形成了高于周边民族的定居农耕文化。从而也很早就培养了中国人那种植根于农业生产的安土重迁、勤劳守成的浓重的乡土情蕴。

《诗经》是具有浓重的乡土之情的艺术。且不说十五《国风》散发着浓郁的各地乡土的芬芳,即便是在《雅》《颂》的抒情诗中,也莫不沉潜着植根于农业文化的深深情蕴。这不仅仅表现为周人对农事的关心,对农神的崇拜和农事诗的创作,而且表现为体现在《诗经》中大部分作品中的眷恋故土与思乡怀归之情。本来,从人类的普遍文化情感上讲,眷恋乡土乃是各民族的共同心理。荷马史诗《奥德修记》中的希腊英雄俄底修斯,特洛伊战争结束后在外漂流了十年,历尽千辛万苦之后仍然返回了他的故乡,这就是一个最好的证明。但是我们须知,贯穿于《奥德修记》这部希腊英雄史诗的主题却不是思乡情感的抒发,诗人在这里只不过以俄底修斯回乡为故事发展的线索,来叙述这位英雄的冒险经历,歌颂希腊人对自然的斗争和对海外探寻的英雄主义精神。产生这两部书的时代背景是从古代的氏族组织转变而来的希腊英雄时代的奴隶制社会制度,"古代部落对部落的战争,已经开始蜕变为在陆上和海上为攫夺家畜、奴隶和财宝而不断进行的抢劫,变为一种正常的营生,一句话,财富被当作最高福利而受到赞美和崇敬,古代氏族制度被滥用来替暴力掠夺财富的行为辩护"①。希腊人通过这两部史诗来对海外征服的英雄主义精神表示了最为崇高的赞美。

可是,以农业生产为根基建立起来的周代社会,从一开始就不可能产生古希腊奴隶社会的对外扩张探险精神。他们立足于自己脚下的这片热土,靠的是勤劳的双手去创造自己的财富与文明。他们从来不愿

---

① 恩格斯:《家庭、私有制和国家的起源》,《马克思恩格斯选集》第4卷,人民出版社1972年版,第104页。

意离开生其养其的土地，眷恋的是和平安适的田园生活，沉醉于温馨的乡土之梦。周人歌颂他们的祖先后稷，是因为后稷教会了他们如何稼穑；歌颂他们的创业之祖公刘，是因为公刘带领他们躲开了戎狄的侵扰，选择了豳这块适宜于农业生产的土地；周人歌颂古公亶父、王季、文王，同样是因为他们再次躲开了戎狄的攻侵，定居于土地肪肪肥美、"堇荼如饴"的周原，并且领导他们驱除了外患；周人歌颂武王，是因为武王革除了残暴的君主纣王之命。一句话，周人对他们祖先英雄的歌颂，首先就在于这些祖先英雄们为他们创造了和平安稳的农业生活环境，而绝不是这些英雄们在对外扩张中掠夺了多少财富和奴隶。《诗经》中植根于农业生产的乡土情蕴，首先在周族史诗和祭祀诗这种特别典雅庄重的作品中得到最好的表现。如《周颂·载芟》：

> 载芟载柞，其耕泽泽。千耦其耘，徂隰徂畛。侯主侯伯，侯亚侯旅，侯强侯以。有嗿其馌，思媚其妇，有依其士。有略其耜，俶载南亩。播厥百谷，实函斯活。驿驿其达，有厌其杰；厌厌其苗，绵绵其麃。载获济济，有实其积，万亿及秭。为酒为醴，烝畀祖妣，以洽百礼。有飶其香，邦家之光；有椒其馨，胡考之宁。匪且有且，匪今斯今，振古如兹。

他们津津乐道于农业的丰收，在宗教仪式上表演关于农业生产的舞蹈，从春天的垦荒一直写到秋天的收获。他们在祭坛上献上最好的粮食贡品以娱乐祖先和神灵，乞求神灵明年带给他们更好的收成；他们在故乡的土地上编织着生活理想的花环，描绘着事业兴旺发达的图画。

农业生产培养了周人安土重迁的文化品格，反过来，对农业生产的破坏，由于战争、徭役等造成的远离故土家园，也就成了诗人最痛苦的事件。翻开《诗经》，我们感受最为深刻的内容之一，就是《国风》和《小雅》中那种浓浓的相思怀归之情。这里有在外的游子征夫的思乡之曲，如《国风》中的《击鼓》《式微》《扬之水》《陟岵》《鸨羽》《匪风》《东山》《破斧》、《小雅》中的《四牡》《采薇》《出车》《杕杜》《鸿雁》《祈父》《黄鸟》《蓼莪》《四月》《北山》《小明》《鼓钟》《渐渐之石》《何草不黄》；也有家乡的妻子思念在外的征人，如《卷耳》《汝坟》《草虫》《殷其雷》《伯兮》《君子于役》等等。如此众多的作品，尽管各有其独特的艺术表达和情感抒发的不同情境,却又共同指向眷恋故土家园的乡思之情,这不能不说是农业文明所培养起来的特殊民族情感。像《唐风·鸨羽》写远行在外的征人久役不归,首先想到的是家里田园的荒芜,想到父母的无人奉养,并为此而一遍遍地呼喊苍天,这不是农业民族所培养起来的一种特殊的文化情感吗?

植根于农业生产的乡土情蕴,并不仅仅表现为一种眷恋故土的思乡之情,它更培养了周民族安分守己、不事扩张、不尚冒险的品格。所以我们看到,除《商颂》外,一部《诗经》,尽管也有歌颂周人建国立功之祖的史诗,尽管周代社会几百年从未间断过对于周边部族的战争,但这里竟没有一首诗歌颂周民族对于域外的征服,也没有一首诗传述过独特的异域风物、描写过奇异的海外风光、赞美过他们的探奇猎险、宣传过域外扩张精神。在周人的文化心理里,不要说像古希腊人那样离家远征特洛伊十年,即使是周公东征仅仅三年,诗人已经发出"我徂东山,慆慆不归"(《东山》)的感叹;即便是抵御外族入侵一年两年的离乡光景,似乎也难以让他们忍受。"采薇采薇,薇亦作止。曰归曰归,岁亦莫止。"在周人看来,如果至岁暮还不见还家已经不符合生活的常情。诗人之怨,早已经充盈于字里行间,"我心伤悲,莫知我哀"。更有甚者,甚至在他们出征离家的那天,就已经带着满腹的哀怨与眷顾,"昔我往矣,杨柳依依",回乡时仍然有着不尽的忧愁,"今我来思,雨雪霏霏"。(《采薇》)植根于农业文化的安土重迁的乡土情蕴,在这些诗句里得到了淋漓尽致的表现。

《诗经》是植根于中国农业文明的艺术,农业社会塑造了中国人的农业文化心态。从一定意义上说,《诗经》就是我国一部充分体现了中国农业文化精神的诗集。这不独表现为在思想情感上浓厚的乡土情蕴,还表现在创作态度、表现方式、写作目的、审美观念等各个方面。农业劳动对象在大自然中丰富活泼的生命形态刺激了"触景生情,感物而动"的直觉感发式的创作冲动;农业生产对大自然的依赖关系形成了天人合一的文化心态,并决定了情景交融的表现方式;农业社会自给自足的生产目的影响了传统诗歌乐志畅神、自适自足、重在表现自身价值的写作目的;农业社会人们效法大自然和谐的节奏秩序而形成了以"中和"为美的审美观念;农业的周而复始的简单再生产中滋养了尚古意味和静观情趣。所有这些得到农业社会集体文化心理的普遍认同，从而成为创作与鉴赏的审美规范，并构成传统诗歌农业文化形态的基本特征，[①]在《诗经》中，我们都可以得到或多或少的印证。正是这些，使《诗经》不但在作品题材内容上，更使它在文化精神上成为后世中国诗歌创作的楷模与典范，成为中国人读来最亲切因而也最喜爱的作品。

第二节　浓厚的宗族伦理情味和宗国情感

　　翻开《诗经》，我们除了感受到它的乡土情蕴之外，另一个突出的感受就是充溢于其中的浓厚的宗族伦理情味和宗国情感。在祭祖诗中，诗人把他们的开创基业的祖先奉为神明，乞求祖先神保护自己部族的事业昌盛，人丁兴旺。他们以自己拥有后稷、公刘、太王、王季、文王、武王等这样的祖先英雄而自豪，以自己是这一部族群体中的一员而骄傲。共同的祖先沟通了他们之间的情感，也使他们在宗族血缘的旗帜下联合起来，形成极强的宗国意识，共同抵御外侮、创造家园。在农业祭祀诗中，他们以全部族的共同劳作作为向神明敬献的厚礼，"千耦其耘，徂隰徂畛。侯主侯伯，侯亚侯旅，侯强侯以"（《载芟》）；也共同分享"百室盈止，妇子宁止"（《良耜》）的丰收喜悦。在农业生活诗中，他们也表现出氏族兄弟之间的团结。甚至在《七月》这样的诗里，尽管显见着封建领主与农奴之间存在着鲜明的阶级差别和剥削与被剥削的不平等，但温情脉脉的血缘关系仍然把他们联结在一起，在丰收后的喜庆典礼上全氏族的人都喜气洋洋地会聚公堂，共叙亲族之间的依恋之情。在战争徭役诗里，诗人们一方面表现出为保卫祖国家园而战的宗国精神，为此不惜抛弃了个人的安定生活，"靡室靡家，狁之故"；另一方面也表现出对于父母兄弟的牵念与关心，"王事靡盬，不能蓺稷黍，父母何怙？"（《唐风·鸨羽》）在卿大夫士的政治美刺诗里，诗人一方面颂

---

① 关于中国传统诗歌文化形态基本特征的几点概括，可参考胡晓明《传统诗歌与农业社会》一文，见《文学遗产》1987年第2期。

赞那些给宗族国家带来幸福的君子,说他们是"邦家之基""邦家之光"(《小雅·南山有台》);另一方面也对那些不顾宗族国家利益的昏君与佞臣给予严厉的批判,甚至要以宗族老人的身份教训他们,"於乎小子,未知臧否。匪手携之,言示之事。匪面命之,言提其耳"(《大雅·抑》)。在礼仪诗中,诗人更热情表达父兄朋友君臣之间的血肉亲情。"常棣之华,鄂不韡韡。凡今之人,莫如兄弟"(《小雅·常棣》),"伐木许许,酾酒有藇,既有肥羜,以速诸父。宁适不来,微我弗顾。於粲洒扫,陈馈八簋。既有肥牡,以速诸舅。宁适不来,微我有咎"(《小雅·伐木》)。在男女情爱诗中,诗人同样把夫妻之间的相亲相爱之情写得真挚生动:"宜言饮酒,与子偕老。琴瑟在御,莫不静好。"(《郑风·女曰鸡鸣》)反之,诗人写妻子对行役在外丈夫牵肠挂肚的思念则是"君子于役,不日不月。曷其有佸……君子于役,苟无饥渴"(《王风·君子于役》)。至于在那些写怀人念旧、民俗风情等的诗中,也处处都有这种浓厚的宗族伦理情味和宗国情感。如《小雅·黄鸟》写民适异国,不得其所、思念返回故土家园。一章言"此邦之人,不我肯谷。言旋言归,复我邦族",二章言"复我诸兄",三章言"复我诸父",这种眷恋父老乡亲的伦理亲情和宗族故国之思表达得急切而又深长。可以说,在《诗经》几大主要题材类别的作品中,没有哪一类不贯注着这种浓厚的伦理情味和宗国情感。它是牵动诗人内心的一条最为敏感的抒情主弦,随时随地都会因为轻微的触动而发出深情的回响;它已经沉积于诗人文化心理的深处,成为普遍存在于《诗经》抒情诗中最为深沉的文化情感。

在中国文学史上,《诗经》是最具有伦理情味的诗歌艺术。之所以如此,就因为产生它的周代,乃是一个具有浓厚的宗族意识的农业社会。自原始社会以来形成的宗族血缘关系,在周人的农业文化生活中不但没有被削弱,反而变成一套由家庭宗族推而广之的宗法制国家的结构模式,并由此形成一套更完善的血缘关系为纽带的社会制度,赋予它一种理论形式。宗族观念既是周人最重要的伦理观念,也是最重要的政治观念。同时,它已经内化为周人最为真挚的社会情感,它植根于故土,情深于亲人,升华为爱国,已经成为贯穿于周代抒情诗中的一个中心主题。它或隐或显,或明或暗,或深沉或热烈,或委曲或直接地出现于《诗经》的大部分作品中,从而使《诗经》抒情诗中处处充溢着伦理亲情,充盈着中华民族的一颗爱心。他们把自己的生活理想寄托于和妻子的相亲相爱,对父母的孝敬、对兄弟的关心、对朋友的忠信,乃至对宗族的依恋和对国家的忠诚。同样,也正因为有了这样一颗崇高的爱心,才使诗人更加痛苦于亲人的离别、朋友的失信、宗族的破败和国家的灭亡。因而,在《诗经》中,不独像"呦呦鹿鸣,食野之苹。我有嘉宾,鼓瑟吹笙"(《小雅·鹿鸣》)和"伐木丁丁,鸟鸣嘤嘤"(《小雅·伐木》)这一类写亲朋聚会的诗让人感到亲切,就是那些伤人伦之情废、叹故国之灭亡的作品也特别具有打动人的力量。如《小雅·蓼莪》伤父母之亡,《唐风·葛生》悼丈夫之去世,《王风·黍离》悲故国之颠覆,读来更会让人感伤落泪。朱熹《诗集传·蓼莪》注曰:"晋王裒以父死非罪,每读《诗》至'哀哀父母,生我劬劳',未尝不三复流涕。受业者为废此篇,诗之感人如此!"胡承珙《毛诗后笺》亦曰:"晋王裒、齐顾欢,并以孤露读《诗》,至《蓼莪》,哀痛流涕。唐太宗生日,亦以生日承欢膝下,永不可得,因引'哀哀父母,生我劬劳'之诗。"朱熹在《诗集传·黍离》注中又说:"周既东迁,大夫行役至于宗周,过故宗庙宫室,尽为禾黍。闵周室之颠覆,彷徨不忍去,故赋其所见黍之离离,与稷之苗以兴行之靡靡,心之摇摇。既叹时人莫识己意,又伤所以至此者,果何人哉!追怨之深也。"的确,《诗经》中的这一类作品之所以感人至深,就因为诗人所伤乃是人伦之至情,所抒的乃是胸怀之至感,所以才会具有永恒的艺术感染力量。

人伦之情和宗国之爱,是《诗经》这部作品具有不朽的艺术魅力的原因之一。之所以如此,是因为这种崇高的人类情感早已经超越了时代的局限,它已经成为我中华民族的优良传统,在塑造民族文化品格方面起着极为重要的作用。后人之所以推重《诗经》,看重它所包含的深厚人伦之情和宗国之爱,也是其中最重要的原因之一。《毛诗序》曰:"故正得失,动天地,感鬼神,莫近于诗。先王以是经夫妇,成孝敬,厚人伦,美教化,移风俗。"近代学者多不以《毛诗序》的这段话为然,认为这是汉儒把《诗经》当作教化的工具、曲解诗意的妄说。但是我们需要知道的是,如果《诗经》本身不具备那样浓厚的人伦情味和宗国情感的话,汉人是决不会无中生有地阐发出其所具有的巨大教化功能的。反过来,从读者方面讲,如果《诗经》本身不具有这种文化意蕴,即便是汉人把它抬得再高,它也不会产生感人落泪的艺术力量,也决不会几千年来一直被人称颂不已。随着历史的变迁,尽管每个时代的人伦之情和宗国情感各有其不同的具体内容,但是以重亲重孝、爱国爱家为核心的中华民族伦理道德却没有改变,并将以其崇高的精神品格不断地继承和发扬,从这方面讲,《诗经》作为中国文学史上产生最早、伦理情味和宗国情感最为浓厚的一部作品,它的这种文化价值也必将不断得到发掘,它永远是伟大、永恒、不朽的。

第三节 以人为本的人文精神

人本来是文化的主宰,丰富多彩的社会生活都是人的创造,文学作品丰富的内容以人为中心得以表现,应该是世界各民族文学的基本表征。可是,在西方文学,尤其是古希腊文学传统中,人的生活却往往通过神的主宰来实现。在古希腊人眼中,上帝创造了人,神主宰着人的命运。因此,人在世间的一切活动,都是一种神意的安排,古希腊文学中最伟大的作品,据说是盲诗人荷马创作的史诗《伊利亚特》和《奥德修记》,是以歌咏氏族部落英雄和过去历史事实为基础的。"荷马的史诗以及全部神话——这就是希腊人由野蛮时代带入文明时代的主要遗产。"①古希腊人在公元前12世纪初远征特洛伊城,和特洛伊人进行了十年战争,史诗《伊利亚特》和《奥德修记》所写的正是这个"英雄时代"的故事。故事反映的是人的历史,可是在荷马史诗中,战争的起源却因为天后赫拉、智慧女神雅典娜、爱与美之神阿芙罗狄蒂三人争夺那个由专管争吵的女神厄里斯丢下的"引起争执的金苹果"而起。在古希腊戏剧中,像埃斯库罗斯的《奥列斯特》三部曲,他本是"用戏剧的形式来描写没落的母权制跟发生于英雄时代并获得胜利的父权制之间的斗争"②,但是,故事却以"命运"和"神的判决"的方式来实现其最终结

---

① 恩格斯:《家庭、私有制和国家的起源》,《马克思恩格斯选集》第4卷,第22页。
② 同上书,第6页。

局。总之,把神看作人的主宰,认为上帝和众神永远控制着人类的生活与命运,并且以这种观念和情感进行艺术创作,是古代西方文学的重要特征。

可是,在中国文化中,却没有一个像西方基督教那样创造了宇宙和人类,而且一直干预并指导着人类生活的"上帝"。中国文化中的"天"(或"上帝")主要指宇宙的自然力量,"天"对人的主宰只能以一种潜移默化的方式出现,而不是有意志的神的发号施令,人的命运主要由人自己来把握。中国古代文化中也有一种所谓"天命"的东西,但是这种"天命"绝不是把握在神手中的"命运",更不是神的预言或征兆,而只是人自身的善恶之行的必然结果。这种观念在周人那里已经根深蒂固。"天命靡常,惟德是亲",在周以后的中国人看来,尽管黄帝、颛顼、尧、舜、禹、成汤、周文等传说中的"明君圣王"都发迹于"天命"的眷顾,但"天命"眷顾他们的原因却是因为他们本身的"德",也就是靠他们自身的努力获得的。人的命运,或者是国家的命运靠人自身来争取,正因为具有这种面对人类自身的理性精神,中国文化才真正称得上是人文文化,中国文学才真正称得上是人的文学而不是神的文学。

《诗经》作为我国古代第一部诗集,表现出鲜明的以人为本的民族文化特色。在《诗经》305篇作品中,除了《大雅·生民》和《商颂·玄鸟》这两首诗在写商周祖先降生时略具有神话因素沉积外,其他作品都没有任何神秘的色彩。在这里我们看不到众神的踪迹,也看不到神对人事的判决和预言。即使在《诗经》中保存下来的商代颂诗里,"天命"所以垂顾商人,如《长发》诗中所云"何天之休,不竟不绿,不刚不柔。敷政优优,百禄是遒",这百样的好运归我承受,也仍然是商人自己努力的结果。而商的中兴则由于天子能礼贤下士和伊尹的帮助,"允也天子,降予卿士。实维阿衡,实左右商王"(《长发》)。《周颂》《大雅》中描写周人受命于天的发迹过程,就是自后稷、公刘、古公亶父、王季、文王等圣君不断努力、进德修业的过程。如《皇矣》诗中所云:"帝作邦作对,自大伯王季。维此王季,因心则友,则友其兄,则笃其庆。载锡之光,受禄无丧,奄有四方";"比于文王,其德靡悔","不大声以色,不长夏以革。不识不知,顺帝之则"。反之,当宗周面临崩溃之时,尽管上天垂下了日食、地震等凶象,诗人仍不断战战兢兢地祷告上天，而照样认为："下民之孽，匪降自天。噂沓背憎，职竞由人。"（《小雅·十月之交》）对国家的兴亡从人事上寻找最终的原因，并且把它诉诸诗的创作，这是周人以人为本的哲学、政治思想在文学中的最鲜明体现。

以人为本而不是以神为本，这使中国人很早就摆脱了原始社会的巫术宗教观念，也使诗这种文学体裁很早就从巫术宗教中脱离出来。如果说，在中国的原始诗歌中，像伊耆氏的《蜡辞》乃至甲骨卜辞中的祈雨词，还带有鲜明的宗教意味的话，那么到了周代，这种原始宗教神学观念已经被周人的实践理性精神逐步取代。所以在《诗经》中，除了颂诗这种"美盛德之形容，以其成功告于神明"的祭祀歌之外，在占有作品总数近十分之九的雅诗和风诗中，几乎很少带有宗教巫术观念的诗作。其实，即使是在《周颂》这样的祭祀诗中，面对冥冥中的上天先祖，周人也并不把自身的一切都托付于神，更重要的意义是借此追念先公先王的道德功业，表达自己要"不懈于位"，要敬德保民，以求国家长治久安的想法。如《周颂·访落》一诗，《毛诗序》云"嗣王谋于庙也"。朱熹《诗集传》曰："成王既朝于庙，因作此诗，以道延访群臣之意。言我将谋之于始，以循我昭考武王之道。"在《周颂·敬之》一诗中，则直写群臣如何在庙中劝诫嗣王"敬之敬之，天维显思，命不易哉。无曰高高在上，陟降厥士，日监在兹"。这里没有像奥林坡斯山上的众神存在的场所，他们也不相信神能主宰自己的命运并决定自己的生活，在这里，人就是自己生活的主宰，也是诗歌的全部内容，情感投射的全部指向。他们是那样肯定自己，信任自己，尽情地表现着自己，并且以自己的创作实践，把"文学是人学"这一在西方近代社会才真正提出的永恒命题，早在2500多年前的时代就给予了充分的表现，并且奠定了以人为本而不是以神为本的中国诗歌发展的民族心理传统。它使《诗经》充满了浓郁的人情味，使诗成为表达周人宗族伦理情感和乡土情蕴的最好形式，举凡是他们的念亲、爱国、思旧、怀乡等各种喜怒哀乐之情，都可以在这里得到最好的表达。它使《诗经》带有亲切的生活感，使诗成为描写世俗生活的最好艺术，举凡是他们的农事、燕飨、战争、徭役、恋爱、游观等各种世俗生活，都成为诗中的主要内容。它让人看到，周人的内心生活世界，就是一个既没有幻想错综的神怪故事，也没有张皇幽渺的浪漫色彩的平凡的人间世界。那农夫们在田间耕耘的勤劳身影，征人们在途中跋涉的仆仆风尘形象，君子们身着狐裘的逍遥神态，武士们袒裼暴虎的矫健雄姿，情人们水边相会的深情注目，夫妻间琴瑟好和的切切心声，这一切的一切，都会把读者带进一个熟悉而又亲切的世间，看到人类自身所创造的——并不是神所创造的生活之美，体会到人类自身在平凡中的伟大。可以说在世界各民族的文学中还没有哪一个民族的文学像《诗经》那样，早在2500多年之前就对人本身进行这样的肯定与歌颂，从这一点讲，《诗经》无愧为凝聚了中华民族人文精神的最伟大的艺术。

第四节 现实主义的创作态度

植根于农业生产的乡土情蕴，宗法制下浓重的伦理情味和以人为本的人文精神，也必然形成《诗经》创作的现实主义态度。

"现实主义"本是我们借用西方的名词，它最早在文学领域里的出现是在席勒的《论素朴的诗和感伤的诗》(1794—1796)这篇论文里。在这里，席勒是把"现实主义"与"理想主义"相对立提出的。作为一种现实主义创作潮流，它又特指产生于19世纪中叶，以暴露和批判资本主义为主要特色的面对现实的创作，又被人们称之为"批判现实主义"。作为一种创作方法，恩格斯曾概括其特点为"除细节的真实外，还要真实地再现典型环境中的典型人物"①。而对它进行比较宽泛的理解，当代中国文学研究者又泛指那些以描写现实为主的文学创作，由此他们认为《诗经·国风》里有许多优秀的现实主义诗篇。②但我们在这里借用"现实主义"这一名词来概括《诗经》的创作传统，并不仅仅止于《国风》的一些创作，而是从民族文化的传统出发，看整部《诗经》的创作者们如何立足于社会现实，用自己特殊的文化眼光去观察生活，描

---

① 恩格斯：《致玛·哈克奈斯》(1988年4月初)，《马克思恩格斯选集》第4卷，第462页。
② 如以群主编《文学的基本原理》1983年版第235页，游国恩等人主编《中国文学史》1963年版第1册第48页。

写生活,抒发情感和表现理想,并如何形成一种特殊的民族文学创作精神的。

首先,我们这里所说的现实主义,指《诗经》是直面现实的艺术。以农业生产为根本的周民族,从一开始就是一个务实的民族。他们根据四时节令的变化来安排自己的生产生活,在土地上辛勤地耕耘,建立起自己的宗族和国家。这使他们很早就认识到大自然所具有的客观规律性,从而摆脱了自然泛神论观念的束缚,以更实际的态度来看生活。现存《大戴礼记》中的《夏小正》一篇,相传是夏代遗书。《史记·夏本纪》中说:"孔子正夏时,学者多传《夏小正》。"不管这话是否可靠,但《夏小正》无疑是产生极早的一部最古老的月令。这篇文章按十二月的夏历顺序,详细记载了大自然包括天上星宿、大地生物的相应的变化,形象地反映了上古人民对时令气候的比较科学的观察与认识。在此基础上产生的古老的反映农事生活的诗篇《豳风·七月》,最鲜明地表现了周人由农业生产实践而产生的面对现实的创作态度。这里没有对自然万物的丝毫神化,也没有任何的虚妄与怪诞。全诗从夏历七月初大火星开始西移的天象说起,一一叙述每一个节令农夫们的生产与生活,细备而又周详。它说明,正是农业社会的生产实践,培养了周人的务实精神,使他们把自己的生活看成是不需依赖超自然的神灵的可以把握的生活。《毛诗序》曰:"《七月》,陈王业也。周公遭变,故陈后稷先公风化之所由,致王业之艰难也。"《诗序》把《七月》看成是周公的创作不符合事实,前面我们也有论述。实际上这首诗的创作远比这早,它的原型可能是豳地农奴的歌谣。但我们也不能排除周公曾用此诗来教诲成王的说法。《尚书·无逸》也是周公告诫成王的文献,开篇即言"呜呼!君子所其无逸。先知稼穑之艰难,乃逸,则知小人之依",可见周初统治者即从艰苦的农事生活中看到"王业之艰难",而并不把"王业"看成是上天恩赐、唾手可得的东西。面对着艰苦的农业生活,周人并没有虚妄的空想,而是立足于现实,对生活进行认真的记述和描绘,从而引导和教育他们对现实采取正确的认识态度,树立起直面现实的生活观念。

《诗经》是面向现实的艺术。这不仅表现为农事诗的描写,面向现实的生活观念使周人把诗的创作看成对自己现实生活的真实再现。是现实主义的眼光使诗人对社会生活具有最为敏锐的观察能力,使诗人能够把握现实生活中的各种素材,对各种生活现象进行深刻的揭示与描写。大至国家的宗庙祭祀、军事战争、宴飨朝会、政治变革,小至平民百姓的蚕桑耕耘、屯戍徭役、婚丧嫁娶、娱乐游观,都是《诗经》所要描写表现的对象。现实主义的创作态度使《诗经》成为反映周代社会生活的百科全书式的著作,也使《诗经》具有写实和朴真特征,具有生活的亲切感,从而引导人们去关注现实,热爱生活,批判社会中的一切不合理现象,激发人们对于理想生活进行不懈的追求,它本身就成为一部生活的教科书,具有巨大的社会教育力量。

其次,这里所说的现实主义,指《诗经》直面现实的情感抒发。中国很早就有"诗言志"的传统,把诗歌看作表达诗人思想情志的主要艺术形式,这也使抒情诗很早就成为中国诗歌的主要样式,使中国成为抒情诗的国度。按黑格尔的话说,抒情诗和史诗不同,"正式史诗只能出现于原始时代,而抒情诗却在民族发展的任何阶段中都可以出现"①。但是在古希腊,抒情诗却远不及史诗等诗体发达,以致在亚里士多德的《诗学》这部名著里所讨论的"诗",也仅止史诗、悲剧、喜剧和酒神颂而已。而中国却正相反,史诗相对不发达,抒情诗却得到高度发展。这其中的原因固然有多个方面,但诗言志的民族传统观念和直面现实的人生态度,却无疑会使每一个普通人都把自己的情感投射于他们对现实生活的观察,对发生在他们周围的平凡生活事件做出善恶判断,从而表现出他们对待生活的爱憎和喜怒哀乐之情,达到文学表现社会和人生的目的。从这一角度讲,抒情诗的产生和史诗不同,更需要文明的高度发展和人的诗心的启悟,需要有高度的文化修养。因为同样按照黑格尔的话说,虽然抒情诗可以产生在一个民族的各个时代,但它和史诗仍有着很大差别,"如果正式史诗的繁荣时代是在民族情况大体上还未发展到成为散文性现实情况的时代,而最适宜于抒情诗的却是在生活情况的秩序大体上已经固定了的时代。……正是由于抒情诗要求打开心胸的凝聚幽禁状态而去容纳多种多样的情感和进行更广阔的考察,而且处在一种已经用散文方式安排成的世界里还要对诗的内心生活具

---

① 黑格尔:《美学》第三卷下册,第191页。

有自觉性,抒情诗也愈需要一种用力得来的艺术修养。这种艺术修养既是一种优点,同时也是主体的自然资禀经过锻炼和完善化的结果"①。尽管黑格尔在这里所说的抒情诗和《诗经》中包含的民间诗歌还不相同,但是我们仍然可以说,《诗经》时代的中国已经不是一个只产生民间诗歌的时代。十五《国风》中的很大一部分作品已经是下层贵族的表达个人情感的抒情创作,而《大雅》《小雅》中的绝大部分抒情诗都是各级贵族的有目的的创作,他们都已经属于黑格尔所说的"最卓越的抒情诗人",他们的创作,已经标志着我们中华民族的文明在周代就处于很高阶段,周代诗人已经是有着高度文化教养的诗人,他们已经在以个体的抒情诗来表现我们民族的现实生活方面作出了突出贡献。他们以自己敏感的诗心,把抒情的笔触伸展到社会生活的各个方面。这里既有对农业生产的关心,对宗族国家的热爱,也有对敌人的仇恨和对封建恶政的憎恶;有征人的忧伤,也有弃妇的哀怨;有男女相知的欢乐愉悦,也有失恋相思的辗转徘徊;有对民俗风情的欣赏,也有参与劳动的快乐等等。总之,诗人在直面现实生活中所产生的各种各样的情感,都可以在一首首短小的抒情诗中得到表现。可以说,在世界各民族中,还没有哪一个民族能在2500年前就产生如此众多的抒情诗作,表现如此高度的文化修养。他们已经不是以一两部史诗的方式,而是以全民族的抒情诗的方式来揭示生活的本质、表现历史的内容的。他们正是以直面现实的抒情诗创作态度,不但描述了周代社会丰富多彩的生活,而且还通过自己的情感表现,告诉人们应该怎样去生活;他们不但以抒情诗的方式揭示了生活的本质,而且还表现了周民族的生活旨趣、观念以及其文化品格与才具;他们不但创造了中国诗歌史上最早的一批直面现实的抒情诗作,而且还奠定了中国后世抒情诗歌直面现实的创作传统。同时,他们还以自己的创作实践说明,具有中国民族文化精神的现实主义抒情诗,是最有生命力、最伟大的艺术。

以上,我们从植根农业生产的乡土情蕴、浓厚的宗族伦理观念和宗国情感、以人为本的人文精神、现实主义的创作态度等四个方面对《诗经》的文化精神做了概括。其实,它所包含的文化精神远不止此,我们

---

① 黑格尔:《美学》第三卷下册,第200—201页。

只不过举其大要而已。《诗经》是中国上古文化的诗的总结和艺术的升华,它生成于中华民族丰厚的文化土壤,具有极为丰厚的文化内容。这使它在中国历史上影响远远超出了诗的界域,关于它的文化意蕴的开掘也将是无限的。

第十章 《诗经》的艺术形态

作为中国历史上第一部诗集,《诗经》在中国诗歌艺术形态发展方面也具有非同一般的意义。《诗经》有完美的体裁形式,它那以四言为主的诗句和规范齐整的章法,说明从原始的二言歌谣到《易经》中简短的四言诗句再到《诗经》中完整的四言诗,中国文学中诗歌体裁的发展已走过漫长的道路而达到成熟。《诗经》有高超的艺术技巧,从遣词造句、节奏韵律的把握到比喻、夸张、对比、复叠等多种修辞手法的运用,再到主客体的类比取向、艺术意象的构成等多个方面,都说明以抒情诗为主的中华民族诗歌创作特征到《诗经》时代已经完全奠定了基础,并且为后世提供了艺术典范。下面,我们就从《诗经》在中国文学史上的创作论意义、《诗经》的艺术成就、《诗经》的文化精神和《诗经》的语言形式四个方面分而述之。

第一节 《诗经》在中国文学史上的创作论意义

和其他社会意识形态一样,《诗经》创作也不是凭空产生,同样是在继承前代丰富的文学遗产的基础上开始的。原始诗歌中的二节拍样式,《周易》卦爻辞中遗存下来的"明夷于飞"之类诗歌起兴手法,以及商人歌颂自己祖先的《商颂》等等,无疑为《诗经》创作提供了最为直接的艺术经验。以"诗言志"为特点的古老的民族诗歌观念和诗乐舞三位一体的原始诗歌特征,也同样对《诗经》创作产生了极为深广的影响。但与此同时,在实践理性精神和礼乐文化观念的影响下,也使周人具有比前代诗人更为自觉的创作意识和创作态度,使《诗经》的创作不再同于出于无意识的神话,不同于与生产实践紧密结合的"举重劝力之歌",不同于自发宗教阶段的咒语"蜡辞";它所表现出的已经不是原始性的快感和乐感,而是更多地融进了用来规范人们行为的道德教训,更多地隐含了一些对社会行为的善恶是非的审视和评判,有了更明确的美的追求,它标志着周人已经冲脱了远古时期神话宗教阶段的文化氛围,开始将目光转向最为现实的人生之途,一句话,周人已经开始用清醒的实践理性精神来认识诗这种艺术形式所具有的"言志"和"载道"功能,开始在一定的诗学观念指导下进行着有着明确目的的自觉创作。这一切,都使《诗经》创作一开始就站到了比以前更高的基础之上,使周诗成为中国上古诗歌的总结和升华,也使《诗经》带有鲜明的礼乐文化精神,从而形成了和上古诗歌的不同时代特征。

一 由原始诗歌的实用功能到功利主义的创作自觉

原始诗歌有着鲜明的实用功能和功利目的。作为诗乐舞三位一体的原始歌谣,它直接产生于原始人以物质生产活动为中心的广泛社会生活。在生产劳动中,它起着减少疲惫、恢复体力、提高效率的功能,在娱乐中有再度体验生产活动的快感,在宗教仪式中有着表现理想的意义,同时,原始诗歌还有强化记忆、流传历史的实用价值。然而对这一切,原始人并没有形成自觉的认识,诗的实用功能只是自发自在地体现在诗的创作和应用里。当他们带着理性的眼光对文学的本质进行审视,从理论上总结这种实用功能并把它自觉地运用于诗的创作之中,则已是原始社会很晚以后的事情。《尚书·尧典》中关于"诗言志"的论述,虽相传是虞舜和夔的对话,而实际乃是周人的认识。它正标明在实践理性精神指导下的周人,才真正开始了对于诗的本质的探讨。是周人开始明确认识到,诗不仅具有记忆、记载的功能,还具有"情动于中而形于言"的抒发"怀抱"的意义。而且,正是这抒"怀抱"的意义,才是诗的艺术本质。这是周人在文艺思想上的最大进步。从此在周人那里,诗歌不再仅仅是一种即兴或自然生发的艺术,而且成为自觉的有目的的创作。他们或者在诗中直接表明抒情创作的原因,以此来宣泄自己的喜怒哀乐之情,如"心之忧矣,我歌且谣"(《魏风·园有桃》);"驾言出游,以写我忧"(《卫风·竹竿》);或者直接对发生在自己身边的人或事做出善恶判断,以此来表明自己的美刺态度,如"维是褊心,是以为刺"(《魏风·葛屦》)。特别是创作《大雅》和《小雅》的那些贵族诗人,更把诗作为表达政治思想和宗法伦理情感的工具,或用诗来美刺时政,劝善惩恶;或用诗来抒写忧怨,陈古讽今。正是这种带着明确写作目的的创作,造成了《诗经》与原始诗歌的根本不同,标志着中国诗歌创作自觉的开始,并产生了中国历史上第一批在明确的政治功利目的指导下创作的优秀作品。

二 由原始诗歌和民歌的集体歌唱到个体诗人的出现

这是《诗经》创作和原始诗歌创作的又一重要区别。我们说原始时代的诗歌是集体的歌唱,并不是说原始时代没有诗人。因为原始诗歌从本质上讲不是一个人的创作,而是一群人的创作,甚至不是一代人的创作,而是数代人的不断创作,这在《诗经》的众多民歌中依然保留着这种性质。但在周代实践理性精神影响下的诗的功利主义自觉意识的产生,也必然会逐渐改变这种诗的集体歌唱和流传的性质。在《诗经》中我们可以看到,诗歌已经由表达群体意识的集体歌唱开始向独抒个人情感的个体创作过渡和发展。《国风》《小雅》中不少作品已抒发的是一己特有的情感,有些篇章已经明确标明了作者,如"家父作诵,以究王讻"(《小雅·节南山》),"寺人孟子,作为此诗"(《小雅·巷伯》)。有的诗虽未标明作者,但从其创作目的及诗歌内容中仍可以推知当为个体的创作,如《邶风·燕燕》《邶风·谷风》《鄘风·载驰》《卫风·氓》《小雅·正月》《小雅·十月之交》《大雅·抑》《大雅·桑柔》等等。不可考知作者名字的诗歌也未必就是集体的作品,就像《鄘风·载驰》一样,即便没有"许穆夫人赋《载驰》"(《左传·闵公二年》)的记载,也不能简单地判定它为集体的歌唱。

个体诗人的出现,是中国诗歌发展史上的一件大事,尽管《诗经》创作的个体诗人的名字大都没有记录下来,我们也无法稽考其生平思想,但是在诗人的个体抒情诗创作中,我们已经开始感受到人的个性的存在。在《大雅》《小雅》的政治美刺诗中，我们可以看到那些忧时伤国的大夫和忠心耿耿的老臣，他们并不是俯首帖耳的奴仆，而是有着个人独立见解的思想家，他们之所以要进行诗的创作，就是要表达自己个人的思想态度或政治立场，显示自己的个体人格。即便是在《国风》《小雅》那些反映家庭、婚姻恋爱的诗篇当中，也同样抒发的是个人对美好爱情的憧憬与追求，宣泄着被扭曲压抑的个体的不幸与哀愁，不论是喜悦，还是悲伤，都强烈地表现着诗人的个体自我。尽管这里的个体自我还远不能等同于要求人格权利平等，张扬个性的个人主义，他们还被严格地压抑在尊尊亲亲的宗法制社会制度和道德伦理中，但是它毕竟已经向人们显示了诗中的个体的存在，显示了诗人对个体自我的认识，这也是人性的一种初步觉醒，是以功利主义为目的的文学自觉的前提。黑格尔说："自由的艺术是自觉的，它对于自己所创作的作品要有一种认识和意志，要经过一番文化修养才能达到这种认识，也要有一种创作方法方面的熟练技巧。"①这话反过来的意思也就是说，艺术的自觉首先要以自由为前提，而这种自由就是诗人的创作首先必须是个体的，首先是诗人个体要有明确的创作目的和自觉的创作意识，再具备一定的文化修养和创作方法方面的熟练技巧。《诗经》中的许多作品，特别是《大雅》《小雅》中那些具有很高文化修养的贵族诗人的美刺诗作，正是属于这样的自觉的创作。他们同时也成为中国历史上第一批贵族阶层的优秀诗人，并以其关心时政的强烈忧患意识，对屈原以降的中国历代文人创作产生了极为深远的影响。

三 由原始诗歌的简洁朴素到艺术美的主动追求

诗是诉诸审美的艺术，从它在洪荒远古中产生的那天起，就已经含有美的因素。伴随着原始劳动而产生的"杭育杭育"的呼声，其中就含有诗的节奏音乐之美。人类总是按照美的规律来进行诗的创造。但我们有理由说，原始人进行诗的创作，并不是一种自觉的美的追求，只是在创作的直觉中遵循着美的规律。原始诗歌简洁朴素的语言节奏，诗

---

① 黑格尔：《美学》第三卷下册，第204—205页。

乐舞三位一体的表现形式,正暗暗符合着他们的生活习惯和在这种生活习惯中培养出来的审美感官。而人类审美意识的觉醒,在艺术创作中自觉地进行着美的追求,同样是很晚的事情。《尚书·尧典》曰:"诗言志,歌永言,声依永,律和声。八音克谐,无相夺伦,神人以和。"这段话说明,以"和"为美,是中国人最早产生的美学理论,它的来源正出于原始诗乐演奏的和谐。于民说:"在殷代的甲骨文中,就有了和这个字,系一种古乐器的象形……郭沫若认为它的本义为乐器,后引申为和声之义……古文字的'和'字由和声的乐器向乐器的和声之义的这种转化,反映了人们审美认识上的一个巨大变化,使和字之义由标示具体之物变成一种审美认识。"①而对"和"的审美认识的理论阐述,正是从周代社会开始的。在《国语·郑语》中郑国史伯对郑桓公曾说过这样一段名言:"夫和实生物,同则不继,以他平他谓之和,故能丰长而物归之。……声一无听,色一无文,味一无果,物一不讲。"显然,史伯在这里不仅把"和"作为一种审美认识,而且标志着古代审美思想向哲学高度的提升,标志着周人已经认识到一切事物只有在对立统一中才存在和谐之美的道理。"和实生物","声一无听,色一无文",就是周人对于美的存在和发展规律的正确理解,也是人类在长期的艺术实践中对于美的规律的自觉把握。

同简洁朴素的原始歌谣相比,《诗经》的创作正体现出这种美的意识的觉醒。《诗经》使用的是和原始劳动节奏相应二二节拍的四字句,但是它已经不再是原始的劳动歌唱;《诗经》善于使用双声叠韵词,以加强作品的声音和谐之美,但是它已经不同于原始劳动音响的和谐;《诗经》常用的是大致相同的押韵方式,也不再是原始诗歌的自然韵律;《诗经》使用了赋、比、兴等多种手法,也不同于原始诗歌以赋为主的较单一的方式。总之,《诗经》的创作已不再是原始人的自发天籁之音,从字词章法的各个方面无不渗透了诗人进行艺术美创造的心血,特别是那些典雅庄重的雅颂之作、整齐的四字句式、严格的押韵规则、词语的雕琢绘饰、章法的细密安排,这一切,都说明《诗经》在艺术技巧上的水平是远远超出于原始诗歌之上的。

---

① 于民:《春秋前审美观念的发展》,中华书局1984年版,第164—165页。

为什么远在 2500 年前的《诗经》创作,就已经有这样高的艺术水平呢?这是一个需要我们认真思考的问题。功利主义的自觉,个体诗人的出现以及美学思想的产生,显然都与《诗经》艺术水平的提高有极大关系。首先,是功利主义的诗的自觉意识,使诗人能够更自觉地利用诗这种形式表达思想情感,为了取得更好的表达效果,他们也必然更多地学习和继承前代创作经验,不断地提高诗的创作水平。其次,个体诗人的出现,尤其是那些贵族诗人,都具有较高的文化修养,他们自觉地投身于创作,自然也会提高诗的语言锤炼水平,使诗的创作达到一个新的高度。再次,人类自原始社会以来经过艺术创作经验的不断积累,不但使一些周代理论家能提出中国最早的美学理论,而且,由于在社会各种活动中不断地受到艺术美的熏陶,也使整个社会的诗的文化素养从整体上远远高出于原始社会之上,对于诗歌创作的技巧也有更多的掌握,对于那些合于美的规律在不自觉中有了更多把握。举例来讲,如《周南·关雎》一诗开头四句"关关雎鸠,在河之洲。窈窕淑女,君子好逑",表面看起来似乎很简单,但仔细琢磨却有内在规律体现于其中,诗人先听见雎鸠的叫声,抬头一看在沙洲之上,于是乎由鸟的鸣叫求偶而想到那美丽的女子,自然地表露出自己想向她求婚的心情。短短的四句诗,诗人的写作顺序既符合生活中观察的顺序,也符合人们的心理思维规律,同时从章法上又暗暗符合着起、承、转、合的规则。当然,也许创作者在当时并没有我们今天想的那么多,他可能就是一种自然的表露。但是我们须知,如果他能够自然地吟出这样好的诗句,那恰恰说明他的文化修养已经很高,已经远远高出于只会吟出"候人兮猗"这类诗句的涂山氏之女了。最后,还有一个重要的原因,即周代已经出现了从事专业文化的大师、乐师等人,专业的分工使他们从小就有了更多的关于诗歌音乐创作方面的训练,当他们把诗搜集起来进行演唱的时候,自然也要对那些原来艺术水平不是很高的作品进行艺术上的提炼和加工,尤其是采自周代各地的风诗,他们都按照当时通行的"雅言"进行了规范与整理。其加工整理的目的也许是为了更好地在各种场合的实际应用,但是客观上也等于对它们进行了一次艺术的再创造。这种再创造虽然已不是那些作诗者的功劳,但是它却同样能证明《诗经》在艺术上所能达到的高度。这说明,周人的功利主义的艺术自觉并不意味着对诗的美的泯灭,恰恰相反,它同样需要借助于美的规律来更好地实现其功利目的,在诗的创造中追求着美,在不自觉中探索着美的规律,从而在继承前代文化基础上把《诗经》的艺术表现水平提高到了一个新的时代高度。

功利主义的诗的自觉、个体诗人的出现和艺术美的主动追求,《诗经》创作的这三大特征划开了它与原始诗歌的时代界域,标志着中国诗歌艺术脱离了原始自发的阶段而开始飞跃发展。而这一切之所以发生在周代,既是诗本身发展的必然,也是在周人实践理性精神直接催生下的结果。它使周代成为中国历史上第一个辉煌的诗的时代,在继承原始诗歌创作传统的基础上,如异军突起般令人惊愕地创造出一大批优秀的作品,不但广泛地反映了周代社会政治经济文化生活,展现了周人的时代精神风貌,而且为后代树立了中华民族诗歌创作审美的艺术典范。

第二节 《诗经》标志着中国抒情诗艺术逐渐发展成熟

《诗经》的主体是抒情诗,《诗经》的产生,标志着中国抒情诗艺术逐渐发展成熟。它的成就主要包括以下几个方面:

一 抒情诗中人物形象的成功塑造

作为中国第一部诗集,《诗经》抒情诗非凡艺术成就的第一个标志就是成功地塑造了一系列生动的人物形象。《诗经》以前,虽然中国早有诗歌存在,但是从现存文献记载来看,那时的抒情叙事都非常简单,还谈不到人物形象的塑造。从传说中涂山氏子"候人兮猗"的歌到《易经》中"乘马班如,泣血涟如"之类的爻辞中,还没有独具性格的人物。可是一翻开《诗经》我们就会看到各种各样的人物形象。那里有农奴,也有封建主;有贵族士大夫,也有君子;有文人,也有武士;有负心的男子,也有痴情的女人;有行役游子,也有闺中思妇。他们组合成一个栩栩如生的周代社会人物形象画廊,并通过这些人物形象向我们展示了周人的精神风貌。

《诗经》中人物形象塑造有以下几个特征:

第一,通过事件的简要叙述或抓住人物活动的典型场景描述来塑造人物。

作为抒情诗,由于受结构形式与篇幅的限制,《诗经》中的人物形象塑造不可能像叙事作品那样详细叙述或描写,但是却可以通过简要的叙述或典型场景的描写来塑造人物。在《卫风·氓》中,诗人通过自己和氓从相识到结婚再到反目的整个事件发展的简要描写,塑造了"氓"这个生动的人物形象,他在求婚时表现得老实忠厚,在结婚初时"信誓旦旦",可是随着时间的推移却渐渐露出其凶狠的本相。在《小雅·宾之初筵》这首诗中,诗人通过一场宴会前前后后的描写来塑造那些所谓的"君子"形象。

宾之初筵,温温其恭。其未醉止,威仪反反。曰既醉止,威仪幡幡。舍其坐迁,屡舞仙仙。其未醉止,威仪抑抑。曰既醉止,威仪怭怭。是曰既醉,不知其秩。

宾既醉止,载号载呶。乱我笾豆,屡舞僛僛。是曰既醉,不知其邮。侧弁之俄,屡舞傞傞。既醉而出,并受其福。醉而不出,是谓伐德。饮酒孔嘉,维其令仪。

他们在宴会初始时"温温其恭""威仪抑抑",一副道貌岸然的君子相,可是一喝醉了酒就丑态百出,"载号载呶。乱我笾豆,屡舞僛僛""侧弁之俄,屡舞傞傞"。《诗经》里的简要叙述和典型场景描写虽不及叙事作品那么详细,但是它却能以更为精练的语言把握人物形象特征,因此同样能够给人留下深刻的印象。

第二,通过简单的外貌描写和心理描写来塑造人物形象。

《诗经》虽然以抒情诗为主,但是诗中却很注意人物的外貌描写和心理描写,有的诗篇采用外貌描写法,如《卫风·硕人》写庄姜容貌,由静态的面容到动态的顾盼,其中"巧笑倩兮,美目盼兮"句,向来被人们所称道,公认为是描述写人物形象的传神之笔。再如《齐风·猗嗟》:

猗嗟昌兮,颀而长兮。抑若扬兮,美目扬兮。巧趋跄兮,射则臧兮。

　　猗嗟名兮,美目清兮。仪既成兮,终日射侯,不出正兮,展我甥兮。

　　猗嗟娈兮,清扬婉兮。舞则选兮,射则贯兮,四矢反兮,以御乱兮。

　　诗中描写那个男子,说他身材修长——"颀而长兮",容貌秀美,一双眼睛神采飞扬——"抑若扬兮""美目扬兮""美目清兮""清扬婉兮",走起路来风度翩翩——"巧趋跄兮",射箭的技艺超群——"射则臧兮""终日射侯,不出正兮""射则贯兮",而且还特别善于跳舞——"舞则选兮",诗中采用的描写方法既是全面的、细致的,同时又是动态的、形神兼备的。在此,我们不能不佩服诗人高超的写人技巧,那个体强貌美、能射善舞的男子形象,在这首短短的诗中已经呼之欲出。

　　《诗经》中有的诗篇采用心理描写的方法。如《卫风·伯兮》通过女主人公思念丈夫情切的心理描写来塑造女主人公形象,尤其是第三章"其雨其雨,杲杲出日。愿言思伯,甘心首疾"四句,心理描写真切感人之至,取得了极佳的艺术效果。还有的诗篇,表面看起来并没有直接的心理描写,但全诗却以表达细腻的心理活动为主,有时短短几句话,就十分传神。如《召南·摽有梅》:

　　摽有梅,其实七兮。求我庶士,迨其吉兮。
　　摽有梅,其实三兮。求我庶士,迨其今兮。
　　摽有梅,顷筐塈之。求我庶士,迨其谓之。

　　全诗以树上的梅子越落越少起兴,暗喻女子的青春易逝,盼望意中的男子快快向她主动地求婚。诗只有三小段,每段四句,但诗人却抓住了几个关键性的词语,"其实七兮""其实三兮""顷筐塈之",又用了一个"求"字,采用递进式的手法写来,"迨其吉兮""迨其今兮""迨其谓之",就把这个女子急切地盼望意中人快快前来求婚的那种既矜持又着急的心情活灵活现地表现出来,真是抒情的高手。

　　第三,通过朴实无华的抒情议论来塑造抒情主人公的形象。

　　作为抒情诗,《诗经》中塑造的人物形象最多的还是抒情主人公自己。他们从具体生活实际出发,把诗歌作为表达自己思想感情的工具。

他们进行诗歌创作,抒发情感的过程也就是塑造自我形象的过程。如
《鄘风·载驰》:

> 载驰载驱,归唁卫侯。驱马悠悠,言至于漕。大夫跋涉,我心则忧。
>
> 既不我嘉,不能旋反。视尔不臧,我思不远。
>
> 既不我嘉,不能旋济?视尔不臧,我思不閟。
>
> 陟彼阿丘,言采其蝱。女子善怀,亦各有行。许人尤之,众稚且狂。
>
> 我行其野,芃芃其麦。控于大邦,谁因谁极?大夫君子,无我有尤。百尔所思,不如我所之。

这首诗,据《毛诗序》说:"许穆夫人作也。闵其宗国颠覆,自伤不能救也。卫懿公为狄人所灭,国人分散,露于漕邑,许穆夫人闵卫之亡,伤许之小,力不能救;思归唁其兄,又义不得,故赋是诗也。"按此事在《左传》闵公二年有记载。许穆夫人是卫宣姜的女儿,嫁于许。她听说自己的故国为狄所灭,就要回国去吊唁,并谋划去大国求援,以帮助卫遗民复国。但是许国大夫们却按古礼所谓"父母终,不得归宁"的教条阻碍许穆夫人回国,于是许穆夫人作了这首诗,一方面表达自己对故国的哀伤和要回故国的决心,另一方面对那些只知拘守古礼的许国大夫们进行批评和谴责。正是通过这种抒情,诗人塑造了自己的形象,她是一个既有政治远见,又有爱国热情,既敢于冲破旧礼教束缚,又敢于和那些迂腐大夫们争理的杰出爱国女性。她的形象是受人尊敬的。

许穆夫人是《诗经》作品中有幸得知其名的少数几位作者之一。这使我们可以根据历史记载来详细分析她的形象。对于《诗经》的其他大多数作者来说,却没有许穆夫人么幸运。但即使如此,通过作品,我们仍然可以看到那些鲜明的作者形象。在这里,除了《国风》爱情诗中的痴情男女等之外,最为引人注目的还是大小雅怨刺诗中的主人公形象,如《小雅·雨无正》《十月之交》中忧时伤国的大夫,《大雅·抑》中敢于"耳提面命"的忠心耿耿的老臣;而且,这些诗还集中塑造了周代讽喻诗人的群体形象。这些人大都是贵族思想家,是封建领主制的忠诚捍卫者,又是无力补天的落魄伤时者。他们都具有强烈的忧国

意识,又都有着直言敢谏的精神。他们不是在那里为卖弄才华而作诗,而是用诗来表述自己的满腔真诚。他们就这样塑造了自己,使他们成为中国文学史上第一批具有后世进步文人士大夫意义的诗人形象,成为自屈原以降的所有文人诗作者的典型榜样。

二 中国古典诗歌艺术境界的创始

一般来讲,抒情诗歌的艺术境界是由意象和意境两者构成的,从比较宽泛的创造心理来讲,抒情诗只要有关于客观物象的描述,就可以说具有一定的诗的意象。从原始诗歌到《诗经》,中国古人早就知道借助于客观物象以抒情,《诗经》抒情诗中不但含有丰富的文学意象,而且已经能够借助于客观物象来创造艺术意境。这是《诗经》取得非凡艺术成就的第二个标志。

从文化学的角度讲,人类进行抒情创作为什么不直言而要创作意象,应该有比较深刻的原始文化的原因。意象创作的基础首先在于它与人所要抒之情或所要言之事有一种类比或象征性的联系。对此,今人已多有探讨,如赵沛霖在《兴的源起》一书中就曾指出《诗经》中鸟类兴象的起源与鸟图腾崇拜、鱼类兴象的起源与生殖崇拜、树木兴象的起源与社树崇拜、虚拟动物的起源与祥瑞观念等的关系。[①]傅道彬则借助于西方原型批评理论进一步提出"兴象系统中贮存着中国上古文化的原型"[②]的说法,美籍华人王靖献博士在《钟与鼓》中从对《诗经》中使用套语的溯源中也提出了这样的问题,他说:"作为'兴'而用于完成典型场景的主题,来自于普遍流行的知识或信仰之源中,它常用于引起广泛联想之目的,而超越了包含于诗本身之中的字面意义。"[③]这样看,像《诗经》中那些借景起兴的诗句,在《诗经》时代的创作者和欣赏者心目中,就是一幅蕴涵丰富的意象画面。例如《小雅·谷风》和《邶风·谷风》中同样使用了"谷风"和"雨""云"(阴)这样的起兴诗句。这山

---

① 赵沛霖:《兴的源起》,中国社会科学出版社1987年版。又,关于鱼的兴象问题,可参考闻一多《神话与诗·说鱼》一文。
② 傅道彬:《中国生殖崇拜文化论》,湖北人民出版社1990年版,第294页。
③ 王靖献:《钟与鼓》,谢濂译,四川人民出版社1990年版,第137页。

谷就"与生儿育女繁衍后代的女性之间"具有"隐喻关系"①,而"《诗经》里凡是以雨为兴的诗句都具有男欢女爱的象征意义"②。由此我们体会《邶风·谷风》注:"兴也。习习,和舒貌。东风谓之谷风,阴阳和而谷风至,夫妇和则室家成,室家成而继嗣生。"这说明,《毛传》的作者认为谷风和男女夫妇相关,可能还多少理解"谷风"这一隐喻的原始象征意义,他仍是把"谷风"当作一个文化意象来看的,并不像后人批判的那样是在完全曲解。有了这些意象,才使《诗经》的抒情作品更耐人寻味。如《周南·桃夭》,一章言"桃之夭夭,灼灼其华",二章言"桃之夭夭,有蕡其实",三章言"桃之夭夭,其叶蓁蓁",整首诗正因为有了桃的花盛、实多、叶绿的意象描写,才给人以丰富的艺术联想,意味新嫁娘就像那棵美丽、丰产的桃树,给夫家带来欢乐,带来多子多孙的幸福。

《诗经》中运用那些带有文化原型意义的起兴诗句构成简单意象,对这些意象再进行和人物情感相融合的画面描述,就产生了意境。这样的诗篇虽不多见,但是仍值得我们珍视和重视。如《秦风·蒹葭》:

> 蒹葭苍苍,白露为霜,
> 所谓伊人,在水一方。
> 溯洄从之,道阻且长。
> 溯游从之,宛在水中央。

《蒹葭》是一首怀人之作。它之所以具有艺术境界,就因为它把男女相恋这一在现实生活里要受到多方限制约束的艰难过程融入对水的文化意象的描写之中。关于水的文化意义,傅道彬曾从文化原型角度做过较好探讨,并总结说:"首先水限制了异性之间的随意接触,在这一点上它服从于礼义的需要和目的,于是它获得了与礼义相同的象征意味;其次也正因为水的禁忌作用,也使水成为人们寄托相互思慕之情的地方。"③此外,假如我们从人类生存环境和他们征服世界的能力来看还会知道:水始终在人类文化心理中扮演着可爱又可恨的角色。人

---

① 王靖献:《钟与鼓》,第128页。
② 傅道彬:《中国生殖崇拜文化论》,第301页。
③ 同上书,第310页。

的生活离不开水,远古人选择住处更愿择水而居,水边也是男女相会的处所。但是水又会给人带来灾难,它也是古人难以克服的交通障碍。《诗经》里写男女相恋多写水,孙作云关于古人"恋爱+春天+水边"的论述已较详细①。另一方面,水对人的爱情阻隔,在《周南·汉广》《邶风·匏有苦叶》《卫风·氓》等诗之中也都有或明或显的表现。唯其如此,这首诗把男女相恋的艰难追求放入河水阻隔的意象之中进行描写,再衬托以秋天的凄凉,就创造出一个迷离扑朔、凄清感伤的艺术境界,在那秋水伊人可望而不可即的画面里,蕴涵着无穷无尽的、难以言传的中国文化情韵,古往今来,不知道曾经打动过多少读者。

从"习习谷风,以阴以雨"到"桃之夭夭,灼灼其华",再到"蒹葭苍苍,白露为霜",我们可以看出《诗经》抒情诗如何从对原始文化意象的一般类比到通过它们来创造艺术意境的过程。《蒹葭》这样的诗在《诗经》中虽然很少,但是却代表了《诗经》抒情诗艺术境界创造的最高成就。它说明中国古典抒情诗创作至迟在《诗经》时代,已经开始了主客合一、情景交融的艺术境界的追求,它是中国抒情诗逐渐走向成熟的重要标志之一,同时也开启了中国后世诗歌意境创造的不二法门。

三 高超的艺术技巧

《诗经》抒情诗人物形象塑造的成功和艺术意境的创造,是与其高超的艺术技巧分不开的。

提起《诗经》的艺术技巧,人们往往从"赋、比、兴"的手法谈起。"赋、比、兴"本是古人在谈及《诗经》时使用三个名词。《周礼·春官·大师》说:"大师……教六诗,曰风,曰赋,曰比,曰兴,曰雅,曰颂。"这是关于这三个名词同时出现的最早文献记载。遗憾的是这段话过于简略,意义不十分明确。因此,后人关于"赋、比、兴"的解释歧说颇多。而且,从由古至今的研讨结果看,"赋、比、兴"也的确是个十分复杂的

---

① 孙作云:《诗经恋歌发微》,《诗经与周代社会研究》,中华书局1966年版,第295、331页。

概念。它的最初产生，可能和《诗经》在周代社会的教育与应用有关①，后来又被人当作用诗之法②。比较明确地把它当作艺术手法概括出来，应该是宋以后的事。③ 所以，后人在把"赋、比、兴"当作《诗经》艺术手法名词使用时，大都采纳朱熹的解释。他说："赋者，敷陈其事而直言之者也。""比者，以彼物比此物也。""兴者，先言他物以引起所咏之词也。"④通俗点说，赋就是直陈，比就是运用比喻，兴就是借物起兴。

"赋、比、兴"理论之所以由最初的诗之用法变为宋代以后关于《诗经》艺术手法名词，是有其内在原因的。因为用这种观念去看《诗经》，这三者的确是最常用的艺术手法。尤其是从诗章的创作起始点看，三者基本上可以概括《诗经》大部分诗篇的情况。直陈者如《采蘩》《氓》，比喻者如《硕鼠》《兔爰》，起兴者如《关雎》《桃夭》。在这里，尤其是"兴"的使用最为引人注目。它有两种情况：一是借句起兴，兴句与正文没有多少意义关联，如《小雅·采菽》："采菽采菽，筐之筥之。君子来朝，何锡予之。"这里的开头两句只起开头或起韵的功能。二是借物起兴，因景生情。这种兴法在《诗经》中使用最为普遍。如《郑风·野有蔓草》一诗以清晨沾满露珠的青草起兴，来映衬诗人邂逅的美人清扬婉转的体态容貌和自己的欢乐心情。从文艺发生学的角度来讲，这一类兴的物象中往往沉积了丰厚的文化内容，诗人把它们当作艺术手法来使用，说明他们在体悟艺术意境的奥秘，并且在自觉的艺术追求方面已经达到了相当高的水平。

除"赋、比、兴"三者之外，今人在谈及《诗经》的时候，还多涉及其他艺术修辞手法。如《王风·采葛》以"一日不见，如三月兮""如三秋

---

① 关于"赋、比、兴"的周代贵族教育与应用的关系，可参考张震泽《诗经赋、比、兴本义新探》，《文学遗产》1983 年 3 期；章必功《"六诗"探故》，《文史》二十二辑；鲁洪生《从赋、比、兴产生的时代背景看其本义》，《中国社会科学》1993 年第 3 期。

② 用诗之法的论述，在郑玄《周礼·春官》注中可较明显地看出。他说："赋之言铺；直铺陈今之政教善恶。比，见今之失，不敢斥言，取比类以言之。兴，见今之美，嫌于媚谀，取善事以喻劝之。"

③ 关于"赋、比、兴"的艺术手法特点，前人虽有论述，但直到唐代孔颖达作《毛诗正义》，还把它当作"诗之用"，和风雅颂放在一起论述，有三体三用之说。

④ 见朱熹《诗集传》中《葛覃》《螽斯》《关雎》三诗注，上海古籍出版社 1980 年版，第 3、4、1 页。

兮""如三月兮"的夸张手法来形容渴望相见之情切;《小雅·北山》以"或燕燕居息,或尽瘁事国。或息偃在床,或不已于行"的对比来写王事的不公平;在《郑风·子衿》里,诗人用"青青子衿"来代指自己的情人;在《邶风·新台》里,诗人用"燕婉之求,籧篨不鲜"来映衬新嫁娘的失望……上述多种多样的艺术修辞技巧的运用,大大增强了《诗经》抒情诗的艺术效果。

　　作为《诗经》非凡艺术技巧的另一重要方面,诗人还采取了各种不同的抒情方式。有的诗篇是直接抒情,直抒胸臆。如《小雅·雨无正》开头即呼天直起"浩浩昊天,不骏其德,降丧饥馑,斩伐四国",诗人心中积淤已久的怨愤,已经没有其他委婉的方式可以表达,只有仰对长天慷慨陈词,仿佛才可以吐出心中的不平和不快。还有的诗则属于间接抒情,更显得委婉曲折,含蓄蕴藉。如《卫风·木瓜》写男女之情的愉悦,但诗人并没有采用直抒其情的方式,而是通过"投我以木瓜,报之以琼琚"这样的行动描写来表达两人之间互尊互爱之情,可谓别有深味。同样,为了取得更好的抒情效果,诗人也采取了不同的抒情方法。有的诗篇是行动的描摹,如《周南·卷耳》,通篇都是通过动作的描写来抒情。有的诗篇靠的是心理描写,如《郑风·丰》,就是通过描写主人公后悔心理来抒发情感的。有的诗篇直接叙述整个事件的经过,通过事件的叙述来达到抒情的效果,如《卫风·氓》中的女主人公从她和"氓"如何相识,如何结婚,如何度过艰苦的时光,一直写到她如何被遗弃的整个经过。正是在这种叙事中表达了主人公对"氓"的负心行为的深恶痛绝和自己对往事的无限悔恨。而像《小雅·十月之交》这样的诗,则通过叙述日食、地震等灾害的发生,皇父、番、家伯等奸臣的惑乱朝政等大的自然或社会政治生活事件来表述诗人自己对宗周即将灭亡的担心,对佞臣的憎恶之情。在《诗经》这部书中,严格意义上的叙事诗虽然数量极少,但是叙事作为抒情的手段,却得到了充分的表现。

　　总之,作为中国第一部诗集,无论是人物形象塑造、艺术意境的创造还是抒情诗技巧与方法等各个方面,《诗经》的抒情诗都达到了相当高的艺术水平,都堪称后世中国诗歌创作的楷模。这是值得我们深入研究和珍视的。

第三节 《诗经》的艺术创作和周文化精神

《诗经》基本是都是周代社会的诗歌创作,它所体现的是周人的文化精神和周代的艺术风貌,它的艺术成就的取得必然受周代文化的影响。

一 《诗经》中的物象择取与周文化精神

如上所述,《诗经》抒情是十分注重艺术描写的,正是这些对客观物象的描写才构成了《诗经》中的艺术意境和形象。但是,面对纷纭多彩的大千世界,诗人必然要对物象进行选择,必然要从独特的文化视野对其做出描述和理解。人类文化的历史表明,不同的时代,不同的民族,对物象择取的表现也各有其不同的角度和方式。正是这些独特之处,往往显示了一个时代或一个民族文学的独特成就。

翻开《诗经》,我们扑面感受到的也是这种独特的周代诗歌风韵。植根于乡土的文化情韵,宗法制下浓重的伦理情味以及以人为本的人文思想等,都对《诗经》中物象的择取产生了极为深刻的影响。举例来讲,像《豳风·东山》这样的诗,当作者把抒情景物的描写重点放在秋雨蒙蒙的季节,放在被战争毁坏的田园与农田之上时,就不能不引起我们的思考,为什么诗人选择这样的景物描写来反映对于战争的怨恨和对家乡的怀念呢?原来,是周人的农业文化心理和在此基础上形成的生活方式与生活习俗等,使诗人对秋天这一丰收的季节有一种特殊的感情,对土地与庄稼有着特殊的热爱,因此,他才把抒情物象的择取放在这里而不是别处,这景物描写也就具有特殊的民族时代蕴涵,具有更为感人的艺术力量。再如,当我们了解了《郑风·溱洧》这首诗产生的文化背景是当时青年男女春季于水边相会的风俗之时,我们也就会明白,那"溱与洧,方涣涣"的景物描写,那"维士与女,伊其相谑,赠之以勺药"的人物行动描述,也都是作者的一种文化心理选择,因为这种描写虽然简单,却足可以唤起同时代人对自己所熟悉的春日青年男女相爱情景的美好回忆。同样,如《唐风·绸缪》这首诗之所以用"绸缪束薪,三星在天"来起兴,就因为这两句诗关合着周代的风俗习惯。在周代,"结婚时必定束薪为炬,束刍喂马;举行婚礼,必定在黄昏的时候。'绸缪束薪'是婚礼的用物,'三星在天'是结婚的时间,二者都是结婚的标志"①。可见,正因为这里的物象描写具有周文化的特殊意义,所以诗人才会在创作中择取它,从而收到生动形象,言简意赅的艺术效果。

《诗经》中的艺术描写构成一个具有特殊文化意象系列的,也许莫过于对于人的外表服饰打扮的描述了。仔细阅读《诗经》,我们就会发现,这里面写到人时特别注意对于人的服饰打扮的描写。举例来讲,如《诗经》中多次提到"狐裘"二字:《邶风·旄丘》"狐裘蒙戎",《秦风·终南》"君子至止,锦衣狐裘",《桧风·羔裘》"羔裘逍遥,狐裘以朝""羔裘翱翔,狐裘在堂",《豳风·七月》"取彼狐狸,为公子裘",《小雅·都人士》"彼都人士,狐裘黄黄",那么,狐裘在这里有何意义呢?首先从诗中我们就会看出:第一,狐裘和羔裘是上层贵族(君子、公子)之服;第二,狐裘和羔裘相对,又是指他们外出或上朝的公服。对此,《礼记·玉藻》也有解释:"君子狐青裘。"《毛传》曰:"大夫狐苍裘。"《白虎通义·衣裳篇》:"天子狐白,诸侯狐黄,大夫狐苍。"另外《左传》僖公五年士蒍赋诗也有这样的诗句:"狐裘龙茸,一国三公,吾谁适从?"原来,狐裘在周文化中具有特殊意义,诗人写到狐裘是一种有意的择取,是把它当作人物身份地位的象征物来写的。

在《诗经》关于服饰方面,另一个重要的物品是玉和玉制成的各种佩饰如瑳、玼、珩、玱、琇、瑂、瓒、珈、瑰、琼、环、琚、瑶、玖、琛、璲等,这些字出现有几十次之多。他们称赞人物是"有女如玉"(《召南·野有死麕》);"彼其之子,美如玉"(《魏风·汾沮洳》);"言念君子,温其如玉"(《秦风·小戎》);"其人如玉"(《小雅·白驹》);"金玉其相"(《大雅·棫朴》)。他们把玉的佩饰作为人物形象描写的最重要组成部分。他们写君王的出场是"济济辟王,左右奉璋"(《大雅·棫朴》);写君子

---

① 此风俗可参考《诗经·毛传》、陈奂《诗毛氏传疏》和魏源《诗古微》等有关材料,此处引文系程俊英《〈诗经〉漫话》语,上海文艺出版社1983年版,第137页。

的仪表是"颙颙卬卬,如圭如璋"(《大雅·卷阿》);写君子的赠物是"琼瑰玉佩",是"报之以琼瑶""琼琚""琼玖"(《卫风·木瓜》);写对君子的祝福是"佩玉将将,寿考不忘"(《秦风·终南》)。

为什么在《诗经》的人物描写中这么注重玉呢?原来,玉在周代文化中既是身份地位的象征,也是人的道德品质的象征。《礼记·聘礼》和《荀子·法行》中都有君子比德于玉之说。《礼记·玉藻》又说:"古之君子必佩玉。……君子无故玉不去身。君子于玉比德焉。天子佩白玉而玄组绶,公侯佩山玄玉而朱组绶,大夫佩水苍玉而纯组绶,世子佩瑜玉而綦组绶,士佩瓀玟而缊组绶。"唯其如此,玉才成为《诗经》创作中一种具有特殊文化意义的文学描写对象。在诗中只要一提到玉,就会让读者或听众从中体会到它所象征的等级意义和道德意义。下面请看《卫风·淇奥》:

瞻彼淇奥,绿竹猗猗。有匪君子,如切如磋,如琢如磨。瑟兮僴兮,赫兮咺兮。有匪君子,终不可谖兮。

瞻彼淇奥,绿竹青青。有匪君子,充耳琇莹,会弁如星。瑟兮僴兮,赫兮咺兮。有匪君子,终不可谖兮。

瞻彼淇奥,绿竹如箦。有匪君子,如金如锡,如圭如璧。宽兮绰兮,猗重较兮。善戏谑兮,不为虐兮。

据说这首诗是歌颂卫武公的,历史上说他是一个有德的君子。诗以淇水边亭亭玉立、婀娜多姿的绿竹起兴,赞美他有优雅翩翩的外表、严正勇猛的气质、光明磊落的胸怀、宽容柔和的态度、和善幽默的性格。在诗中,美玉既是卫武公身上穿戴的一部分,更是他的优雅风度和美好品质的象征。诗的第一段说他气质有如经过了切磋琢磨的象牙与美玉,"如切如磋,如琢如磨",第二段描写他的穿戴高贵,也突出了耳坠和朝冠上的美玉,"充耳琇莹,会弁如星",第三段歌颂他的性格品质,同样以金玉来作为比喻:"如金如锡,如圭如璧。"玉在《诗经》中的象征意义,在这首诗中有着最集中的体现。

由此可见,物象描写是一种文化选择。正因为周文化精神作用于诗人,才使他们在《诗经》中选择此类物象而不选择彼类,从而形成具有特殊时代意义的艺术形态。选择本身也提高了诗人对事物的观察能力和艺术表现能力,使诗人能够用敏锐的眼光捕捉到事物的某一特征并把它用精练的语言表现在诗中。从这个意义上讲,正是周代文化精神培养和提高了诗人的艺术表现能力,才使《诗经》创作取得了如此高的艺术成就。

二 思维方式、审美心理与《诗经》作品的内在结构

除文化选择提高了诗人的艺术表现力并形成具有时代精神的物象描写系列之外,周人的艺术思维方式和审美心理,对《诗经》作品的艺术结构的组成也具有决定性影响。让我们先看这两首诗:

《鄘风·相鼠》:

> 相鼠有皮,人而无仪。
> 人而无仪,不死何为!

《小雅·都人士》:

> 彼都人士,狐裘黄黄。
> 其容不改,出言有章。
> 行归于周,万民所望。

这两首诗,一为刺,一为美,一在《鄘风》,一属《小雅》,按理说作者之间没有什么创作联系。但是我们仔细一看,就发现这两首诗把对人物的视角放在了"礼仪容止"上面。《相鼠》一诗,一章言"人而无仪",二章言"人而无止",三章言"人而无礼"。在作者看来,如果一个人没有这三样东西,活着就不如去死。而第二首中"都人士"之所以受到赞美,也正是因为其"狐裘黄黄。其容不改,出言有章",因此他才成为"万民所望"。由此可见,服饰打扮和礼仪容止在这里不仅仅是一种描写的选择,而且表明了周人的艺术思维方式和审美心理。在周人看来,得体的服饰仪容本身就是一种美,不仅是一种外在美,而且是内在美的外在显现。

周人的这种艺术思维方式和审美心理必然要影响作品的内在结构。通读《诗经》,我们就会发现,当诗人在对人物进行或美或刺的抒情评判时,他们最擅长的方法就是通过人物的外在打扮、礼仪容止的描

写来抒情,来塑造人物形象,从而形成一种特殊的创作结构模式。从《召南·羔羊》到《邶风·旄丘》,《鄘风·君子偕老》《干旄》,《卫风·淇奥》《硕人》《芄兰》,《郑风·缁衣》《羔裘》《有女同车》,《齐风·猗嗟》,《魏风·汾沮洳》,《唐风·扬之水》《羔裘》,《秦风·驷铁》《小戎》《终南》,《桧风·羔裘》,《曹风·鸤鸠》《豳风·九罭》《狼跋》,仅仅是十五《国风》中,我们就发现这么多内在结构模式上类同的创作,在大小《雅》中,这种例子就更为多见。如《大雅·棫朴》赞美周王和他的群臣是"济济辟王,左右奉璋。奉璋峨峨,髦士攸宜","追琢其章,金玉其相",这些描写全是从人物的外在仪容入手。在《大雅·假乐》这首诗中,开篇即言"假乐君子,显显令德",中间又写其"威仪抑抑,德音秩秩",在诗人看来,这里根本不用去写"君子"(这里指周王)的具体功业,只要写出了他的仪容,他的道德与功业也就不言而喻了。反之,如果他们的穿戴和他们的道德品质不相称,诗人也给予严厉的批判,如《桧风·羔裘》就是诗人为讽刺桧君"好洁其衣服逍遥游燕而不能自强于政治"而作。这里借用《曹风·候人》的话,就是"彼其之子,不称其服"。

总之,通过人的外在容仪描述来塑造人物形象,抒发作者的情感,这种内在结构模式来自周人的思维习惯,也符合他们的审美心理,因此在《诗经》中也就具有特殊的时代意义。

在《诗经》创作中,另一类以战争和徭役为题材的作品的内在结构模式也十分引人注目。它同样是由于在周代社会生活中产生的思维方式与审美心理所致。让我们也来先看两首诗:

《魏风·陟岵》:

>陟彼岵兮,瞻望父兮。
>父曰:"嗟!予子行役,夙夜无已。
>上慎旃哉,犹来无止。"

《小雅·杕杜》:

>有杕之杜,有睆其实。
>王事靡盬,继嗣我日。
>日月阳止,女心伤止,征夫遑止。

这两首役夫征人之诗,表达的都是他们思念家乡、父母、妻子之情,如果我们再进一步翻看《诗经》与之相类的二十几首诗,全部都是这样一种内在结构模式。显然,这与周人以农业为主的社会生活和在此基础上生成的以家庭为核心的生活意义相关。对于农民来说,农业是他们的衣食之源,家庭是他们的生存依靠,父母是他们的感情所系。当他们出征或行役在外之时,农业生产和家庭就是他们最为关切的对象。正是周人的这种心理,成为他们进行抒情诗创作的内在动因,也使他们在艺术创作的思维方式和审美心理的作用下,形成了那些征人役夫抒情诗的内在结构。他们的创造生活题材是战争与徭役,但是他们在诗中却很少用笔墨去写那徭役的劳苦、旅途的艰难,也很少去描写那残酷的战斗场面、血腥的厮杀。周公东征三年的战争可谓长矣,可是他们只用"我徂东山,慆慆不归"八字作为每章的开头。周人对北方少数民族的战争可谓激烈矣,但《采薇》《出车》等诗也不过仅有"狁孔棘""薄伐西戎"几句简单交代而已。他们在抒情诗中重点表现的并不是这些战争本身,而是由于战争引起的对家乡的深深思恋。于是,由战争行役的题材来抒诗人的怀归相思之情,就成了这一类抒情诗的特殊结构,即一切关于战争行役的简要叙述或者是景物描摹,都紧紧围绕着这一相思怀归的抒情主题而开展,并形成这些作品的最大艺术特点。

　　在这里,我们对《诗经》作品的物象择取和内在结构模式进行了文化上的剖析。虽然这里仅仅举了几个例子,但是它却告诉我们,《诗经》这部文学作品的艺术形式是和周文化精神分不开的,也是和周人的思维方式、审美心理分不开的。它具有鲜明的民族性,同时又具有鲜明的时代性。这二者的结合才使《诗经》的艺术创作达到了空前的高度并且广泛地影响了后世。举例来说,尽管《诗经》中重视以服饰仪容的描写来表示对人物道德品质的评判,这种文化审美心理在后世已经有所改变。如汉人辛延年的《羽林郎》诗中酒家胡的穿戴打扮和汉乐府《陌上桑》中的秦罗敷的服饰描写就不再具有道德意义,而是汉代城市中崇尚奢侈夸耀富贵的心理表现。但是,由《诗经》中形成的重视人的外在服饰描写的传统却从汉、唐以至宋词元曲明清小说中得到不断发展。而以战争行役为题材抒相思怀归之情,更是以《诗经》以降形成的中国文学抒情诗的一个重要传统。

第四节 《诗经》的语言艺术特征

作为中国第一部诗集,《诗经》的基本体裁是四言诗。这是中国最先发展成熟的一种诗歌样式,有着鲜明的时代特点,主要表现在以下几个方面:

一 名词动词的丰富多彩与具象化特征

《诗经》中的词语丰富多彩。据统计,它使用单字近 3000 个,若按字义计算,约有 4000。这些单字构成了众多的词汇,表述了极为丰富的生活知识。如仅以生物名词计算,就有草本植物 100 种,木本植物 54 种;关于鸟类的有 38 种;关于兽类的有 27 种;关于昆虫和鱼类的有 41 种。这些单字也表现了人对动态和事物间联系的辨识能力。如关于手的动词就有按、攘、抱、携、指、掺、挟、挹、握、提、拊、拾等 50 多个。[1] 这些丰富的名词和动词意味着周人辨识事物和驾驭语言的非凡能力,是他们进行诗歌创作的语言基础。

《诗经》中所用名词动词的最大特征是它的具象化。从民族语言的发展情况看,周代还是一个以单音词为主的时代,在表达同类事物的不同个体时,还没有形成以抽象类概念为主构造复合词的普遍能力,最常用的方式还是用不同的单音词来表示不同的个体。如《诗经》中写到"马",就很少用抽象的一般性名词"马",却运用了那些具有描述作用的特殊名词大约 30 个。如骊白杂毛曰"䮾"、黄马黑喙曰"䮹"、白马黑鬣曰"骆"、阴白杂毛曰"骃"等等。[2] 这些具象化名词的产生,一方面说明周人对于马的熟悉程度,一方面也说明他们驾驭和使用语言的非凡能力。正因为诗中运用了这些具有描述性作用的名词,所以才使

---

[1] 此处参考了杨公骥《中国文学》(第一分册),吉林人民出版社 1980 年版,第 258、259 页。

[2] 此处可参考陈奂《诗毛氏传疏·义类·释畜第十九》,中国书店 1984 年据漱芳斋 1851 年版影印。

诗中的马的形象鲜明生动。如《郑风·大叔于田》写"叔""乘乘马""乘乘鸨""乘乘黄",这里的"马"就是指六尺以上的高大威武的马,①"黄"是指皮毛黄白相间的马,"鸨"是指皮毛黑白相间的马。这样,诗中的叙述既不嫌重复,也不嫌抽象。反之,通过"叔"所乘之马的生动描写,恰恰衬托出这位勇敢武士的形象。

和名词的具象化特征一样,《诗经》中的动词使用也有相同的特点。《诗经》中之所以描写手的动词有 50 多个,也正说明他们对人的动作的细心观察和动词使用的具象化特征。如在《周南·芣苢》一诗中,诗人就把采芣苢的整个动作过程分解成六个不同的词语来表示。"采,始求之也;有,既得之也。""掇,拾也;捋,取其子也。""袺,以衣贮之而执其衽也;襭,以衣贮之而扱其衽于带间也。"(朱熹《诗集传》)正因为这六个动词描述了采芣苢的整个劳动过程,所以它才构成鲜明生动的艺术画面。故吴闿生在《诗义会通》中引用前人评语道:"通篇止六字变换,而招邀俦侣,从事始终,一一如绘。"

名词动词的具象化是《诗经》语言的一大特征。它使诗的语言简洁生动且具有形象性,大大加强了艺术效果。对此,前人已有所体会。如梁钟嵘在《诗品》中说:"夫四言文约意广,取效风骚,便可多得,每苦文繁而意少,故世罕习焉。"可见,四言诗这种"文约意广"的特征,钟嵘已经认识到了。但是也正像他所说的那样,对于后人来说,他们必须向《诗经》学习,掌握《诗经》用语的奥秘,才会有所得。假如他们以汉以后的用语习惯去模仿,便只会"每苦文繁而意少",甚至于有东施效颦之讥了。如袁枚曾举例说有人模仿《芣苢》作过这样一首诗"点点蜡烛,薄言点之。剪剪蜡烛,薄言剪之",令闻者绝倒。② 可见,《诗经》中名词动词具象化的特征,是值得人深入研究的。

二 运用重言或双声叠韵形容词摹声摹形

《诗经》语言运用的第二个特点上用重言或双声叠韵的形容词来

---

① 《周礼·夏官·校人》:"马八尺以上为龙,七尺以上为䮫,六尺以上为马。"
② 袁枚:《随园诗话》卷三,人民文学出版社 1982 年版,第 97 页。

摹声摹形。《诗经》中的这一类形容词的使用量特别大。重言如肃肃、喓喓、惙惙、揭揭、翘翘、翼翼、晰晰、霏霏等;双声如参差、玄黄、黾勉、踟蹰等;叠韵如窈窕、崔嵬、沃若、逍遥、辗转等。这些重言和双声叠韵的形容词,具有极强的艺术表现力量,用它们来描摹事物的声音与形貌,收到了极好的艺术效果。值得注意的是:在《诗经》形容词的使用中,和双声叠韵相比,重言形容词又是最多的。诗人几乎可以用它来形容各种事物。如诗人用"粼粼"形容水的清澈,用"迟迟"形容路的长远,用"草草"形容人的劳心,用"温温"形容人的宽厚,用"猗猗"形容竹的美态,用"习习"形容风的和舒。这样的重言形容词,有的一章诗中可以使用两个,如"桃之夭夭,灼灼其华"(《周南·桃夭》);有的可以使用三个,如"肃肃兔罝,椓之丁丁。赳赳武夫,公侯干城"(《周南·兔罝》);有的一章诗中甚至可以使用更多,如《卫风·硕人》最后一章描写庄姜出嫁时路上风景和随从之盛:"河水洋洋,北流活活。施罛濊濊,鱣鲔发发。葭菼揭揭,庶姜孽孽,庶士有朅。"七句之中就使用了六个。这种现象在中国诗歌史上是独一无二的。后世诗歌中虽然也有个别采用类似手法的,如《古诗十九首》中的《迢迢牵牛星》、李清照的《声声慢》(寻寻觅觅),曾因为使用这种重言形容词而广为后人称道,但是这些个别例子既不是他们的独创也不足以构成一种时代风格。为什么《诗经》中会出现这种状况?我们认为,这仍然与《诗经》时代单音词多的汉语发展阶段有关。正因为《诗经》时代的单音词占多数,人们还不可能利用偏正、动宾、并列、补充等各种组合方式大量构成双音节的复合形容词,在诗歌创作的物象描写中,便只有更多地依靠这种单音形容词重叠的方式来增强抒情描写效果,来进行简单的摹声摹形。特别是在《诗经》的开头句中,这种现象更为普遍。如在《周南》共11首诗中,竟有7首诗在开头两句用了9个这样的重言形容词,可见其使用率之高。

重言形容词的大量使用,和具有描述作用的名词动词的大量使用,从表面上看来有单音与双音的差异,但是它们却有着共同的时代本质,那就是在汉语的双音复合词还没有大量形成的情况下,它们都是那个时代的诗人寻找到的最好的艺术表达方式。这三者合在一起,构成了《诗经》语言使用中的最大特色。当然,这并不是说《诗经》中没有双音复合词,其中如光明、永久、婚姻、伤悲等词汇,已经在《诗经》中出现。但是,它还远远不如后代语言中的双音复合词那么多。对此,我们曾经做过统计,如《诗经》的"二南"中只有这样的复合词20多个,汉代的《古诗十九首》中却有150多个。正因为这样,所以它还无法成为《诗经》语言使用的主要手段。而到了汉代以后,随着汉语中双音复合词的逐渐增多,那些单音节的动、名词和重言形容词的使用频率才逐渐减少,中国诗歌语言的使用也就开始了一个新的阶段。

三 二节拍的节奏韵律和语言的音乐美

《诗经》的主体是二节拍的四言诗。这种形式是对原始诗歌样式的直接继承,它从原始劳动中产生,带有很强的节奏韵律规范。所以,韵律整齐也是《诗经》的一大特点。《诗经》最常用的押韵方式是隔句押韵,一般是押偶句韵,也有句句押韵的。对此,前人多有评述,如顾炎武就把《诗经》常见用韵格式归纳为三种基本形式。他说:"古诗用韵之法,大约有三。首句次句连用韵,隔第三句而于第四句用韵者,《关雎》之首章是也,凡汉以下诗及唐人律诗之首句用韵者,源于此。一起即隔句用韵者,《卷耳》之首章是也,凡汉以下诗及唐人律诗之首句不用韵者,源于此。自首至末,句句用韵者,若《考槃》《清人》《还》……凡汉以下诗若魏文帝《燕歌行》之类,源于此。"[1]顾氏基本概括了《诗经》押韵的主要形式。此外,《诗经》中还有奇偶交叉押韵者、押头韵者、一拍子尾韵、连绵尾韵者等多种情况。[2]《诗经》的押韵为形成中国诗歌韵律的民族形式奠定了基础。

节奏韵律对《诗经》词语的使用也产生了极重要的影响。最突出的特点是使诗的语言构成服从于音乐美的要求,如前所述,在《诗经》词语运用中多重言和双声叠韵,这显然也受诗的节奏韵律影响。清人李重华说:"叠韵如两玉相扣,取其铿锵;双声如贯珠相联,取其

---

[1] 顾炎武:《日知录·古诗用韵之法》,顾炎武著,黄汝成集释《日知录集释》,国学整理社1936年版,第486页。

[2] 此处可参考王力《诗经韵读》、杨公骥《中国文学》等有关著作。

宛转。"①他在这里虽然只是以玉声珠声为喻来解释双声叠韵，还没有揭示出它们得以产生的最初根源，但是他能够从音乐音响效果方面进行思考，无疑是相当高明的见解。《诗经》本身就是配乐可唱的，它的语言运用自然就要受节奏韵律的影响。其中的双声叠韵，尤其是重言，最初就是取自动作音响的谐音："伐木丁丁，鸟鸣嘤嘤"（《小雅·伐木》）、"鼓钟将将，淮水汤汤""鼓钟喈喈，淮水湝湝""鼓钟钦钦，鼓瑟鼓琴，笙磬同音"（《小雅·鼓钟》）。这些重言词同样都是对音乐的模仿。由此，我们不但可以更好地认识《诗经》语言的音乐美，同时也启发我们认识到，《诗经》中之所以产生了大量的双声叠韵和重言形容词，也只有考虑到音乐的因素才能得到更完美的解释。

四 重章复唱的章法形式与中心词语的多种形式锤炼

《诗经》艺术形式的另一个重要特征是重章复唱。重章复唱是口语文学中常见的样式。这一样式的最初形成是为了便于歌唱、记忆和传诵。因为这样，在复唱中不断地使用一个调子甚或是相同的句式，有时只要换一两个词语。这也形成了《诗经》篇章结构和语言上的一大特色。据统计，这种重章复唱的形式（或称"叠咏体"），在《诗经》的305 篇中，占了一半以上，并多集中在《国风》《小雅》部分，如《国风》160 篇，叠咏体 131 篇，占 82%，《小雅》74 篇，叠咏体 41 篇，占 56%。可知这种形式主要集中在民歌和短章民歌之中。这与短章民歌含义的单纯性、口头性、偏重于抒情性有关。②

首先，这种重章复唱的形式成了《诗经》语言中的一些套语。套语不但是为了方便记忆，同时也是语言运用的一种技巧和表达主题的一种手段。对这个问题，今人多有研究。如美籍华人王靖献博士的《钟与鼓》一书，就是采用西方帕利-洛尔德理论专门研究《诗经》套语的专著，他指出："口述诗人通常都掌握有很多套语与主题。套语用来构成

---

① 李重华：《贞一斋诗说》，王夫之等撰《清诗话》下册，上海古籍出版社 1978 年版，第 935 页。

② 褚斌杰：《〈诗经〉叠咏体探颐》，中国诗经学会编《诗经研究丛刊》（第一辑），学苑出版社 2001 年版。

诗行,而且遵循着一个韵律——语法的系统来构成。主题则引导其思绪在快速的创作过程中构成'神话',即组成一个更大的结构。他的技艺在于,得心应手地运用套语与主题,随口而出地为听众描述一个'神话',——一个事件的'神话',或一种情绪的'神话',或两者兼而有之的'神话'。一方面,主题引起了听众的'条件反应';另一方面,它们又是歌手的记忆手段。……借助主题的引导与'语法韵律'单位即套语系统的调节,口述诗人运用传统的、固定的短语来创作诗歌。"①我们认为这种说法是有道理的。《诗经》中的套语不仅为记忆的手段,同时包含有主题的因素,它本身就是艺术内容的历史积淀。所以既有丰富的意蕴又容易为听众理解,这的确是中国早期诗歌的一个突出特色。其次,重章复唱也影响了《诗经》的遣词造句。之所以如此,是因为在重章复唱的过程中,由于套语本身有一定的固定形式而不能有变化,那些中心词语的变换与锤炼就起着重要的作用。作者只能在那种重章复唱的章法中抓住中心词语进行锤炼,靠中心词语的变换来叙事状物,写景抒情,从而取得突出鲜明的艺术效果。如《芣苢》一诗采用的是动词变化的形式,《召南·草虫》则采用的是两组形容词变化的形式:一章言"未见君子,忧心忡忡",二章言"忧心惙惙",三章言"我心伤悲",这是一组;一章言"亦既见止,亦既觏止,我心则降",二章言"我心则说",三章言"我心则夷",这是一组。同样,《鄘风·桑中》这首诗,则是三组名词的变化:一章言"爰采唐矣,沫之乡矣。云谁之思,美孟姜矣",二章言"采麦""沫之北""美孟弋",三章言"采葑""沫之东""美孟庸"。这里中心词语的变化虽然有动词、名词、形容词之分,但它们的重章复唱方式却完全相同,正是靠这种方式,造成动作描述的连贯、画面的流动、意境的烘托和由此带来的感情的加深,达到抒情描写的效果。真可谓以少总多,言简意深矣。

  词语的运用,四言诗的节奏韵律和重章迭唱的章法,正是这些构成了《诗经》语言形式的独特风格,也使《诗经》四言体成为中国诗歌史上一种特殊诗体。这种诗体虽然随着时代和人们艺术审美的变化至汉代以后而趋于衰落,但是它留给人们的艺术经验却是极其丰富的。因为

---

① 王靖献:《钟与鼓》,第24页。

诗歌是语言的艺术,无论四言也好,五言也好,七言也好,它们都要靠语言来描写景物,创造意境,塑造形象,抒发情感。没有描写也就没有文学。诗歌艺术的真谛也就是如何用最精练的语言来创造最为鲜明生动的艺术画面,达到最好的抒情效果。正是在这方面,《诗经》为后代的中国文学创作树立了光辉的典范。"关关雎鸠,在河之洲,窈窕淑女,君子好逑";"蒹葭苍苍,白露为霜。所谓伊人,在水一方";"昔我往矣,杨柳依依。今我来思,雨雪霏霏":这些诗句虽然如此简单,但是却具有那么大的艺术魅力千百年来被人们传诵不绝。仅仅是这些,已经可以让后人去认真学习与借鉴了。

第十一章 《诗经》的历史地位和影响

《诗经》作为我国第一部诗集,具有崇高的历史地位。它的最后编辑成书虽然已在春秋中叶以后,但是包含了西周和殷商两个时代的作品,其中有些篇章所反映的民俗风情,还明显地有远古社会留下的文化印迹。而《诗经》以四言为主的诗歌样式,从它的雏形到成熟,同样经过了漫长的历史。因此,从这个意义上说,《诗经》不仅仅是殷周时代的文学艺术,而且是上古诗歌艺术的集大成之作;它也不仅仅是一部文学作品,而且是中国上古社会生活及文化精神的诗的凝聚和艺术的升华。它是中国文化宝库中的一颗璀璨夺目的明珠,照耀着千古。它以其高度的思想性和艺术性昭示着后人,成为中国后世社会文化教育的光辉经典和文学创作的永恒楷模。

《诗经》对中国社会的影响,从它编辑成书的那天起,就已经远远超出了文学的范畴。它本身既是诗歌,也是历史;是诉诸审美的艺术,又是生活的教科书。从它产生那天起,就已经被纳入周代礼乐文化的系统之中,被看作是辅礼而行、实行教化的工具。孔子曰:"小子何莫学夫《诗》?《诗》可以兴,可以观,可以群,可以怨;迩之事父,远之事君,多识于鸟兽草木之名。"(《论语·阳货》)这话并不是对《诗》的作用的夸张,而恰恰是站在儒家思想立场上对《诗》的意义的正确评估。因为《诗经》以其包孕题材的广泛和文化内容的丰富,特别是其中蕴涵的周文化精神,的确可以进行深刻的思想开掘。而《诗经》又以其特有的艺术形式,可以使人不是在干枯的说教中,而是在审美的愉悦中达到受教育的目的。《论语·八佾》中记载子夏与孔子关于《诗》的一段话很有意味。子夏问孔子:"'巧笑倩兮,美目盼兮,素以为绚兮',何谓也?"孔子答:"绘事后素。"子夏又问:"礼后乎?"孔子说:"起予者,商也,始可与言《诗》已矣。"在这里,"巧笑倩兮,美目盼兮,素以为绚兮",本是《诗经·卫风·硕人》中描写庄姜之美的诗句,这三句诗前两句见《诗经·卫风·硕人》,第三句可能是逸句,王先谦《诗三家义集疏》以为鲁诗有此一句。可是,子夏却由孔子对"素以为绚"这句诗的字面意解释"绘事后素",引发出礼乐产生于仁义之后的思想,这看起来似乎有些牵强,但是它却说明,诗歌这种文学体裁,由于其语言的精练与形象性,确实可以进行多方阐发,起到感悟人心的作用。对于儒家学者而言,像"素以为绚"这样的诗句尚且可以这样解释,更何况那些意义比较明确的诗句,当然就更不用说了。正因为诗本身是以艺术的形式表现社会和人生,是以审美的方式教育人的,所以它才有其他文化典籍所不具有的特殊功效。故孔子特重《诗经》的教化功能,不是没有道理的。汉儒论诗尽管附会较多,但《毛诗序》开头仍从"诗者,志之所之也"这一诗的创作心理本质说起,并由此认识到"治世之音安以乐,其政和;乱世之音怨以怒,其政乖;亡国之音哀以思,其民困"这种"声音之道,与政通矣"的内容特征,并以此为基础来阐发其微言大义的。孔颖达《毛诗正义序》开头亦言:"夫诗者,论功颂德之歌,止僻防邪之训。虽无为而自发,乃有益于生灵,六情静于中,百物荡于外。情缘物动,物感情迁。若政遇醇和,则欢娱被于朝野;时当惨黩,亦怨刺形于咏歌。作之者所以畅怀舒愤,闻之者足以塞违从正。发诸情性,谐于律吕。故曰'感天地,动鬼神,莫近于诗'。此乃诗之为用,其利大矣。"由此可见,《诗》之所以被后世推崇为"恒久之至道,不刊之鸿教"的经典,一方面固然是后人对它的推重和抬高,使《诗》在经学化的过程中加入了更多的后人理解与附会,但更重要的还是它本身所具有的巨大认识价值和审美价值所致。唯其如此,才会使《诗》被推崇为"经",并以"经"的特殊身份,在中国后代社会政治、文化、思想、道德等各个领域发挥着比其他任何一部文学作品要远为巨大的影响。《诗》的经学化,本身也是中国文化中的一个重要现象,是以一种特殊的方式对《诗经》的文化价值所作的最高肯定。而关于《诗经》的文化学研究,也是一个亟待开发的重要课题。

《诗经》虽然被后世推崇为经,但是仍不能泯灭它的艺术本质,它对中国后世诗歌创作的影响仍是极其巨大的。其中最重要的又是以下几个方面：

第一节 《诗经》奠定了中国诗歌艺术创作的民族文化传统

世界上每个民族的文学创作都具有鲜明的民族文化特色。和西方文学相比较，如果说，古希腊最发达的是史诗和戏剧，那么，中国就是一个抒情诗最发达的国度。尽管中国古代也有史诗性的作品（如《诗经》中的个别篇章），但是从现存记载看，无论是从原始歌谣到《诗经》中的创作，都是以抒情诗为主。言志和抒情乃是中国人老早就对诗的本质的认定。《诗经》的编辑和成书，奠定了中国抒情诗的传统并确立了它的民族文化特征。从《诗经》中可以看出，中国的抒情诗歌创作一开始就具有普及性，是群众性的艺术。它的创作队伍是相当广泛的。这里既有上层统治者，如周王、执政大臣、公卿大夫，也有下层贵族和平民百姓、农夫、奴隶；既有各阶层的男人，也有各阶层的女子。从《诗经》中还可以看出，中国诗歌创作一开始就是直接面向生活的，是现实的世俗的艺术。诗人们面对自己的现实生活，"哀乐之心感，而歌咏之声发"（《汉书·艺文志》），"饥者歌其食，劳者歌其事"（《春秋公羊传》宣公十五年何休注），莫不把诗歌作为抒发情感、表达思想的最好工具。这里有君王的忏悔，如《周颂·小毖》；有公卿对时政的关心，如《大雅·民劳》；有失意贵族的哀怨，如《小雅·小弁》；有士兵对家乡的怀念，如《豳风·东山》；有女子对恋人的痴情，如《郑风·狡童》；有对农业生活的叙述，如《豳风·七月》；有宗教礼仪上的歌唱，如《周颂·丰年》；有民间风俗中的男女互答，如《郑风·溱洧》……正是这些从现实生活中捕捉到的诗歌题材，组成了丰富多彩的历史画卷。从世俗里看社会，从个体中看群体，从际遇中看人生，从生活中看历史。这就是《诗经》所奠定的中国诗歌的文化传统。它是以小溪汇成的巨流，以繁花簇成的锦绣，是以个体的平凡所构成的最伟大的群体的艺术。正是这种抒情诗的民族文化传统，昭示着后代各阶层进行广泛的诗歌创作，使诗歌成为中国人最为喜爱,最为普及,也最具表现力的文学形式,使中国成为一个诗的国度。一部中国的历史,都可以通过各个时代各个阶层的诗歌创作得到鲜明的表现。

第二节 《诗经》确立了中国诗歌创作和批评的艺术原则

诗是中国人视为最崇高又最普通的艺术,也是他们抒发个人情感的最好的艺术工具。但是,中国人并非把日常生活中所有的个人情感都写进诗中,他们的诗歌创作遵循着具有中国文化特色的原则,这一原则就是"风雅"和"比兴"。它也是在《诗经》时代确立的。

"风雅"和"比兴"由诗之"六义"中的名称变为诗歌原则,是后人对由《诗经》以来形成的中国诗歌创作传统的理论升华。在这里,"风雅"并不是指的"风雅"体裁,而是指体现在《诗经》"风""雅"中的艺术创作精神,即诗歌创作的高尚意义和严肃性。当然,这里所说的严肃性,也有后人的不同理解,如汉儒就把《诗经》中的许多情诗都看成具有美刺意义的作品。但我们无可否认的是,即便在《诗经》诸多表现男女爱情的诗歌里,我们看到的也是上古民风的纯朴,诗歌艺术的真诚,而绝无后代庸俗下流的低劣之作,它们仍然是高尚和严肃的艺术。因此,用"风雅"来概括《诗经》艺术和创作精神,并不是对它的有意抬高,而是对中国诗歌优良传统的理论升华;不是对《诗经》艺术精神的曲解,而是通过它对后世诗歌创作进行正确的引导。在这方面,它对中国后世文人创作影响尤为明显。它引导后代文人在情感抒发上寻求一个健康向上的正确的人生观念,培养良好的审美习惯和道德节操。所以,"风雅"才成为后代诗人创作所遵守的艺术原则,成为那些反对形式主义文风的最好武器。唐初陈子昂以"风雅不作"来批判齐梁间诗的"采丽竞繁";李白以"大雅久不作,吾衰竟谁陈"来批判"自从建安来,绮丽不足珍"的文风;杜甫以"别裁伪体亲风雅"作为自己创作的方向;白居易也以"风雅"为标准批判齐梁间的不良倾向。从文艺批评方面看,刘勰在《文心雕龙》中提出创作的宗经主张,也是指的这种"风雅"传统。

他说:"《诗》主言志,诂训同《书》,摛风裁兴,藻辞谲喻,温柔在诵,故最附深衷矣。"他在评价屈原作品时指出其值得肯定的四点,"典诰之体""规讽之旨""比兴之义""忠怨之辞",就因为它是"同于《风》《雅》者也"。① 钟嵘在《诗品》中评品诗人,说阮籍"其源出于小雅",也因为其"可以陶性灵,发幽思","洋洋乎会于风雅,使人忘其鄙近"。② 元稹在《唐故检校工部员外郎杜君墓系铭》中称赞杜甫,也首先说他"上薄风雅"。由此可见,作为中国古代诗歌创作和批评原则的"风雅",曾经对后代发生了多么大的影响。

"风雅"作为中国诗歌创作和批评的一条重要原则,侧重于情感抒发的内容方面。而"比兴"作为另一条重要的创作和批评的艺术原则,则侧重于艺术表达的形式方面。在这里,"比兴"既不同于一般的艺术手法,也不是一种艺术发生学上的概念,而是中国人站在特有的文化立场上对作为艺术创作手法的"比兴"的一种具有民族特色的理性解释,是指"比兴"在诗歌创作中具有的表现健康思想的特殊艺术功能,是把"风雅"之义艺术化的一条最佳途径。即"比兴"并不仅仅指一般的"寄情于物""情景交融",它同时还要达到"托物以讽""比类切至"的目的。刘勰的《文心雕龙》之所以把"比兴"和"物色"分论,就是要把"春秋代序,阴阳惨舒,物色之动,心亦摇焉"的"物色相召"和"附理者切类以指事,起情者依微以拟议"的"比兴"原则相区别。唐人对"比兴"的理解也是如此。因为如果单从"寄情于物""情景交融"方面讲,六朝颓靡诗风中也未尝没有这样的艺术追求,但陈子昂却批评齐梁间诗是"采丽竞繁而兴寄都绝"。白居易也说:"至于梁陈间,率不过嘲风雪、弄花草而已。噫! 风雪花草之物,三百篇中岂舍之乎? 顾所用何如耳。"③由此可见,"比兴"作为从《诗经》中总结概括出的一条艺术创作和批评的原则,一开始就包括两个方面:一方面是指借助外物以言情;另一方面是指寄托于外物之情的纯。唯其如此,它才会被后人视之为"诗学之正源,法度之准则"④。事实上,也正是"风雅"和"比兴"这两

---

① 王利器校笺:《文心雕龙校证》,上海古籍出版社1980年版,第11、27页。
② 钟嵘著,陈延杰注:《诗品注》,人民文学出版社1958年版,第15页。
③ 白居易:《与元九书》,见文学古籍刊行社《白香山集》卷二十八。
④ 杨载:《诗法家数》,何文焕辑《历代诗话》,中华书局1981年版,第727页。

条艺术创作和批评原则,给中国文人指出了如何走向从内容到形式、从思想到艺术完美结合的创作道路。它同时也培养了中国人的艺术审美观念,形成了中国古代诗歌既重内容的纯正文雅,又重形象的生动感人,以含蓄蕴藉、韵味深厚而见长的民族风格和美学特征。由此可见《诗经》对中国后世诗歌创作影响之深远。

第三节 《诗经》奠定了中国诗歌语言形式的基础

《诗经》的基本形式是四言体。它是发端于中国上古社会、到《诗经》时代完全成熟的一种艺术形式。这种四言诗的艺术形式一经形成,就成为中国古代诗歌基本样式之一。从《诗经》以降而一直被沿用,并代不乏见优秀的作品,如曹操的《步出夏门行》、陶渊明的《停云》等等。

不仅如此,《诗经》四言体也是中国后世其他诗歌体裁的发生之源。汉大赋的基本句式是四六言,就是直接取材于诗骚的结果。从汉赋以后演化而成的骈文,更可以看出它对后世文学形式影响的深远。继《诗经》而兴的楚辞体,本来就和四言诗有着不解之缘,如诗人屈原的著名诗篇《天问》《橘颂》等,其基本句式,就是直接从《诗经》体演化而来。后世的五言和七言,也同样是在《诗经》体基础上的新的创造和发展。而更为重要的是,《诗经》在遣词造句、章法结构、节奏韵律等各方面,都为后世诗歌奠定了基础。如中国诗歌注重起承转合的章法结构形式,多押偶句尾韵的韵式,多用双声叠韵词以增加诗歌的音乐节奏之美等等,莫不由《诗经》中看出它对后世诗歌产生过巨大影响。正是从这种意义上说,《诗经》奠定了中国诗歌的语言形式基础。中国后世的一切诗歌样式,都可以在《诗经》中找到它的初始之源。

综上所述,《诗经》在中国历史上的地位是崇高的,2500多年以来,它以其丰富的文化内容和完美的艺术形式,在中国古代经济、政治、思想、道德、文学等各个方面产生的影响是不可估量的。《诗经》的产生显示了我们中华民族的性格,表现了中华民族的才具。《诗经》从编成的那天起,就已经成为中华民族文化学习的范本、生活的教科书。它不仅培养了中国后世文学,而且培养和教育了中国后代的人民。文学的传统就是民族的传统,正是因为如此,《诗经》具有永恒的意义。

下编

楚辞

下

新

第一章 "楚辞"的文体、传播与结集

第一节 "楚辞"文体的来源和特点

《诗经》的作品主要产生在北方黄河流域,其中虽有某些不知名的文人作品,但多数是流传于中原地区的四言体的民歌,其写作年代大致为西周初年至春秋中叶。此后诗坛却沉寂下来,直至战国中晚期,一种比《诗经》作品更富有个性、充满激情和想象力、结构宏伟、句式新颖、灵活的新型诗体出现了,这就是产生于南方长江流域楚地的"楚辞"。屈原是楚辞的奠基者和代表作家,是楚辞体诗歌的创始人。但屈原的这项新创造也不是凭空产生的,文学史上,一种文体的产生,一种艺术形式和现象的出现,绝非偶然,必有它赖以产生的基础,也就是必然有所继承,有所取鉴。

"楚辞"这一新文体是如何产生的,其来源是怎样的呢?

首先,从楚辞体的艺术形式特色来看,它与楚地的原始神话和巫觋、工祝的有关宗教活动就有着密切的关系。我们从现存的屈原作品看,他的诗歌创作除《九章》以外,其他如《九歌》《招魂》《离骚》《天问》等,无不在这方面有着鲜明的烙印。

楚人信神好巫,直到屈原时代流传和保存下来的神话是比较多的。神话和古老的宗教信仰巫术,在本质意义上本来是有所不同的,前者产生于原始初民对大自然的幼稚解释和幻想,表达了人类征服自然的愿望。后者则产生于人类某些超自然的幻想,企图依靠某种神秘的手段

（符咒、降神、占卜等）和仪式，来驱鬼降神，以达到祈福消祸的目的。但两者又有某些共同的基础，即同是原始幼稚思维的产物，都是把自然意识化、人格化，即同为万物有灵论。这样巫术往往利用和凭借某些神话而施展，神话又借巫术得以生存和流传。故据鲁迅研究，收存古代神话最多的《山海经》，即是一部古巫书。可以说作为原始宗教信仰的巫术是对神话的消极利用和延伸，而作为"不自觉的艺术方式"而存在的古代神话，又往往给巫术活动带来某种文化、文学色彩。当时楚地的巫俗、巫文化正是这样。屈原的《九歌》就是吸取楚地民间的神话故事，并利用祭歌的形式写成的一组光彩陆离、优美动人的抒情诗。诗中写神巫扮作群神形象进行歌舞，把自然之美与人的情致合而为一。《九歌》正是诗人屈原借用巫俗、巫歌而创作出来的别具一格的杰出作品。屈原的《招魂》一诗，更是直接仿效楚地巫觋招魂词的形式写成的。诗中对上下四方的描绘，充满了奇异的神话色彩，从素材到形式以至诗的句型、语吻，都深深打上了楚地巫风的烙印。诗人的代表作长诗《离骚》，是一首叙写自己的政治遭遇和倾诉自己爱国情怀的政治抒情诗，但诗的构思和全诗结构却十分奇特。作为抒情主人公的诗人自我形象，似乎就具有神性，带有神话色彩。诗中写他是神话传说中的帝颛顼高阳氏的后裔，并起表字为"灵均"（王逸注："灵，神也"）。为了显示身心的圣洁，他取江离、薜芷为衣，纫秋兰为佩；并朝饮坠露，夕餐秋菊；步马兰皋，驰止椒丘。特别是诗中写他一次向重华陈词两次向神巫（灵氛、巫咸）问卜，三次上天下地地神游，其中不仅吸取了许多神话人物、神话故事，而且直接与宗教巫事活动形式有着密切关系。我们纵观《离骚》这篇长诗，它的起伏的文理、铺陈的手法、宏伟的结构，就正是由这种带有巫事活动的形式连组而成的。屈原作品中独具特色的长诗《天问》，由172个问题组成，其中有对宇宙底蕴的探求，有对国家历史的回顾和问难，有对善恶是非的追究，他采用了大量的神话资料，以至这首长诗成了研究中国古代神话的重要文献。有人推测《天问》的这一奇特形式，正与古代的"卜问"形式有关，是由占卜时所提问题的语言演化而成的。从以上种种考察看来，如果说没有古楚的巫术和神话，楚辞的艺术形式的某些重要特点就不复存在。当然，楚辞的创始者屈原，并不是神巫或宗教的信仰者，如在《九歌》中诗人叙写了一系列灵光飞扬的神的形象,但其基调却是他们的挫折和哀怨,而并非在崇拜他们的神通。请看诗人笔下湘江之神因相爱而又不得欢聚而愁苦;"山鬼"女神因充满了失意而悲哀;"河伯"因为不能长久地与"美人"聚合而烦恼;"大司命""少司命"因离居和"生别离"而伤感;连威武的日神和自由飞腾的云神也因"将上""顾怀"而"心低徊"和"长太息"。诗人在吸取和结撰这些神灵的故事时,显然另有心态而非宗教崇拜。在长诗《离骚》中,诗人写自己"叩帝阍",求"佚女",但他们却表现出对正义者的冷落。写从灵氛问卜,巫咸占词,却又因不合自己的爱国初衷,而在行动上弃绝了卜筮者的劝告。《天问》采取了某种卜问的形式,但表现出来的是怀疑,是理性的批判精神。《招魂》采取的是巫风习俗中招魂词的形式,但显然别有寄托。由此种种看来,屈原楚辞作品中的神话和巫觋、工祝的种种宗教活动,只不过是构成其文学创作的素材,是作为文学表现手法的利用而已。黑格尔说:"如果哲学家运用神话,那大半由于他先有了思想,然后去寻求形象以表达思想。"(《哲学史讲演录》)与屈原同时代的楚地哲学家庄周,他的深邃的哲理,往往就是借助于许多诡奇的神话人物和神话故事来表达的。同样,诗人屈原为倾诉自己的爱国情愫,为了表达其对美好事物和理想的追求,特别是为了表现自己的心理创痛和波折,也同样吸取了楚地神话和某些宗教活动方式来结撰自己的作品,从而使楚辞作品充满了激情和想象力。楚辞作品的奇特的构思、宏伟的结构、华丽的词采、新颖的语言形式,构成了它完全不同于《诗》的显著艺术特征。所谓"夫屈子以穷愁之志,写忠爱之诚,而创'骚体'。或寓意鬼神,或寄情草木,怪奇诡异,莫可端倪"(清高钟《楚辞音韵·自序》),楚辞创始于屈原,是他以独创的精神吸取巫俗文学而加以改造,使其完全摆脱了宗教性,化腐朽为神奇,成为一种体裁宏伟并带有强烈个性和充满浪漫主义精神的新文学,新诗体。

其次,楚辞的产生与楚地的乐曲和民歌也有着密切关系。在春秋战国时代,楚国的音乐和民歌被称为"南音"或"南风",楚汉之际则称作"楚声"或"楚歌"。战国时代,属于楚国地方特有的乐曲如《涉江》《采菱》《劳商》《九辩》《九歌》《薤露》《阳春》《白雪》等名目,我们还可以从楚辞作品中看到。这些所谓"南音"的声调如何,已很难详知,但从屈原袭名所创作的《九歌》《涉江》和楚辞派作家宋玉所写的《九辩》来看,其篇章体制均是比较长大的。特别是与北土的乐歌《诗经》作品相比,更显示出其宏伟繁复。古代诗乐不分,屈原的楚辞作品是否入乐,已难详考,但它的产生和体制的形成受到当时楚乐曲的影响,是肯定的。我们从现存的屈原作品来看,长诗《离骚》篇末有"乱",《涉江》《哀郢》《怀沙》《招魂》篇末也有"乱",《抽思》有"少歌",有"倡",有"乱"。所谓"乱"是音乐的专名,是指乐曲终了时的结尾部分,即尾声。朱熹注"乱者,乐节之名";蒋骥云:"乱者,盖乐之将终,众音毕会,而诗歌之节,亦与相赴,繁音促节,交错纷乱,故有是名耳。孔子曰'洋洋盈耳',大旨可见。"至于"少歌"(洪兴祖《考异》:"少"一作"小"),王逸注:"小唫讴谣,以乐志也。"朱熹云:"少歌,乐章音节之名。""倡",王逸注曰:"起倡发声,造新曲也。"朱熹云:"倡亦歌之音节,所谓发歌句者也。"可知"乱""少歌""倡"均为乐曲上的名称,屈原的楚辞体创作正是袭乐曲体制而有这些名称。屈原作品中的"乱词",有长有短,《离骚》的"乱"四句,《哀郢》的"乱"六句,《抽思》《怀沙》之"乱"各二十句,《招魂》的"乱"十五句。"乱"的乐声今日既不可知,而从文理上看,这些作品中的"乱"词,确有"所以发理词旨、总撮其要"的性质。屈原的楚辞作品被汉代人称为"赋","不歌而诵谓之赋"(《汉书·艺文志》),即朗诵诗的意思。屈原的作品创作,虽受楚地乐曲、乐章的影响,估计已不入乐可歌,据有人推测,屈原作品中特地把音乐上的用语"乱"字标出来,或者是为了表示这一部分是要长咏或要歌唱的。总的说来,楚乐曲虽然不传,但屈原楚辞的产生和形成,乃受其影响是可以肯定的。

另外,将新型诗体楚辞与《诗经》作品相比较,除了上述的一些艺术形式上的特征有所不同外,最为明显的是句式、语调方面的不同。《诗经》作品主要为四言体,篇幅不大,以重章叠句的形式构成。屈原的楚辞作品则为长句,并大量使用"兮"字语吻词;特别是后者,几乎成为楚辞体最明显的标志。当然,我们从北方诗歌的《诗经》作品中,也可以看到带"兮"字的诗句,但从"兮"字使用的频率和特殊功用上说,"兮"字的使用仍为楚辞体的重大特征。在现存的屈原楚辞作品中,除了《天问》《招魂》(《招魂》主要用楚方言"些"作为禁咒语吻词,比较特殊)以外,均广泛地使用了"兮"字,而且有多种位置和意义。楚辞作品中"兮"的位置有的置于每一句的中间,如《九歌》;有的置于上下句的中间,如《离骚》和《九章》的主要篇章;有的置于下句末,如《橘颂》。三种类型中只有《橘颂》与《诗经》略同。在楚辞中"兮"字既起着表情作用,又起着调整节奏的功能,而像在《离骚》《九章》等散文化长句较多的诗篇中,后者的作用是主要的。如林庚在其《楚辞里"兮"字的性质》一文中,曾把《诗经》中用"兮"字的情况与楚辞相对比,认为楚辞中这样一些句式,如"名余曰正则兮字余曰灵均","朝搴阰之木兰兮夕揽洲之宿莽","变白以为黑兮倒上以为下",等等,实际上是起着句读的作用。这一意见是颇值得重视的。因为楚辞的句式一般是两句为一小节,构成上下对称性的长句,因此,正需要上下句之间稍加停顿,以增强诗歌的节奏感。另外,闻一多还归纳出"兮"字在《九歌》中的各种用法和性质,如"采芳洲兮杜若","观流水兮潺湲","兮"字有"之"字意;"传芭兮代舞","兮"字有"以"意;如"带长剑兮挟秦弓,首身离兮心不惩","兮"字有"而"意;如"芳菲菲兮满堂,五音纷兮繁会","兮"字有"然"意;"采薜荔兮水中,搴芙蓉兮木末","兮"字有"于"意;等等。(见《怎样读九歌》)这说明屈原楚辞体作品,不仅多用"兮"字构成特征,而且还在许多方面增加了它的用途(句读、节奏、代替某些虚词起语法作用),这是屈原的创造,是楚辞所独有的。但屈原楚辞作品的这一特征,仍然是有所承袭和取鉴的,那就是流传于楚地的民歌。

先秦北土中原地区的民歌,因《诗经》的编集而得以大量保存,而南土民歌却没有这么幸运,它们大多已流失不传,只在某些古文献中偶有保留而已。

如刘向《说苑·善说》篇中所载的《越人歌》(《古谣谚》作《越人拥楫歌》):

今夕何夕兮搴舟中流。
今日何日兮得与王子同舟。
蒙羞被好兮不訾诟耻,
心几烦而不绝兮得知王子。
山有木兮木有枝,

心说(悦)君兮君不知。

《吴越春秋》载有《渔父歌》:

日月昭昭乎浸已驰,
与子期乎芦之漪。
日已夕兮予心忧悲,
月已驰兮何不渡为?
事浸急兮将奈何!
芦中人,芦中人!
岂非穷士乎?

《孟子·离娄上》载有《孺子歌》(一作《孔子听孺子歌》,又作《沧浪歌》《渔父歌》):

沧浪之水清兮,可以濯我缨。
沧浪之水浊兮,可以濯我足。

刘向《新序》中所载《徐人歌》:

延陵季子兮不忘故,
脱千金之剑兮带丘墓。

以上这几首歌均为春秋时期产生于楚地的民间歌诗。《越人歌》据载是楚国王子鄂君子皙乘船在越溪游乐,船家女拥楫而歌,歌的是越音,鄂君子皙听不懂,召人译为楚语和楚歌形式。《渔父歌》据载是伍子胥亡楚奔吴至江边,藏身苇中,渔父"歌而呼之"所唱。《孺子歌》见于《孟子》,且述有孔子赞美解释之词,应为春秋期作品,是孔子适楚时便已流传的楚地歌谣。后又被战国楚人的《渔父》一文所采用。《徐人歌》据载是徐人称赞吴公子季札讲信义,不忘故诺而唱。徐地近楚,政治上亦依附于楚(昭公三十年,吴灭徐,徐嗣君奔楚),徐,在楚文化圈内,而有"楚风"。这几首诗均篇幅不长,但在语言形式上,造语风韵上,都与北土之歌显示出不同,如句式灵活,音调曼长,情致婉转,极富表现力,而与晚出的屈原楚辞体诗歌相接近,从而可知楚辞体的形成与这类楚地歌诗的密切联系。前人似也已认识到这点,宋朱熹说《越人歌》"特以其自越而楚,不学而得其余韵",又说《九歌》中"沅有芷兮澧有兰,思公子兮未敢言。荒忽兮远望,观流水兮潺湲"一章,"其起兴之例",正犹《越人歌》。沈德潜称《越人歌》末句与《九歌》中"思公子兮未敢言","同一婉至"。王国维称《沧浪歌》(即《孺子歌》)"已开楚辞体格"。

一个伟大作家的创作,一种新文体的形成,往往是复杂的,是受到多方面影响和启发的结果;而一个作家往往会做多方面的尝试。例如屈原的《橘颂》《天问》篇章,它的基本形式是采用《诗经》的四言句式加以重叠而成,明显受到北方诗歌代表《诗经》的影响,当然这在楚辞中不占主导地位。另外,"楚辞"是在我国文学史上散文文学空前发展的时期诞生的,因此,它也不能不受到这一散文高潮的影响。关于这方面,鲁迅就曾指出:"(楚辞)形式文采之所以异者,由二因缘,曰时与地。……而游说之风浸盛,纵横之士,欲以唇吻奏功,遂竞为美辞,以动人主。……余波流衍,渐及文苑,繁辞华句,固已非《诗》之朴质之体式所能载矣。"(《汉文学史纲要》)这是说,战国时代纵横家铺叙辞采的言辞和当时记载这些辞令的"繁辞华句"的散文作品,对屈原楚辞的形成也是有影响的。实际上,当时郁然勃兴的散文,无论从闳阔的篇章、汪洋恣肆的气势、自由灵活的句式,还是从接近口语的虚词之运用上,对于屈原"楚辞"体作品的形成发展,无不有着启发和影响。

如果拿"楚辞"来和《诗经》比较,就会发现它们之间的不同和楚辞所表现出来的明显进展。如《诗经》中的诗多以四字句为定格,篇章比较短,风格比较朴素;"楚辞"就不同了,诗的结构、篇幅扩大了,句式参差错落更富于变化,而感情的奔放,想象力的丰富,文采的华美,风格的绚烂,都与《诗经》作品有显著不同。一般说来,《诗经》产生于北方,代表了当时的中原文化;而"楚辞"则是南方楚地的乡土文学,是我国当时南方文化高度发展的产物。《诗经》还只是我国历史早期的文学作品,主要属群众性集体创作,它虽然经过加工写定,但大体仍保存原来浓厚的民歌色彩,而"楚辞"则属于屈原的创造,是诗人吸取民间文学的营养加以创造性的提高的结果。"楚辞"的产生,在我国文学史上,是具有划时代的重大意义的。

第二节 "楚辞"的传播与结集

早于《楚辞》的诗歌总集《诗》三百篇(即后世《诗经》),一部分是出自巫史之手的祭祀诗(如颂诗),一部分是出自贵族文人之手的"献诗"和歌诗(如大、小雅中的作品),而大部分是流传于当时全国各地的民歌。据记载,它是首先由宫廷乐师所收集整理而被保存下来,其目的,或谓出于"制礼作乐"的需要,或谓"观风俗,知得失",总之,它是由官方之力而被搜集、保存,从而流传下来的。

那么,《楚辞》的流传和编辑成书,又是怎样一种情况呢?

屈原的作品,属"发愤以抒情"的个人创作,它的流传和保存,只能靠他的师从者、同情者、爱好者和学习者来完成。

由现存的某些资料看,屈原的作品早在他生前,或已就在社会上较广泛的流传,包括宫廷、上层士大夫之间和民间。

司马迁在《史记·屈原贾生列传》中曾有这样的记载:"楚人既咎子兰,以劝怀王入秦而不反也,屈原既嫉之,虽放流,眷顾楚国,系心怀王,不忘欲反,冀幸君之一悟、俗之一改也。其存君兴国,而欲反覆之;一篇之中,三致志焉。……令尹子兰闻之大怒,卒使上官大夫短屈原于顷襄王。"这里是说,楚怀王被子兰等人怂恿入秦不反,屈原仍"系心怀王,不忘欲反",并在作品中表达了"存君兴国"的愿望,"一篇之中,三致志焉",子兰闻之大怒,则更加害于屈原。这里所说的"一篇"作品,有人认为指《离骚》(如姜亮夫等),有人认为指《哀郢》(如林庚),或更指其他某篇,这姑且不论,但屈原因作品获罪,说明屈原作品曾在上层社会传播,以至为当权者所闻知,所嫉恨。

汉代人每以"通讽喻""以讽谏"来解释屈原作品的创作目的和作品性质,这固然不无牵强。但从屈原的创作动机来看,在作品中,他往往列举历史上治乱兴亡的史实,痛陈时政的得失,诉说自己的冤屈,渴望君王的觉悟,显然也带有希图通过作品,促使当权者反省、警觉的意思。班固在《离骚赞序》中称:"屈原痛君不明,信用群小,国将危亡,忠诚之情,怀不能已,故作《离骚》。上陈尧、舜、禹、汤、文王之法,下言羿、浇、桀、纣之失,以风。怀王终不觉悟,信反间之说,西朝于秦。"王逸《楚辞章句·离骚叙》亦称:"以风谏君也。故上述唐、虞、三后之制,下序桀、纣、羿、浇之败,冀君觉悟,反于正道而还己也。"又说:"复作《九章》,援天引圣,以自证明,终不见省。"而诗人在《九章·抽思》中也直接说:"结微情以陈词兮,矫以遗夫美人。"王逸注:"举与怀王,使览照也。"当然,还没有什么根据可以说明,当时楚国有什么"献诗"的制度,或有什么正式渠道可以使君王"览照",但至少可以说明,屈原的创作在当时不是密存的,而是希图传播,而事实上在社会上也是有所流传的。

从现存的资料来看,屈原的作品出现以后,在当时就产生了影响,涌现出一批景慕者和学习者。司马迁《屈原贾生列传》称:"屈原既死之后,楚有宋玉、唐勒、景差之徒者,皆好辞而以赋见称。"班固《汉书·地理志》亦称:"始楚贤臣屈原被谗放流,作《离骚》诸赋,以自伤悼。后有宋玉、唐勒之属,慕而述之,皆以显名。"宋玉、唐勒、景差诸人,都为楚大夫,王逸还说宋玉是屈原之弟子,虽未必可信,但他们都是屈原的景慕者、作品的学习者、承传者是不成问题的。屈原作品最初的搜集者、保存者、传播者,也正是这些楚国的文化人。王逸在《离骚叙》中说,屈原作品"凡二十五篇。楚人高其行义,玮其文采,以相教传"。"教传"者,教授子弟,以传后世也。既然"以相教传",那么,就已经不是一般的流传,应该是已辑录成书的。

但是,先秦的古籍,遭秦火而散亡,屈原作品的重见于世,乃是经过汉初人的努力搜求而再获出现的。

我们今天读到的最早《楚辞》本子,是东汉王逸的《楚辞章句》本。而王逸在《楚辞章句》中又标明"汉护左都水使者光禄大夫臣刘向集",又在《叙》中称"逮至刘向,典校经书,分为十六卷"云云,是知《章句》本乃依刘向本为底本,《楚辞》集乃刘向所编。从此以后,历代著录《楚辞》传本,皆题为刘向所辑。殆清人编写《四库全书总目》则做了这样的论断:

屈、宋诸赋,定名《楚辞》,自刘向始也。

初,刘向裒集屈原《离骚》《九歌》《天问》《九章》《远游》《卜居》《渔父》、宋玉《九辩》《招魂》、景差《大招》,而以贾谊《惜誓》、淮南小山《招隐士》、东方朔《七谏》、严忌《哀时命》、王褒《九怀》及向所作《九叹》,共楚辞十六篇(卷),是为总集之祖。

因为现存最早的《楚辞》集是王逸的《楚辞章句》,而王逸所用的又是刘向辑本,刘向又曾典校群书,许多古籍赖其编辑以存,从而历来都认为刘向是《楚辞》的最早编辑者以至"楚辞"的定名者。

但是,近世学者对此也有一些异议,认为这个结论是有问题的。而对此持异议者也有两种情况:一种是认为刘向根本没有编辑过楚辞,提出"楚辞非刘向所集",或者认为"《楚辞》的汇集成书,亦未必出于刘向之手",甚至认为是刘向之子刘歆"伪造的古书"(见何天行《楚辞作于汉代考》),但他们的用意是根本否定屈原的存在。另一种则认为刘向只是《楚辞》的纂辑者之一,并不是最早的编辑者。前一种意见,本属一种荒唐之说,不足与论,而后种意见的提出,则对于重新认识问题是有价值的。

从现存资料来看,楚辞的搜集和整理工作,实并不始于刘向,而是在汉初就已经开始了。

近年在安徽阜阳发掘汉汝阴侯夏侯灶墓,出土了大批竹简,其中有《诗经》《周易》等先秦古籍,并发现一部楚辞书的残简,一为《离骚》残句,一为《涉江》残句。夏侯灶为夏侯婴之子,是西汉第二代汝阴侯,卒于汉文帝十五年(前165)。此简当为死者生前旧物,可知《楚辞》成书,是比较早的了。

班固的《汉书·地理志》曾对楚辞的"世传"做了这样的叙述:

> 始楚贤臣屈原被谗放流,作《离骚》诸赋,以自伤悼。后有宋玉、唐勒之属,慕而述之,皆以显名。汉兴,高祖王兄子濞于吴,招致天下之娱游子弟枚乘、邹阳、严夫子之徒,兴于文景之际。而淮南王安亦都寿春,招宾客著书。而吴有严助、朱买臣,贵显汉朝,文辞并发,故世传楚辞。

按照班固的记述,屈原作品的传述,首先是楚人宋玉、唐勒之属。楚亡,秦灭,汉兴,则依次是吴王濞、淮南王安两个被封于南方的藩国。吴王濞为高祖之侄,以高祖十二年(前195)建国,景帝三年(前154)因叛乱被诛,其活动主要在文帝时。淮南王刘安,高祖之孙,刘长之子,文帝十六年(前164)继封为淮南王,武帝元狩元年(前122)谋反自杀,历文、景、武三朝。这两位藩王的特点是爱好文学,招致贤才,尤重善辞赋之士,从而形成当时的文学中心。关于吴王濞这方面的情况,《汉书·邹阳传》亦有记载:

    汉兴,诸侯王皆自治民聘贤,吴王濞招致四方游士,阳与吴严忌、枚乘等俱仕吴,皆以文辩著名。

  这里所举的邹、严、枚等人,都是辞赋家。汉初兴起的赋,在文体上本与楚辞有密切关系,所谓"拓宇于楚辞"(刘勰《文心雕龙·诠赋》),是在楚辞体作品影响下得以发展的。因此,这些最初的赋家必然是十分熟悉楚辞的。为了证明这一点,有人曾将严夫子(即庄忌,因避汉明帝讳改"庄"为"严")的《哀时命》一篇作品与楚辞作品相比较,发现其中的不少文意、文句来自楚辞,说明严忌是读过《离骚》《涉江》《惜诵》《惜往日》《抽思》《思美人》《怀沙》和《远游》《九辩》等作品的(参见金开诚《屈原辞研究》)。故班固记述汉兴,首传楚辞的是吴王濞文学集团。

  而淮南王刘安与楚辞的保存和传播关系更为密切。在淮南王刘安周围,有一个规模更为宏大,且著有成就的文化、文学集团。据《汉书·淮南王传》记载,他尝"招致宾客方术之士数千人",在他的主持下,辑成《淮南子》一书。更重要的是,淮南王刘安本人就是一位楚辞的研究者。据载:

    时武帝方好艺文,以安属为诸父,辩博善为文辞,甚尊重之。……初,安入朝,献所作《内篇》,新出,上爱秘之。使为《离骚传》,旦受诏,日食时上。

  关于《离骚传》的性质,因记载不详,而汉人的记载又有异文(如东汉荀悦《汉纪·汉武纪卷十三》、高诱《淮南鸿烈解叙》均称《离骚赋》,王逸又称刘安作《离骚章句》),从而引起认识上的分歧,这些皆可不论,而刘安读过甚至研究过屈原作品,这是无疑的。从现有资料看,司马迁在《屈原贾生列传》、班固在《离骚赞序》中,均曾引录了刘安关于评说《离骚》的话。从所引述的刘安对《离骚》(楚辞的代称)的评论之言看,他对《离骚》的了解是有一定深度的,对屈原的人品是推崇备至的,所谓"推此志也,虽与日月争光可也",推崇之情溢于言表。

至于淮南王刘安周围的文士,《汉书》特别举出严助、朱买臣等。严助(庄助)即庄忌之子,父子相传,都精通楚辞。严助(庄助)还特别推荐了能"说《春秋》、言《楚辞》"的朱买臣给武帝,以至同受到武帝的宠幸。可知淮南王及其门下与楚辞的密切关系。班固在谈到淮南王刘安"世传楚辞"的时候,还特别说道"亦都寿春",淮南王国都寿春,即今安徽寿县,正是楚国晚期的国都。《史记·楚世家》载考烈王二十二年,"楚东徙,都寿春,命曰郢",此后,楚幽王、哀王、王负刍均在此建都。寿春为楚国的国都旧地,这正给淮南王刘安及其门下搜求楚辞遗文和研究楚辞带来极有利的条件。史载"宣帝时修武帝故事,讲论六艺群书,博尽奇异之好。征能为'楚辞'九江被公,召见诵读"(《汉书·王褒传》)。九江,即淮南国所在地,刘安被迫自杀后,国除,仍为九江郡。由此可见,直到宣帝时,寻觅懂楚辞、会诵读的人,还要到淮南地区去找,可知淮南一直是传习楚辞的中心。

由以上叙述,可知楚辞作品在汉初发掘、流传与保存的情况:首先是汉初吴王濞文学集团,汇聚辞赋之士,学习楚辞,使楚辞部分作品得以保存。接着是淮南王刘安集团,通过庄助、朱买臣和刘安等的递次进献,使诸多流传和藏于个人手中的楚辞作品,得以汇存于宫廷之中。正是这样,司马迁做太史公,可以有条件和机会读到屈原作品。司马迁撰写《史记》,在屈传中,既引录了《渔父》《怀沙》全文,又在赞语中说:"余读《离骚》《天问》《招魂》《哀郢》,悲其志。"可知司马迁所读到的屈原作品是比较多的。这与汉武帝"好艺文",又偏爱楚辞,搜集民间藏书集中于宫廷,而司马迁身为史官的方便阅览是分不开的。

到了西汉晚期成帝时,又有一次搜集天下遗书的活动,使谒者陈农"求遗书于天下"(《汉书·艺文志》),又诏光禄大夫刘向加以校定进呈。刘向每校定一书,都写一篇内容提要,称为"叙录"。据载,刘向工作非常认真,每校一书,都要参考所能见到的许多本子,辨伪存真,校订讹误,然后杀青缮写,作为定本保存。今本《楚辞》,也就是经刘向这样一番整理写定的。刘向所编楚辞作品的来源,当然正包括了前述刘安等所献楚辞在内。这时,《楚辞》终于有了一个相对来说的全本。后经东汉王逸加注而流传至今,即《楚辞章句》。

刘向纂辑《楚辞》,除收入屈、宋作品外,还编入了他以前汉人仿楚辞作品,其中包括贾谊的《惜誓》、淮南小山的《招隐士》、东方朔的《七谏》、庄忌的《九怀》和刘向自己的《九叹》。王逸在以刘向本为底本加注时,又加入了王逸自己作的《九思》,于是全本就成了今传的十七卷本。

这就是今天所能考见的楚辞之流传和成书的过程。

第二章　诗人屈原的时代与生平

屈原，名平，字原。关于他的生平事迹，司马迁《史记·屈原贾生列传》是主要史料，另外《史记·楚世家》和刘向《新序·节士》篇亦有所记述。他的生卒年代，由于记载不详，很难确定，大约生于楚宣王三十年，即公元前340年，死于楚顷襄王二十二年，即公元前277年。

屈原所处的时代是战国中后期，正是我国古代社会大变革的关头。从这时的社会情势看，一是各诸侯国兼并战争空前激烈，重新统一的局面即将出现；一是变法运动正在当时各主要国家相递进行。这两者从性质上看，激烈的兼并战争是针对敌国的，是为了保国和争雄于天下；变法革新是针对国内旧贵族、旧制度的，是为了刷新政治，争取民心，力图富强。而后者实际是前者的基础，两者是紧密关联的。屈原生活在当时的楚国，正处在这一时代激烈的潮流之中。

各国的变法革新运动是由春秋末年开始的，至战国时期则更为扩展开来。早在春秋时代鲁宣公就采取"初税亩"制度，以增加国家收入，实际上是局部性的制度变革。战国时首先实行变法的是魏文侯支持下的李悝，他主张"食有劳而禄有功"，以代替旧贵族的世卿世禄制度。又主张"尽地力之教"，开荒生产，充实国力。接着韩昭侯用改革家申不害为相，加强了政权。齐国的田氏，打击旧贵族，并于公元前386年姜姓为国君，更为强盛。楚国的变法也发生较早，公元前383年楚悼王任用吴起推行变法，其锋芒直向旧贵族，"强兵，改国俗，励耕战"等一系列措施，曾一时使"诸侯患楚之强"。但不久楚悼王死，旧贵族势力复辟，杀吴起，改革归于失败，楚国亦由此而衰弱。这是屈原诞生约四十年前的事。在吴起变法二十余年以后，秦孝公立，下令招士求贤,商鞅说孝公以"强国之术",得到孝公信任,于前359年开始变旧法创立新法,其主要内容是废除无军功的旧贵族的名位,限制他们的特权,废井田,承认土地私有,奖励耕战,统一法令。行之十年,秦民大悦,乡邑大治,国家富强。孝公死后,商鞅虽被害,但新政大部分相沿不变,秦遂成为占据西北大部地区和中原一带的强国。风行于当时的变法活动,是当时一种进步的政治改良运动。其主要性质是,限制和打击旧贵族的腐朽势力,澄清吏治,逐步变革落后的生产关系,发展生产,富国强兵,以达到存君兴国,以至于雄踞天下和统一天下的目的。

与这种风行各国的变法运动同时进行的,是各诸侯国之间的十分激烈的兼并战争。经过长期以来的兼并,由春秋时代百十个国家变为只剩下了齐、楚、燕、韩、赵、魏、秦七个大国,出现所谓"七雄并峙"的局面。而在"七雄"之中,又以西方新兴的秦国、人口众多疆域广阔的楚最为强大,它们互相抗衡,都有统一中国的可能。所以当时有"从合则楚王,横成则秦帝"(《战国策·楚策》)的说法,意思是说,如果楚国能够成功地联合东方各诸侯国抗秦,那么便可以称王于天下,如果秦国能够离间楚与诸侯各国的关系,孤立楚国,那么秦就可以在天下称帝。这说明秦、楚是左右当时局势的两个重心。历史的发展已提出统一的要求,并出现了统一的趋势,而统一中国的大业,非秦即楚,可知当时秦、楚两国之间的斗争是非常激烈的。

屈原生活在楚怀王、顷襄王时期,正是秦国积极向外扩张,采取远交近攻策略,决心灭楚的时候。当时七国的位置是秦居西,燕居北,齐在东,楚在南,魏、韩、赵则处于中部。早在商鞅变法以后,秦即定策先击败逼近秦境的魏国,占据黄河、函谷的天险,为出兵灭六国做准备。在前340年至前328年间,秦果数次出兵击魏,逼魏向东迁都大梁,完全占有了魏在黄河以西的土地。此后,秦又出函谷关击韩,并不断侵袭赵国,占领了赵国的不少城邑。此时,六国曾用苏秦"合纵"之策,企图联合抗秦。但由于六国间存在着矛盾,互相并不信任,几次合纵也未能阻止住秦兵的进攻,首次以赵王为纵长,后又推楚怀王为纵长,均先后被瓦解而失败。前316年,秦派司马错先后伐蜀、灭巴,巴蜀之地被侵占,构成了对楚国的致命威胁。在这种情势之下,楚国显然应该刷新内政,富国强兵,并与其他国家建立巩固的同盟,特别是与富庶强大的东邻齐国结盟,以有效地抵抗秦国,但这时的楚国政治却被一些毫无政治远见、只知苟安享乐的腐朽贵族集团所把持。楚怀王为了挽救楚王朝日趋衰败的危机,也曾一度倾向于变法改革,但他内受旧贵族的包围和抵制,外受强秦诡计的诱惑,很快动摇倒退而失败。前299年(怀王三十年),怀王被骗入秦,并于两年后客死于秦。顷襄王继位,旧贵族的代表子兰当政,将楚国弄得更为昏天暗日,形成了"群臣相妒以功,谄谀用事。良臣斥疏,百姓心离,城池不修"(《战国策·中山策》)的局面。屈原是一位"博闻强志,明于治乱"的政治家,也是一位有理想、有远见和持正不阿的爱国志士。他出于对祖国的热爱,为了祖国的前途,而与那班误国、昏聩的腐朽贵族斗争了一生。

屈原是与楚王同姓的贵族。屈原的先人原本是楚武王(熊通)的儿子,封于屈地,因以为氏。战国之世,楚公族中以屈、景、昭三氏为最通显。早年,屈原以贵族身份,任三闾大夫之职。"三闾之职,掌王族三姓,曰昭、屈、景"(王逸《离骚序》),主要负责公族子弟的管理和教育。大约由于诗人品德和才学的优异,而受到楚怀王的拔擢和信任,不久即被任命为左徒(仅次于令尹,相当于副宰相)的要职。《史记》上记载,他这时"入则与王图议国事,以出号令;出则接遇宾客,应对诸侯"。在他任职期间,楚国的政治和外交都取得了一些成就。例如他对内主张"举贤授能",刷新政治,并奉命起草"宪令",为国家的富强而立法,限制旧贵族的权益。又曾东使于齐,主张合纵抗秦,收复祖国失地,显然这对于楚国的前途都是有利的,至关重要的。可是屈原的政治主张和政治才能,特别是他果于执法的精神,却遭到旧贵族势力的忌恨和反对。他们处心积虑对屈原横加诬陷,离间屈原与楚怀王的关系,终于使昏庸的楚怀王"怒而疏屈平"。屈原受到排挤,不得再参与重大国事。关于这件事,《史记·屈原贾生列传》中是这样记载的:"怀王使屈原造为宪令,屈平属草稿未完,上官大夫见而欲夺之,屈平不与,因谗之曰:'王使屈平为令,众莫不知,每一令出,平伐其功,(曰)以为"非我莫能为"也。'王怒而疏屈平。"关于"夺稿"的事,后人曾有过许多不同的解释,但可以肯定,上官大夫所以谗毁屈原,绝不能只归为争宠害能的行为,应看作是屈原和腐朽贵族势力的一场政治斗争。屈原在政治上是主张举贤授能的,即《离骚》中所谓"举贤而授能兮,循绳墨而不颇"。而所谓"宪令",就是国家的根本大法。举贤授能的制度是与"世卿世禄"的制度相对立的,而屈原所草拟的"宪令",肯定要对旧贵族的某些特权加以约束和限制,这样就必然引来旧贵族的强烈反对。屈原在《惜往日》一篇作品中曾有这样的一段追述描写了当日的情形:

> 惜往日之曾信兮,受命诏以昭时。奉先功以照下兮,明法度之嫌疑。国富强而法立兮,属贞臣而日娭。秘密事之载心兮,虽过失犹弗治。心纯厖而不泄兮,遭谗人而嫉之。

从这段文字来看,屈原在楚怀王当政期间,确曾参与机密,主持过促使政治革新的变法活动,从而证明《屈原贾生列传》所载屈原草拟宪令一事是可信的。但关于"宪令"的具体内容,史传未载;屈原的政治主张,在他的《离骚》等作品中虽有所反映,但也仅依稀可知。而这段话中的"奉先功以照下兮,明法度之嫌疑"一语,却给我们提供了了解屈原变法主张的重要线索。所谓"奉先功",应是指楚国先人历史上曾经有过的政治活动和所取得的功业。而在楚国历史上,最有名的就是屈原生前不久的楚悼王(?—前381)时期的吴起变法。关于吴起变法的具体主张和政绩,在一些古文献中有较全面的记述,归纳起来主要是:一、改革世卿世禄制度,限制和废除贵族某些特权,"废公族疏远者","使封君之子孙,三世而收爵禄";二、罢黜无能无用之冗官,选贤授能,"罢无能,废无用,捐不急之官";三、明法令,"塞私门之请","禁游客之民,精耕战之士"改变国俗民风;四、抵制纵横游说之士,"破横散从,使驰说之士无所开其口",定楚国之政。如果把上述吴起的政治主张与屈原作品中所透露出来的所谓"美政"理想以及他在从政活动中的某些作为相对照,就不难发现其相同或相通之处。吴起变法曾一度使楚强盛,"兵震天下,威服诸侯",但他触犯了楚国旧贵族势力,"故楚之贵戚尽欲害吴起"。果然,楚悼王死后,吴起被害,新法废弃;迨怀王即位,楚国已复陷入复旧的局面。因此,屈原的所谓"奉先功以照下","造为宪令",进行政治革新,史书虽记述欠详,但据此殆可推知大概。但由于旧贵族势力的顽固和强大,屈原与吴起同样遭到了失败的命运。贵族群小们的谗毁("众女嫉余之蛾眉兮,谣诼谓余以善淫")以及楚王对刷新国家政治所表现的反复无常（"荃不察余之中情兮，反信谗而齌怒"，"初既与余成言兮，后悔遁而有他"），改革终于失败了，而屈原被疏。改革的这一挫折，使反动的旧贵族势力重新左右了楚国，这一失败可以说关系着整个楚国的命运。

果然，屈原在政治上失势以后，楚国的局势起了很大变化。当时，楚怀王宠姬郑袖和大臣靳尚等旧贵族集团人物，完全包围了楚王，而且更加肆无忌惮地胡为起来。他们甚至接受秦国的贿赂，公开地出卖楚国的利益。《史记·屈原贾生列传》对这一时期发生的事曾有比较具体的记载，简括地说，就是昏庸、贪利的楚怀王，因受秦国派来的使臣张仪的政治欺骗，而与齐绝交，结果楚国孤立。怀王曾愤于受秦国的愚弄，两次伐秦，都遭到惨败。第一次楚攻秦，战于丹阳（今陕西汉中南郑东），楚国大败，损兵八万多人，大将屈匄被俘，秦国夺去了楚汉中六百里国土；第二次楚王竭尽全国兵力击秦，又大败，而且韩、魏也来袭击楚国后方，楚只得退却。经过这两次失败，楚国国势大为削弱。怀王这时虽又有过联齐的活动，但受到腐朽旧贵族的干扰，始终没有成功。相反，怀王晚年，受到旧贵族的怂恿，又去与秦讲和，结果被秦扣留，终于死在秦国。

怀王囚秦之时，顷襄王继立，任用旧贵族子兰为令尹，继续对秦执行投降政策。结果秦国不断削弱楚国，顷襄王十九年（前280），秦军伐楚，又夺去上庸和汉北一带地方。二十一年，秦将白起攻下郢都，楚军全部溃散，顷襄王逃往陈城（今河南淮阳县）。楚国从此一蹶不振，直到前223年为秦所灭。

这就是楚国后期的一段历史。屈原死在楚国最后覆亡以前，但楚国的这段极为悲惨的衰败史，是他亲眼看见以至亲身经历的。

据史传记载，并证之屈原的作品，屈原一生屡遭变故，主要是在怀王朝，遭谗后被疏，失去了怀王的信任，被免掉了"左徒"的官职，并一度被排挤出朝廷，离开郢都到汉北去流浪。另外，是在顷襄王朝，遭到更大迫害，被放逐于江南，直至死去。屈原的作品，除他早年所写的《橘颂》以外，都是在他蒙冤被疏以后，以及遭迁逐期间写的。

屈原最初曾受到楚王的信任，为了振国兴邦，实行"美政"，而"竭忠尽智，以事其君"，从事救亡的革新活动，但"信而见疑，忠而被谤"，遭谗被疏。他满怀"存君兴国"之志,却唤不醒昏庸之主,眼看楚国兵挫地削,危亡无日,自己却竟被疏失位,救国无门。这对于忧国忧民的一位爱国志士来说,能无怨乎?于是他的满腔热情变成了无比的悲伤与愤慨,从而写下了震古烁今、历史上最为有名的长诗——《离骚》。诗中有云:"余既不难夫离别兮,伤灵修之数化。"又云:"曾歔欷余郁邑兮,哀朕时之不当。揽茹蕙以掩涕兮,沾余襟之浪浪。"这时他面临着各种诱惑和选择,或放弃理想,避世远祸,逍遥自适;或离开楚国乡土,到他国去做客卿,这在当时所谓"楚材晋用"的风习下,也是可以的。但他不肯放弃理想和责任,更不肯弃国出走,而是决心与祖国共命运。在长诗的最后,他说:"既莫足与为美政兮,吾将从彭咸之所居。"《离骚》正是诗人蒙冤被疏以后,蕴藏着爱国激情,饱含血泪写成的一首悲伤怨愤之歌,读之令人摧肝裂胆,惊心动魄。

屈原既黜,由郢都溯江北上,流浪于汉北,《抽思》一诗的"倡"辞中说:"有鸟自南兮,来集汉北;好姱佳丽兮,牉(分离)独处此异域。"鸟是屈原自比,美人则指怀王,可知《抽思》是此时所写。诗中他指责了楚怀王的虚骄自用和性格多变,并抒写了远离国都的痛苦:

望孟夏之短夜兮,何晦明之若岁?惟郢路之辽远兮,魂一夕而九逝!

一方面表现了诗人度日如年的痛苦,同时也表达了他对于祖国不能须臾忘怀的感情。诗中还有这样的诗句:

愿摇起而横奔兮,览民尤以自镇。

意思是说,他本来是可以逃开这块使他受难的国土而去自寻出路的,但一看到人民所遭受的苦难,而又强行冷静下来,感到绝不能离开。诗人把爱国和同情人民的苦难遭遇结合在一起,是深刻而感人的。这首诗是以这样的诗句结束的:

道思作颂(即作歌),聊以自救兮。忧心不遂,斯言谁告兮?

心系君国,而又无从诉告,烦冤愁苦,无以自解,这正是他此时流浪在外时的主要心情。

怀王三十年,秦昭王于大败楚军以后,要求怀王"会武关,面相约,结盟而去",怀王欲往,恐受秦的欺骗;不去,又怕触犯了秦国之怒,是而犹疑不决。据记载,这时屈原已回郢在朝,于是他与大臣昭睢皆阻楚王前往,认为"秦虎狼,不可信",认识到这不过是秦的骗局,不如"发兵自守"。但以怀王幼子子兰为一方的对秦妥协派,却亟劝怀王前行,说"奈何绝秦之欢心"。结果,耳软心活的怀王终听信了子兰等人的话而往秦国。终不出屈原、昭睢所料,怀王至武关,就被秦裹挟至咸阳,待楚王如蕃臣,并以割地相要挟,楚王不许,结果被拘留于秦。

这时,楚国内部发生了危机、混乱。楚大臣欲立当时在国内的怀王儿子为君,而昭睢又出来反对,结果将质于齐的太子横接回,"立为王,是为顷襄王"。顷襄王三年,怀王卒于秦国。

对于怀王末年的这一变故,在屈原看来,乃是一桩丧君辱国惨痛无比的事,从而他对劝楚王入秦的祸首子兰等人十分愤恨,结果遭到子兰的迫害。子兰唆使上官大夫进谗言于顷襄王,而流放屈原于江南。从屈原的作品看,屈原这次被流放的时间很长,在极端困苦、彷徨中走了很多地方,未得生还。屈原首先从郢都顺江而下到了陵阳(今安徽青阳县南),停了一个时期又溯江而上到达了辰阳。后又南折入溆浦(辰阳、溆浦均在今湖南沅陵一带),不久下沉入洞庭湖,渡湘水而达汨罗。屈原在这期间,虽然一直煎熬在极端痛苦的生活中,往返走了许多路程,但他忧国忧民的心志始终未变。就在屈原渡湘水到达汨罗附近,时当顷襄王二十一年(前278),秦将白起率大军打进了楚国,拔郢都,烧楚先王陵墓。这一重大事变,使诗人屈原感到一切希望都破灭了。他不忍见自己祖国为秦所灭,不忍见自己的家乡父老遭亡国之难,为了殉于自己的理想,表明自己至死不离祖国的决心,大约于次年,即顷襄王二十二年,投汨罗江自杀了。在他临死前所写的绝命辞《怀沙》中,他再一次揭露了楚国"变白以为黑兮,倒上以为下;凤皇在笯(竹笼)兮,鸡鹜翔舞"的黑暗现实,同时冷静而严肃地说:"知死不可让,愿勿爱兮,明告君子,吾将以为类兮。""万民之生,各有所错兮;定心广志,余何畏惧兮?"这说明屈原的死,不单纯出于感情上的激愤,也是出于自己的理智。他和那个黑暗的社会既然不能调和,而国破家亡的现实更使他无路可走,就只有以一死来表明自己的志向,来殉于自己的国家了。《怀沙》首句记述时令:"滔滔孟夏兮,草木莽莽。"这和后世传说他死在五月初五是颇为接近的。屈原的一生是悲剧的一生,但他留下的充满美好理想和爱国激情的伟大诗篇,却永远为后人所传诵;他在人民的心目中获得了永生。

第三章 宏伟壮丽的政治抒情诗——《离骚》

第一节 《离骚》释义与写作时期

《离骚》是屈原的代表作品,是卓绝古今的一篇宏伟壮丽的政治抒情诗。全诗373句,2400多字,从篇幅的宏阔看,也是我国古典诗歌中少有的。诗人屈原的这篇不朽之作,震古烁今,千百年来深深地震撼着人们的心灵,成为我国诗歌史以至世界诗史上,最为激动人心而具有"永久魅力"的篇章。

诗题"离骚"二字,司马迁说:"《离骚》者,犹离忧也。"(《史记·屈原贾生列传》)班固《离骚赞序》说:"离,犹遭也;骚,忧也。明己遭忧作辞也。"把"离"释为"遭",是因为"离"通"罹",即遭受的意思。东汉王逸说:"离,别也;骚,愁也。"(《楚辞章句·离骚序》)认为离骚即离别的忧愁之意。将"离"解作离别,与司马迁同。《离骚》原文中有"余既不难夫离别兮,伤灵修之数化",上句说离别朝廷被疏远,下句说失去楚王的信任而愁苦、忧伤。可知释《离骚》为别忧或别愁,还是符合全诗的思想内容的。不过古、今人还有另一种解释,即认为"离骚"二字用的乃是楚语,项安世说:"《楚语》伍举曰,德义不行,则迩者骚离,而远者距违。韦昭注曰:骚,愁也。离,畔也。盖楚人之语,自古如此。屈原《离骚》,必是以离畔为愁而赋之。"又解释"畔"字说:"畔谓散去,非必叛乱也。"(《项氏家说》)王应麟说:"伍举所谓'骚离',屈平所谓'离骚',皆楚言也。扬雄为《畔牢愁》,与《楚语》注合。"(《困学纪闻》)游国恩认为"离骚"是楚曲名,"《离骚》可能本是楚国一种歌曲的名称,其意义则与'牢骚'二字相同。《楚辞·大招》有'伏羲驾辩,楚劳商只'之文,王逸注云:'驾辩、劳商,皆曲名也。''劳商'与'离骚'为双声字,或即同实而异名"(《楚辞论文集》)。楚辞是方言文学,而楚辞作品中本有用古歌曲为篇名的,如《九歌》《九辩》等都是。况且《离骚》原文中还保留有"乱曰"(歌曲尾声)的歌曲形式,故这一见解值得重视。

关于《离骚》的写作年代,有人认为是屈原前期楚怀王当朝时作,有人认为是屈原在顷襄王朝再放江南时的作品。司马迁在《屈原贾生列传》中将《离骚》的写年系于"王(怀王)怒而疏屈平"之后,即认为《离骚》是屈原在楚怀王朝因谗被疏之后所写。班固《离骚赞序》记说亦同。我们从作品本身考察,诗中主要写的是他早年急于报国的心情和被楚王疏远后的苦闷,并未及怀王晚期秦楚交兵、怀王客死等时事;更未写到自己被流放的遭际。诗中说"何离心之可同兮,吾将远逝以自疏",如果屈原此时已被流放,就不能说将"自疏"。流放,是一种刑罚,是完全被迫的、获罪服刑的性质。而屈原这里所说的"自疏",却正是与"王怒而疏屈平"相应的口气,犹言楚王既与我不能同心,疏远我,不信任我,那么我也就将不勉强合作相处而自我远离。这虽带有无可奈何的性质,但仍有个人意志、意向在内。由此可证,《离骚》应是诗人前期任左徒时,遭谗被疏之后所作。

第二节 《离骚》的"忠怨"之情与爱国精神

《离骚》是一首规模宏伟的长诗,既具有诗人自传的性质,又具有某些幻想性的浪漫主义色彩,全诗感情回环激荡,撼人心魄。

汉司马迁在解释屈原写作《离骚》时说:

> 屈平正道直行,竭忠尽智,以事其君,谗人间之,可谓穷矣。信而见疑,忠而被谤,能无怨乎?屈平之作《离骚》,盖自怨生也。

这是对诗人写作《离骚》缘由的说明,也是对长诗《离骚》感情基调的诠释。屈原为了振兴邦国,实行"美政",竭忠尽智,报效君王,却"信而见疑,忠而被谤";他满怀"存君兴国"之志,却遭谗被疏,救国无门,这对于一位忠心耿耿,忧国忧民的爱国志士来说,能无怨乎?《离骚》正是诗人蕴涵着满腔爱国激情,饱含着血泪写成的一首忧伤怨愤之歌。

贯穿于《离骚》长诗中的"情",即司马迁所说的"怨"情,更确切地说就是一股忠怨之情。忠怨之情是长诗《离骚》的一条主线,而从全诗的结构上看,则可以分为两大层次,即从开篇到"岂余心之可惩",是诗篇的前半部分,这一部分主要写诗人矢志报国、高洁自守所遇到的矛盾和不公正的待遇,充分表现了抒情主人公与楚国黑暗现实的冲突;从女嬃的责难,即"女嬃之婵媛兮,申申其詈予"至篇末,则主要写诗人遭谗被疏以后,继续求索的精神和所引动的内心冲突,以及最后的抉择。从创作手法来说,前半部分虽然也有艺术夸张,并运用了许多象征手法,但基本上是诗人现实生活的经历,是实写;而后半部分,则主要把炽烈的感情化为超现实的想象,表现了诗人内心世界的冲突,表现了一个苦闷的灵魂,上天下地的求索精神。

首先看《离骚》的前半部分。

长诗《离骚》的开端就是很奇特的。

帝高阳之苗裔兮,朕皇考曰伯庸。摄提贞于孟陬兮,惟庚寅吾以降。皇览揆余初度兮,肇锡余以嘉名。名余曰正则兮,字余曰灵均。

诗人首先以十分庄重而自矜的口吻,追述了自己的先祖、家世,即高贵的出身,以及自己奇异的生辰和美名。"高阳",是古颛顼帝的称号,在传说中楚国的先祖是五帝中的颛顼。颛顼的子孙后裔中,有一个名叫熊绎的,周成王时受封于楚。春秋时期,楚武王熊通的儿子瑕,封于楚境屈地,因以地名为氏。后来姓氏不分,故出现了姓屈的一支。屈原上溯先世,乃与楚王同宗。屈原为什么要这样来表白呢?王逸说:"屈原自道本与君共祖,俱出颛顼胤末之子孙,是恩深而义厚也。"(《楚辞章句·离骚》)后人又发挥说:"首溯与楚同源共本,世为宗臣,便有不能传舍其国,行路其君之意。"(清张德纯《离骚节解》)可知,屈原强调说明自己与楚王本属同宗之亲,其意思在说明,他对于楚国的存亡,对于存君兴国负有义不容辞的责任。接着他又叙写了自己生辰的奇异,以及父亲加予他的美名。前者与写他的家世一样,表现他的尊贵不凡,继而又借用美名来写他的性格、理想和灵性。总之,这起始的八句,感情是肃穆的,含蕴是深邃的,为他一生的自尊自爱自重定下了基调,也为全诗的体制结构了框架。清顾天成《离骚解》云:"首溯其本及始生月日而命名命字,郑重之体也。"

接着,诗人表白了自己的品德、才能,并以万分急迫的心情表达了自己献身君国的愿望:

> 纷吾既有此内美兮,又重之以修能。扈江离与辟芷兮,纫秋兰以为佩。汩余若将不及兮,恐年岁之不吾与。朝搴阰之木兰兮,夕揽洲之宿莽。日月忽其不淹兮,春与秋其代序。惟草木之零落兮,恐美人之迟暮。

诗人说他既有先天赋予的华盛美质,又注意加强修养,增长才能。但他十分焦虑,一方面担心时光飞驰,自己为国家做不成事业;又担心楚王("美人")守旧因循,使政治不能革新,耽误了楚国的前途。两个"恐"字,充分表达了诗人为祖国前途而焦虑,为祖国前途而担忧的急迫心情。于是他劝告楚王珍惜年华,丢弃秽恶的行为,改变因循守旧的态度,在他和其他贤臣的帮助下,像骑上骏马一样,使楚国得到迅速的振兴:

> 不抚壮而弃秽兮,何不改乎此度?乘骐骥以驰骋兮,来吾导夫先路。

接着他列举了历史上历代兴亡的事例,并表示决不怕艰难险阻,要帮助楚王做一位楚国的中兴之主:

> 岂余身之惮殃兮,恐皇舆之败绩;忽奔走以先后兮,及前王之踵武。

所谓"前王",是指楚国开国时的三个英明君主(熊绎、若敖、蚡冒)。意思是说,他要竭尽全力辅佐楚王,使日益衰败的楚国重新振兴,恢复到开国盛世的那种局面。

但诗人这一片为国的赤忠之心,并没有得到应有的理解和支持,相反地却因触犯了守旧贵族的利益,招来了接踵的迫害和打击。贵族群小们嫉妒他,围攻他:"众女嫉余之蛾眉兮,谣诼谓余以善淫。"楚王听信谗言也不再信任他:"荃(指楚王)不察余之中情兮,反信谗而齌怒。"他为实现理想而苦心培植的人才也变质了:"冀枝叶之峻茂兮,愿俟时乎吾将刈;虽萎绝其亦何伤兮,哀众芳之芜秽。"当诗人回顾这些的时候,便抑制不住满腔愤怒的感情,对腐朽反动势力进行了猛烈抨击。他痛斥贵族群小们:"众皆竞进以贪婪兮,凭不厌乎求索;羌内恕己以量人兮,各兴心而嫉妒。"他还大胆地指责楚王反复无常,不可依靠:"初既与余成言兮,后悔遁而有他;余既不难夫离别兮,伤灵修(指楚王)之数化。"最后,诗人以坚持理想、绝不妥协的誓言,结束了自己对这一段政治生活的反思:

民生各有所乐兮,余独好修以为常;虽体解吾犹未变兮,岂余心之可惩!

表示他要永远坚持自己的道路,忠于理想,虽惨遭不幸,也绝不改变初衷,要誓死保持自己人格的清白。

但黑暗的现实与诗人爱国理想的不可能实现构成了冲突。诗人于是感到苦闷、孤独、愤懑,以至强烈的失望,从而将诗人由现实逼入幻境。"路曼曼其修远兮,吾将上下而求索",由此,诗歌转入了第二部分。

坚贞的灵魂需要战胜诱惑。与常人一样,在失败的极端痛苦中,诗人的内心矛盾也激烈异常。在自己的理想不被理解,且惨遭迫害的情况下,还应不应该坚持自己的处世原则和生活态度?在不被自己的祖国所容的情况下,应不应出走远逝,到他国寻求知音,展示自己的才能抱负?诗人通过女媭、巫咸、灵氛这些虚构的人物,以及他们的劝说,把自己的内心冲突和抉择形象化了,从而向我们展示出了一个经过炼狱的考验,而更加洁白无瑕的伟大的灵魂。

女媭用"鲧婞直以亡身"的历史悲剧来规劝他,劝他放弃执守,与世浮沉。这与诗人"依前圣以节中"的坚持真理的态度是矛盾的,实际也是对诗人既往斗争生活的否定。这一内心冲突是激烈的。这个矛盾怎样解决呢?他需要历史的反思,需要公平的仲裁。于是他借"就重华而陈词",重温了夏、商、周历代的兴亡史,并以壮烈的心情回顾了前

朝那些为正义而斗争者的命运。这种再认识不仅增强了他原有的信仰和信念,同时更激发起他继续奋斗的勇气和宁死不悔的壮烈胸怀:

> 瞻前而顾后兮,相观民之计极。夫孰非义而可用兮,孰非善而可服?阽余身而危死兮,览余初其犹未悔。不量凿而正枘兮,固前修以菹醢。

战胜了世俗的诱惑,他的内心世界得到了暂时的平衡。于是他在新的认识的基础上,满怀激情地进行了新的"求索"。这样诗篇又展现了一个再生的灵魂为实现理想而顽强追求的动人情景。诗中写他不顾天高路远,驾飞龙,历昆仑,渡白水,登阆风,游春宫,上叩天门,下求佚女,他在求索什么呢?他要唤醒楚王,他要挽救国运,他要寻求再次献身于祖国事业的机会。但楚国的现实太黑暗了,他遭到了冷遇,受到了戏弄,结果以困顿、失望而告终:

> 世溷浊而嫉贤兮,好蔽美而称恶。闺中既已邃远兮,哲王又不寤。

诗人完全陷入绝望的悲哀之中:"怀朕情而不发兮,余焉能忍与此终古!"

诗人本是把自己的命运完全与祖国贴在一起的,他赤忠为国,但"方正而不容",那么他还有什么出路呢?出路是有的,那就是去国远逝,去求得个人的安全和前途。这无论从当时"楚材晋用"的风习上看,还是从诗人自身的才能和现实处境上看,似乎都是可以理解的了。于是出现了第二、第三个诱惑。

> 索藑茅以筳篿兮,命灵氛为余占之。

占之的结果,是告诉他在楚国已无出路可言,劝他离开是非颠倒的楚国,去寻求自己的未来。"思九州之博大兮,岂唯是其有女?曰勉远逝而无狐疑兮,孰求美而释女?何所独无芳草兮,尔何怀乎故宇?"但做出这样的抉择,对诗人来说毕竟太重大了,使他"欲从灵氛之吉占兮,心犹豫而狐疑"。于是又出现了巫咸的劝说,巫咸不但同样劝他出走,而且还从历史上贤才得遇明圣的事例,启发他趁年华未晚而及时成行:"及年岁之未晏兮,时亦犹其未央。恐鹈鴃之先鸣兮,使夫百草为之不芳!"女嬃的忠告,灵氛的劝说,巫咸的敦促,既代表了当时的世俗人情之见,无疑也是诗人在极度彷徨苦闷中内心冲突的外现,也就是坚定或动摇两种思想斗争的形象化。屈原要把自己思想感情考验得更坚定,就得通过这种种诱惑。于是在诗中诗人假设自己姑且听从灵氛的劝告,"吾将远逝以自疏",决心去国远游。可是正当他驾飞龙,乘瑶车,奏《九歌》,舞《韶》舞,在天空翱翔行进的时候,忽然看到了自己的故乡楚国。也就是一切矛盾、冲突行将结束的时候,一切又都重新开始:是就此远离这黑暗的、毫无希望的祖国呢,或是毫无希望地留下来?诗人深沉的爱国情志再次占了上风,"仆夫悲余马怀兮,蜷局顾而不行",诗人终于还是留了下来。他明知楚国的现实是那么黑暗,政治风浪是那么险恶,实际上他也吃尽了苦头,但他不能离开灾难深重的祖国,哪怕是在幻想中也不能离开。这样,诗人又从幻想被逼入现实,悲剧性的冲突不可逆转地引导出悲剧性的结局。他热爱楚国,但楚王误解他,不能用他,楚国的群小凶狠地迫害他;他想离开楚国,这又与他深厚的爱国感情不能相容。最后,只能用死来殉他的理想了:

既莫足与为美政兮,吾将从彭咸之所居。

总之,《离骚》是一部以忠怨之思为主题的回旋曲。钱锺书在《管锥编》中分析《离骚》的情思和结构说:"弃置而复依恋,无可忍而又不忍;欲去还留,难留而亦不易去。即身离故都而去矣,一息尚存,此心安放?""宁流浪而犹流连,其唯以死亡为逃亡乎?故'从彭咸之所居'为一归宿焉。"这是诗人屈原个人的悲剧,也是时代的悲剧。屈原是我国文学史上出现的第一个伟大爱国者的艺术典型,他用自己生命所谱写的诗篇,如日月丽天,光照后世,成为我们民族的伟大精神财富而万世永存。

第三节 《离骚》的美学内涵与艺术世界

伟大的艺术乃是真、善、美的体现,是可以升华人们的思想境界,净化人们心灵的药剂。长诗《离骚》确乎如此。我们读长诗《离骚》是感到那样的惊心动魄,那样的仰之弥高,它有着怎样的美的内涵呢?

首先,就是它具有由庄严而伟大的思想而带来的无比光辉的崇高美。进步的政治理想("美政"),深厚的爱国主义激情,庄严的历史使命感(改革政治,由楚国统一天下),以及悲壮的献身精神,这就构成了诗人无比崇高的美的人格和光辉耀目的美的形象。正如车尔尼雪夫斯基所说:"要是一个人的全部人格、全部生活都奉献给一种道德追求,要是他拥有这样的力量,一切其他的人在这方面和这个人相比起来都显得渺小的时候,那我们在这个人身上就看到崇高的善。"(《论崇高与滑稽》)是的,我们在长诗《离骚》中正是可以看到这种完美而崇高的形象,他的高尚的追求,洁白的人格,坚贞的操守,使围绕在他周围的那些贪婪、偏私、庸俗以至邪恶的人群,显得那么渺小而又卑琐。在诗篇中,诗人虽然是孤独的,甚至是寂寞的,但他是圣洁的、高贵的,也是傲岸的。长诗《离骚》正为我们创造了这样一个人格美的崇高典型形象。"余读《离骚》……悲其志","推此志也,虽与日月争光可也"(司马迁)。"不有屈原,岂见《离骚》?惊才风逸,壮志烟高。"(刘勰)"逸响伟辞,卓绝一世。"(鲁迅)对于屈原《离骚》一诗所具有的崇高美这一特色,古今人正有着不二之词,同一感受。

其次,慷慨激昂的悲壮之美,是长诗《离骚》另一鲜明的美学特色。屈原的一生是悲剧的一生。他既有"存君兴国"之志,又有治国理乱之能,他"博闻强志,明于治乱,娴于辞令",胸怀"美政"理想,企图改善楚国的处境,振国兴邦,却为黑暗势力所围困,从而引发出悲剧性的冲突。而最为感人的是,屈原始终是自己悲剧命运的自觉承担者。所谓自觉承担,是指他对坚持斗争下去的个人后果本有足够的估计,但他义无反顾,仍去自觉承担。"余固知謇謇之为患兮,忍而不能舍也""宁溘死以流亡兮,余不忍为此态也""虽体解吾犹未变兮,岂余心之可惩"等诗句表明诗人明知坚持下去会惨遭不幸,但他为了深刻的原则性,仍然选择了斗争以及把斗争坚持到底的道路,从而忍受了极大痛苦,罹得了人生的极大悲剧。"悲剧是人底伟大的痛苦或伟大人物的灭亡。"(车尔尼雪夫斯基)诗人屈原高标着"美政"的理想,怀着"九死不悔"的壮烈献身精神,经受着严酷的政治斗争和自我斗争的磨炼。屈原的一生是极其不幸的,他蒙冤受屈,赴告无门,而最终以自沉结束了生命。但洋溢在长诗《离骚》中的整个感情却不是悲观,甚至也不单纯是悲哀。它表现的是正义压倒邪恶,庄严压倒恐怖,美压倒丑;它所表现的是"伏清白以死直","九死而不悔"的刚毅不屈精神,是探索,是对黑暗的进击,是对光明的苦苦追求。我们读着《离骚》中那些发自肺腑的昂扬诗句,就会感受到一股不能自已的激越、崇高的感情和悲壮的英雄气概。

与长诗《离骚》上述美学特征相联系的,是它的高超的、独创性的艺术表现手段。

古代著名文论家刘勰,在论到长诗《离骚》的艺术构思和艺术特色时,曾说诗人屈原在创作中"虽取镕经意,亦自铸伟辞",称长诗《离骚》之伟大成就是"气往轹古,辞来切今。惊采绝艳,难与并能矣"(《文心雕龙·辨骚》)。诚然,立意炫巧,结构宏阔,风格奇丽,是长诗《离骚》令人目眩神夺的艺术特色。

我们剖析《离骚》全诗,可以发现,它是由三个"世界"——神话、往古、香草美人,各呈奇观构成的,从而使读者能够产生一种遗尘超物,璀璨四射,目不暇接的审美感受。

首先,使我们炫神奇目的是出现在长诗中的无比神奇的神话世界。诗人为了写心抒情,而从古代流传着的大量神话传说中汲取丰富的形象,然后通过自己奔放不羁的想象把它们组织在一起,构成了层出不穷的生动情节和美丽的画面。在诗人笔端,羲和(日神)、望舒(月神)、飞廉(风伯)、丰隆(雷师),以至凤鸟、飞龙、飘风、云霓都供他自由驱使;县圃、扶桑、崦嵫、咸池、天津、不周(皆神话中地名),都是他所到的地方,其想象之大胆、构思之奇特、幻想之丰富,古今罕有。特别值得注意的是,诗人运用大量的古代神话传说,而又不受原来故事的束缚,也就是说,那些故事在长诗《离骚》中并不是一般地当作什么"典故"来使用,那些神话中的神灵与神物,是作为活生生的形象参与着诗人神游天国的活动。这说明诗人已通过一番自由想象,把原有的神话结撰成新的情节,并使它服从于一个新的抒情主题,成为表达诗人思想感情总的艺术构思的一部分。这种表现手法,无疑使幻想更加自由,在虚实交织中,在抒情达意上取得极强的效果。如在长诗中为了表达诗人对理想的追求,曾描写他三次升天邀游。第一次是他受到女媭的婉劝告诫之后,心情苦闷,遂"济沅湘以南征兮,就重华而陈词"。在陈词之后,他自认已洞悉了古今兴亡之理,正应正道直行,上叩"帝阍",以表白自己的忠贞之情和救国为民之心。于是他驾白龙,乘凤鸟,入云天而远征。在行程中,日神羲和为他驭辔,月神望舒为他导路,雷师为他备具行装。早晨从苍梧出发,黄昏到达昆仑山之县圃,夜幕降临时,复又东行。"路曼曼其修远兮,吾将上下而求索",于是饮马咸池,停辔扶桑,"折若木以拂日兮,聊逍遥以相羊"。稍息之后,又"继之以日夜",终于到达了天庭。但是出其意表的是,他遭到了天帝守门人的冷遇,"吾令帝阍开关兮,倚阊阖而望予。时暧暧其将罢兮,结幽兰而延伫"。求见天帝以表心迹的行动失败了,这象征着楚王已被奸邪所包围,欲再见楚王而不得,他感伤而愤激地说:"世溷浊而不分兮,好蔽美而嫉妒",现实世界是如此的溷浊不分,群小们嫉贤害能,使他从希望陷入了失望。

但这时诗人尚未完全绝望,他想为国家的前途,为改变自己的命运再做一番努力。于是又开始了他的第二次上天遨游,即"求女"的活动,"及荣华之未落兮,相下女之可诒"。"求女",乃象征着寻求可以通君侧的人,请其代为言说,从而唤醒楚王,使之能够理解自己。求女凡三次:一求宓妃(神话传说中的洛水女神),"吾令丰隆(雷师)乘云兮,求宓妃之所在"。但终因对方乖戾不化,骄傲无礼而未遂。次又改求有娀氏之佚女(神话中帝喾之妃),"览相观于四极兮,周流乎天余乃下。望瑶台之偃蹇兮,见有娀氏之佚女"。复又因为做媒的鸩、鸠生性轻佻,不上心而未得成功。最后则又把希望寄托在有虞氏之二姚(传说为夏侯少康之妃)身上,"欲远集而无所止兮,聊浮游以逍遥。及少康之未家兮,留有虞之二姚",但一想到"理弱而媒拙"亦成功无望而只得作罢。为了表达诗人觅求知遇的渴望,叙写他被疏后孤独无助的悲哀,诗人竟使古代神话传说中的神女、异禽纷纷登场,诡秘奇幻,扑朔迷离。在第二次的幻游之后,诗人再次回到现实,发出感伤的悲叹:"世溷浊而嫉贤兮,好蔽美而称恶。闺中既已邃远兮,哲王又不寤。怀朕情而不发兮,余焉能忍与此终古!"现实中的不懈追求,幻化为"上叩帝阍",下访神女,奇思奇境。

在走投无路的极端苦闷中,诗人写他第三次上游天界,驰骋于广宇之中。他先向灵氛问卜,后请巫咸降神,在深感留滞楚国已无可作为的情况下,遂决意另谋出路,"吾将远逝以自疏",做了第三次遨游。诗中写他先折玉树的琼枝为食,又捣玉为屑做粮,以飞龙为驾,用瑶象饰车,选好吉日动身了。前往的目的地是极远的西方昆仑。于是"朝发轫于天津兮,夕余至乎西极。凤皇翼其承旂兮,高翱翔之翼翼"。然后经流沙,渡赤水,指挥蛟龙搭桥,命令西方之神少皞帮助渡河。虽路远多艰,诗人仍奋力前行,"屯余车其千乘兮,齐玉软而并驰。驾八龙之婉婉兮,载云旗之委蛇"。正当一路车马喧闐,遨游太空,即将远离故国之际,忽然俯视到自己的故土旧乡。这时仆悲马怀,再不肯前行,仆夫和马尚眷恋如此,诗人之心之情,殆可得知。于是去国远举之行,戛然而止。这一节文字写得极其神奇壮观,瑰丽多彩,富于浪漫气息,同时也把全诗推向了高潮,有力地表现了诗人的内心冲突和始终不渝的爱国之情。这样的艺术效果,正是诗人借助于神话并把神话素材加以重新改造而取得的。

由此可知,对神话的撷取和运用,是屈骚艺术的一个显著特征,是其浪漫主义精神的重要来源。当然,这与诗人当时所生活的楚地,受楚文化传统的渲染和影响不无关系。"楚有江汉川泽山林之饶……信巫鬼,重淫祀"(班固《汉书·地理志》),巫风,原始宗教与神话的产生和流行,虽还不完全是一回事,但从皆为非理性这个角度来看,又有共同性。古巫风中的所谓"神灵",包括它所利用、保存下来的古老神话,实际上都是被作为"异己"的力量而被信仰的。"在宗教中,人的幻想,人的头脑和人的心灵的自主活动对个人发生作用是不取决于他个人的,也就是说,是作为某种异己的活动,神灵的或魔鬼的活动的。"(马克思《1884年经济学哲学手稿》)但是稍加考察就会发现,在屈原作品中所出现的众神、灵物的形象和活动,并不如此,它们不是作为信仰和信仰的对象而存在,而是恰恰相反,它们往往是作为被诗人所驾驭、被驱遣的对象,这说明古代原有的神话和传说中神灵,已从根本性质上有所改变,即由信仰的实存性转换为一种启发诗人想象的素材,成为一种独具艺术魅力的创作方法。"尽管他在驰骋他的幻想的时候,假定有天堂和地狱和各种鬼神,但他却没有崇信它们的念头。"(郭沫若《屈原赋今译》)这既是屈原天道观上的理性表现,又是在古代艺术领域中的非凡创造。从而在中国文学史上,首先开创了一种思幻文丽的浪漫诗风。

在屈原的《离骚》长诗中,除了所出现的五彩缤纷的"神话世界"以外,还出现了一个"往古世界",即众多历史人物纷纷出场的舞台。诗人遭谗被疏,满腹哀怨,处境孤立,从而使他不得不进行深刻的反思,于是历史上的先贤圣哲,就成了他的观照对象;历代的兴亡之理,就成为他对于现实进行裁判的尺度。

在长诗《离骚》伊始,诗人就以"三后"(禹、汤、文王)的清明政治、尧舜的正大光明和昏庸失国的桀纣相对照,暗示楚国当时群小乱国,前途之岌岌可危。"昔三后之纯粹兮,固众芳之所在。杂申椒与菌桂兮,岂维纫夫蕙茝?彼尧舜之耿介兮,既遵道而得路。何桀纣之猖披兮,夫唯捷径以窘步。惟夫党人之偷乐兮,路幽昧以险隘。"他企图通过对往古盛世的回顾,为统治者的改革树立榜样;并警告当时的楚国君臣,要以夏、殷的失国为戒,否则亦必重蹈桀纣覆亡的命运。他对当时楚国前途的担忧,是以历史的观察和经验为根据的。

当他的正道直行的品德、存君兴国的理想得不到理解,并受到世俗的指责时,他再次举出历代兴亡的史实,来表明自己的信念绝无错处。如诗中写女媭出于对他安危的关怀,劝他放弃既往的理想、操守和信念时,他为了回答世人对他的指责,也为了巩固自己的信念和表明自己的正义性,而又一次做了历史的反思。他假借向重华"陈词",历数了夏代几世君王的败国身亡的历史教训:夏侯启淫乐无度,不居安思危,从而引起"五子"争国的内乱。羿纵情游猎,不理政事,结果被臣子寒浞夺妻害命。寒浞的儿子过浇又逞强好武,纵欲不忍,又被少康起而杀之,最终掉了脑袋。至夏桀更是胡作非为、作恶多端,以致亡身败家,终于遭到了亡国之祸。而继夏而兴殷朝,传至末代纣王,因拒谏劝,杀贤臣,又蹈了夏的覆辙,结果是"殷宗用而不长"。如果这些都属历史上的反面教训的话,那么历史上的圣王之兴,又可作为有国者正面的榜样。"汤禹俨而祗敬兮,周论道而莫差。举贤而授能兮,循绳墨而不颇。皇天无私阿兮,览民德焉错辅。夫维圣哲以茂行兮,苟得用此下土。"由此可知,国家之兴亡,一代之盛衰,皆非偶然。任贤能,遵法度,重茂行(美德),就会受到天佑,而享有天下。所以纵观历史,他质问那些对他的非议者说,请看"夫孰非义而可用兮,孰非善而可服?"在他看来,正是这种昭然若揭的历史明鉴,使他不惮于坚乎己见,也使他忧国若焚。

当诗中写他从灵氛问卜,迎巫咸降神,决意到远处以求"槃孎之所同"的时候,他更用一系列的历史人物表述了他对君臣知遇的渴望:"汤禹俨而求合兮,挚咎繇而能调。苟中情其好修兮,又何必用夫行媒?说操筑于傅岩兮,武丁用而不疑。吕望之鼓刀兮,遭周文而得举。甯戚之讴歌兮,齐桓闻以该辅。"君王知人善任,拔擢贤才;臣子辅佐圣君,建功立业,共治天下。正是这样一些君臣遇合的历史佳话,给予诗人以鼓舞,给予诗人以信心,使它虽陷于困境之中,而仍奋进不止,探索不停。诗人在长诗《离骚》中所重现的历史世界,与光怪陆离的神话世界不同,它给全诗注入了浓厚的人文精神和理性光辉,借咏史抒情,是长诗在思想艺术上的又一特色。

在《离骚》长诗中,更令人感到奇异而绚丽多彩的是诗人所创造的一个"香草美人"世界。《离骚》本是一篇带有诗人自传性质的政治抒情诗,诗中写对他刺激最大、最使他感到怨愤和失望而悲哀的就是世事的溷浊和道德人心的败坏。他说楚王朝三暮四,反复无常,不讲信用:"余既不难夫离别兮,伤灵修之数化。"他指斥朝廷群僚们名利熏心,嫉贤害能,居心不良:"众皆竞进以贪婪兮,凭不厌乎求索。羌内恕己以量人兮,各兴心而嫉妒。"他哀叹世风一片昏暗,美丑不分,正义不彰:"世溷浊而不分兮,好蔽美而嫉妒。""世溷浊而嫉贤兮,好蔽美而称恶。"更伤心的是他看到在此种世风的影响之下,原本的国家可用之才,也随风从俗,见风使舵,失节变质:"固时俗之流从兮,又孰能无变化!"在诗人看来,出现这一切现象的原因,都是人人不知自尊自爱,不修道德的缘故,"岂其有他故兮,莫好修之害也"。因此,诗人在诗中一再强调自身的道德修炼与高洁的品行。于是洁与污、美与丑的对立,经过诗人创意性的构思,而出现了一系列具有象征性的香花美草的意象,即以披香戴芳、饮露餐英来比喻道德的自修和品德之高洁:"扈江离与辟芷兮,纫秋兰以为佩。""制芰荷以为衣兮,集芙蓉以为裳。不吾知其亦已兮,苟余情其信芳。""揽木根以结茞兮,贯薜荔之落蕊;矫菌桂以纫蕙兮,索胡绳之纚纚。謇吾法夫前修兮,非世俗之所服。"另外,诗中在论述人才的培育时,也以香草为喻:"余既滋兰之九畹兮,又树蕙之百亩。畦留夷与揭车兮,杂杜衡与芳芷。冀枝叶之峻茂兮,愿俟时乎吾将刈。"在论述先王之"美政"时,亦以众芳为喻:"昔三后之纯粹兮,固众芳之所在。杂申椒与菌桂兮,岂维纫夫蕙茝?"《离骚》诗中涉及的香花美草就有几十种,五彩缤纷,鲜丽夺目,简直就是一个百花齐放的香草世界。而这些物象显然又是与诗人的"内美""修能""高洁""昭质""清白"的道德本质相应的。"其志洁,故其称物芳",它们是诗人内心世界的外化,是世上美好事物的具象化,诗人正是通过他所铸造的这些绝美的意象,使我们感受到诗人品德之洁美,如睹其崇高圣洁之姿,如闻其道德之芳香。诗人在长诗《离骚》中,除"寓情草木"之外,复"托意于男女":"惟草木之零落兮,恐美人之迟暮。""曰黄昏以为期兮,羌中道而改路,初既与余成言兮,后悔遁而有他。"(朱熹《楚辞集注》:"黄昏者,古人亲迎之期,《仪礼》所谓初婚也。")"众女嫉余之蛾眉兮,谣诼谓余以善淫。""忽反顾以流涕兮,哀高丘之无女。""闺中既已邃远兮,哲王又不寤。""思九州之博大兮,岂唯是其有女?""苟中情其好修兮,又何必用夫行媒。"《离骚》是一首政治抒情诗,但诗人却不时地借用男女情爱的心理来表达自己的希望与失望、坚贞与被嫉、苦恋与追求。屈原的悲剧是政治悲剧,但他将对君国的忠诚和哀怨眷恋之情,用爱情来比喻,用爱情的心理来刻画,就更显得曲折尽致、深微动人。

古人曾认为屈原的这种艺术表现手法取范于《诗经》,所谓"《离骚》之文,依《诗》取兴,引类譬喻"(王逸《离骚序》)。实际上,屈原这种"美人香草"式的寓意手法已远远超过了《诗》中的所谓"比兴之义"。我们知道,《诗经》中的比兴往往只是一首诗中的片段,是一种比较单一的比喻和联想,而屈原的作品却作了极大的变化和发展。首先,它开始把物与我,情与景糅合和交融起来,这已经不是简单地以彼物比此物,或触物以起兴,而是把物的某些特质与人的思想感情、人格和理想结合起来,通过联想和想象水乳交融为一体,寓情于物,见物知人,构成一种象征体,从而极大地增强了诗歌的艺术张力。其次,在长诗《离骚》中,诗人抓住香花异草、佳木美林、男女情爱本身所具有的丰富的美学内涵,来美化抒情主体的形象和性格,从而也使全诗的风格更为绚美奇丽、光彩照人了。

总之,在长诗《离骚》中,诗人吸取人类童年时代的神话思维,描绘了神游太空的宏大场面,展现了一个极富于幻想的诡异神奇的世界;复通过时空隧道,召集了众多的历史人物,往圣先贤上场,展现了足为人们明鉴的往古世界；更继承古老民歌的比兴传统，以香花美草、男女情思为象征，展现了一个五彩斑斓、情致缠绵悱恻的香草美人世界。诗人艾青在其《诗论》中说："一首诗必须具有一种造型美，一首诗是一个心灵的活的雕塑。"长诗《离骚》正是通过上述的种种艺术手法来完成其抒情主体的造型美，从而雕塑出了诗人的美的人格和美的心灵。他把炽烈的感情与奇丽的超现实想象相结合，把对现实的批判与历史的反思相结合，熔宇宙自然、社会现实、人生经历、神话传说和历史故事与一炉，把人类的美德用香花美草来象征，从而结构出一个无比恢宏壮丽的抒情体系。鲁迅先生在《汉文学史纲要》中曾把它与古老的《诗》三百篇相比较说："较之于《诗》，则其言甚长，其思甚幻，其文甚丽，其旨甚明，凭心而言，不遵矩度……其影响于后来之文章，乃甚或在三百篇以上。"屈原的创作，特别是长诗《离骚》无疑是对中国古代诗歌园地的伟大开拓，是诗人屈原在中国诗史上的奇异贡献。

第四章 情理兼备的长篇咏史诗——《天问》

第一节 《天问》释义与主旨

《天问》是一篇规模宏大、体制瑰奇的长诗。全诗350余句，1500多字，并全采用问句体写成。其内容，从邃古之初、宇宙洪荒写起，其中神话传说杂陈，历代兴亡并举，宏览千古，博大精微，古来就被推许为"千古万古至奇之作"（清刘献庭《离骚经讲录》）。但也被认为是楚辞中最为难解之作，所谓"其创格奇、设问奇、穷幽极渺奇、不伦不类奇、不经不典奇。一枝笔排出八门六花，堂堂井井，转使读者没寻绪处，大奇大奇，然不得其解，便是大闷事"（清夏大霖《屈骚心印》）。对这样一篇难解的作品，古今学者也就歧见纷呈，莫衷一是。

最早对这首诗进行解释的是东汉王逸《楚辞章句》，他认为这是诗人屈原的一首"潹愤懑，舒泻愁思"之作，其写作的缘起是屈原放逐在外，"见楚有先王之庙及公卿祠堂，图画天地山川神灵，琦玮儒佹，及古贤圣怪物行事"，"因书其壁，呵而问之"，遂成此诗。所谓《天问》，即"问天"，向天发问的意思。他还认为，正因为《天问》是题壁之作，经楚人"共论述之"而成，所以文义顺序有些凌乱。据古、今人考证，古代庙堂确常画有诸如古神话和古代历史人物和故事的画卷，屈原"周流罢倦，休息其下"，因受其启发或有所感触而写诗，也是可能的。但主要问题是这首诗的性质和主旨是什么？

《天问》一诗的文义或有某些"不次序"，但从整体上看，其内容层次还是分明的。全诗可分为前后两大部分,首问天地开辟,天象地理等方面的有关大自然的传说,也就是大自然形成的历史;次问人事,即夏、商、周三代兴衰的历史,并及于楚先;末尾赘之以诗人对自己身世遭遇的感叹。总的来看,这正是一首咏史性质的作品,也就是说是一首"述往事,思来者"的咏史诗。至于诗中列问了许多神话、传说,这乃是因为被后世视为荒诞不经、琦玮僪佹的故事,在上古却正是信以为真的,是作为史来看待的。①

既然是咏史诗,为何又取名《天问》呢?这是因为古代人认为"天者,万物之总名也"(《庄子》郭象注)。天是无所不包的,既包括自然,也包括人事。又认为天是一切的主宰,"天者,统理万物"(《周礼》郑玄注)。正如游国恩说:"天统万物,无所不包,一切天文地理人事纷然杂陈,变幻莫测的现象,都可以统摄于天象天道之中,所以名曰'天问'。"(《楚辞论文集》)那么,"天问"就是仰天而问,是就自然和人类的历史探究天道的问题。

而屈原又为什么要作这篇长诗,其主旨是什么呢?也就是说,它表现了诗人屈原怎样的情感和思想倾向呢?古近今人,对此有不同的领会和解释。归纳起来主要有三种说法:一是纾愤说,认为屈原遭谗被冤,流放在外,含有无限怨情,结撰此诗以抒自己的愤懑。王逸《楚辞章句》首主此说,后世许多注家亦联系诗人的身世遭遇,加以发挥,如屈复《楚辞新注》云:"《天问》者,仰天而问也。忠直菹醢,谗佞高张,自古然也。三闾抱此,视彼天地三光山川人物变怪倾欹,及历世之当亡而存,当废而兴,无不然者,非天是问,将谁问乎?萧条异代,尚欲搔首一一问之,而况抱痛者乎?"就是说,诗人含怨,表达了一种"痛极呼天"的感情。二是诘问说。清代戴震的《屈原赋注》,把《天问》的"问",解释为诘问和问难,他说:"天地之大,有非恒情所可测者,设难疑之。而曲学异端,往往惊为闳大不经之语;及夫好诡异而善野言,以凿空为道古,设难诘之。"照戴震看来,《天问》所问的是天地间一些难以解释的问

---

① 神话是上古人幻想的产物,是他们对自然现象和社会生活的极幼稚的解释。在我们今天看来,它极富想象力和艺术特征,但它并非是一种有意识的艺术创作,故马克思称它是"用一种不自觉的艺术方式加工过的自然和社会形式本身"。

题,而特别是针对一些"曲学异端",即毫无根据的附会之说、荒唐之言,进行诘难,即带有批判旧说,追求正确说明的意思。三是究理讽谏说。明清之际学者王夫之在其《楚辞通释》中,认为屈原的《天问》,是就"天理"来问人事,他说:"原以造化变迁,人事得失,莫非天理之昭著者,故举天之不测不爽者,以问憯不畏明之庸主具臣,是为'天问',而非'问天'。"在王夫之看来,屈原以为历史上总是"有道而兴,无道则丧",因此,以古为鉴,讽谏楚王,是本诗的主旨。

细绎以上种种旧说,虽各偏执一隅,不能完全说明全诗的思想内容,但也并非无的放矢,而是各有其合理成分,对我们了解此诗还是有启发的。

从《天问》的整个内容看,如前所述,它是一篇别开生面的咏史之作,前半部分,自"遂古之初,谁传道之"至"羿焉彃日,乌焉解羽"凡112 句,是自然史方面的传说,在这部分,诗人就天地的开辟、日月的运行、大地的形状、川流的走向以及鲧禹治水的故事等等,一一发问,它为我们再现了一个璀璨无比的远古神话世界,而其中通过诘问所流露出来的,则是诗人对宏观宇宙的思考,是对古信仰的怀疑。

全诗的后半部分,自"禹之力献功,降省下土四方"至"易之以百两,卒无禄",凡245 句,为人世间历代兴亡史,无论在篇幅上、立意上,都可以看出它是全诗的骨干。诗人在这部分中,陈事见理,对夏、商、周三代所以兴,所以亡,通过对一些历史事件的发问,表述了自己的观点,并通过对历史的反思,流露出对楚国前途的强烈忧患意识,这正是全诗的主题思想所在。最后,全诗则以楚国的现实和自己的处境做结,对楚国当权者的倒行逆施,表示了无限愤慨。

司马迁说:"余读《离骚》《天问》《招魂》《哀郢》,悲其志。"(《史记·屈原贾生列传》)司马迁将《天问》看作是屈原仅次于《离骚》的伟大作品,并称"悲其志",其"志"何在?显然是指屈原在这首鸿篇巨制的咏史诗中所表现出来的大胆追求真理的精神,特别是诗人的那种企图通过探寻历代兴亡之故,以为楚鉴的苦心孤诣和一片爱国情怀。这正是《离骚》中"路曼曼其修远兮,吾将上下而求索"的继续,是"恐皇舆之败绩"的隐忧之深刻化。

第二节 《天问》的内容与结构层次

《天问》的前部分,是就自然界发问,是关于宏观宇宙和宇宙观的问题,内容十分丰富,涉及范围极广。从顺序和所包容的问题看:大致可以分为四个层次:(一)关于天地开辟、宇宙本源的问题("遂古之初"至"何本何化");(二)关于天体和日月星辰等诸天象的问题("圜则九重"至"曜灵安藏");(三)关于鲧、禹治水的问题("不任汩鸿"至"禹何所成");(四)关于大地及四方灵异的问题("康回冯怒"至"乌焉解羽")。其发问的对象和性质,主要是对古代关于自然界的神话和传说的诘难和质疑。

诗人在长诗《天问》中,首先就宇宙之初,天地形成以前的景象发问:

曰:遂古之初,谁传道之?
上下未形,何由考之?
冥昭瞢暗,谁能极之?
冯翼惟像,何以识之?

在宇宙大地的诸多问题中,最难使人理解的莫过于它的始源问题。太古洪荒,天地未辟的时候,是个什么样子?上古传说中则把它想象为明暗不分,空阔无垠的混沌状态。诗人简练地把它形容为"冥昭瞢暗","冯翼惟像",即明者不明,暗者不暗,一切朦朦胧胧,难以名状,而又充满生气。(冯,饱满充盈的样子;翼,伸张而又浮动的状态。)对天地未形的这一想象和描述,既含有哲理的推测,又具有生动宏大的气势。但诗人却以反问的口吻,分别提出问题。遂古之初,天地未辟,尚没有人类,诗人用"谁传道之"(是由谁传述下来的呢)一语发问,十分雄辩有力。下面又用"何由考之"(怎么考证出来的)、"谁能极之"(谁能研究清楚)、"何以识之"(如何来识别)等不同的问句,分别加以追问,表现出一种睿智而又穷究底里的气势。

下边则对宇宙的结构、天体的运行发问:

> 圜则九重,孰营度之?
> 惟兹何功,孰初作之?
> 斡维焉系,天极焉加?
> 八柱何当,东南何亏?

他问:据说天有九层,是谁有这样大的神功来营造?天如覆盖,是怎样被系而不坠的?据说有八柱擎天,其位置在哪里?地倾东南又是怎么回事?

接下来又问到日月星辰的布局和运行变化:

> 日月安属?列星安陈?
> 出自汤谷,次于蒙汜,
> 自明及晦,所行几里?
> 夜光何德,死则又育?
> 厥利维何,而顾菟在腹?

日月星辰是怎样各得其位,陈列在天的?传说太阳晨出于汤谷,夜息于蒙汜,一天要赶多少路程?月亮为何能缺而又圆,死而复生,怎么会有个"顾菟(蟾蜍)在腹"?接下来还问了风神伯强住在何处,从哪里为大地吹来苏醒万物的"惠气",天门如何一开一张构成天明天晦等等。诗人仰首云天,面对着广漠无垠的天宇一一发问,一方面把我们带入到一个光怪陆离的古神话世界,其中充满着先民们的无数美丽的奇思遐想;同时诗人又对当时的这些传说不满足,提出种种怀疑,显示出一种大胆的科学探索精神。

在古传说中,鲧禹治水,重建大地,是一桩惊天动地的大事,诗人用很长的篇幅就这一神话传说的神奇内容——"鲧何所营,禹何所成",进行了发问。就现存古文献来看,关于鲧禹治水的传说记载十分零散,说法也不尽相同。因此,我们对诗人一些发问的用意,已很难确断,但从字里行间中,却流露出诗人对这一神话传说在情理上的怀疑和不解,如对鲧的被害("顺欲成功,帝何刑焉"),禹的降生("伯禹愎鲧,夫何以变化")和治水的神奇("河海应龙何尽何历")等等。虽然如此,诗人却将这一传说故事中的神奇伟功一一写出,再现了古人在战胜自然灾害中曲折艰难的历程,以及对这一古传说的丰富想象力。

继鲧禹治水的故事之后,诗中又转向关于大地的问题。诗人针对着古传说中关于大地四方的许多奇闻异说一一发问。如问道:传说中有所谓神人出入的昆仑"悬圃",它究竟坐落在何处;哪里有日照不到的地方,何处冬暖夏凉;哪里有石树成林,哪里的怪兽能语;哪里有不死之人;一蛇吞象是怎么回事;等等。古代关于大地四方的传说很多,而且怪怪奇奇,想象丰富。诗人把它们采撷入诗一一发问,表示出一种怀疑求实的精神。

对于天地万物的疑问和探索,早在原始先民时期就已经开始了,由于知识水平的限制,他们通过想象和幻想,编织了许多神话传说故事加以解释,但远非是科学的。随着人类文化的发展,关于宇宙天地、大自然中的诸多问题,又成为哲人重新思考的问题,如在先秦哲学中,管子著《水地篇》,以水为万物之本源和生命的原始;著《四时篇》,以阴阳解释天地四时的运行,万物繁殖的原因。齐国的邹衍,推论"至天地未生,窈冥不可考而原也",并倡九州之外,还有"大九州"之说。《庄子》里记载有个叫黄缭的人,曾向惠施问过"天地所以不坠不陷,风雨雷霆之故"。这都说明随着社会的发展,知识的进步,对客观世界的再探讨,再认识,已成为一股思潮。屈原的《天问》,也正是此时的产物。但是,产生于原始时期的诸多神话,作为人类认识史的初始阶段,作为启人想象的浪漫主义素质,却不失其崇高博大的美学意义。诗人屈原在《天问》中,把众多的诡奇瑰丽的神话组织在一起,构成一幅远古人类所描绘的宇宙大自然的形成史的长篇画卷,同时以提问的方式,对宏阔浩渺的宇宙和纷繁的大自然,进行了自己的思考,既具有哲理意义,又具有文学性,从而构成一部"独步千古"之作。

宇宙的奥妙,远古的世界固然是令人难解莫测的,但人间的兴衰祸福,在诗人看来却是有迹可循的。在长诗的后半部分,诗人的如椽的巨笔,开始由鸿蒙洪荒的神话时代,转入到人间的历史。当然,在上古人民看来,人类各民族的起源也离不开神灵世界,都有一个神奇的传说,如神禹与涂山女匹合而有夏,简狄(有娀氏女)吞食上帝送来的玄鸟蛋而生商,有邰氏女因受上帝所感而降下周始祖后稷(这些在长诗《天问》中也都写到),此说明他们都有神的血统,都是上帝的子孙。但他们为什么又有更替兴亡呢?这就正是诗人所要探寻的问题,实际也正是诗人深怀着对楚国现实的忧患感。所要总结的历史经验教训。诗人在这方面所持的观点,或者说所总结出来的道理,集中地说就是"天命反侧,何罚何佑",就是"厥严不奉,帝何求"。在诗人看来,天命是无常的,罚佑是无定的。如果一个君王放纵自己,律身不严,祈求上帝也是无用的。在这里诗人既承认天命、上帝的存在,又强调了人为、人事,这种有条件的天命论,正是诗人屈原用以评断历史,总结历史教训,并用以抨击楚国现实的武器。

春秋战国时代,随着社会的变革和发展,人们在自然观、社会历史观方面都有所变化和进步。在自然观方面,人们开始用实际生活经验和萌芽的科学,来怀疑神话传说的可靠性,如孔子的"不语怪力乱神",对上古神话的怪诞性加以有意的修正,都表现了这样一些观念色彩。在社会历史观方面,一些进步人物的思想,虽然不完全排斥"天命",但在天与人的关系上,则开始以重人、重民的观点,来隐蔽地转移天命决定论。具体到统治天下的问题,便是《左传》所说的"皇天无亲,唯德是辅"(《左传·僖公五年》),《荀子》所说的"修道而不贰,则天不能祸"(《天论》)。这一观点,屈原在长诗《离骚》中也同样明确表示过:"皇天无私阿兮,览民德焉错辅。夫维圣哲以茂行兮,苟得用此下土。"意思是说,上天对一个在位者或一个王朝的辅佐,不是无条件的,而是要看他的德行如何来决定。这无疑是对旧有天命论的修正,而强调了人的行为、活动的责任性。《天问》中说:

　　皇天集命,惟何戒之?
　　受礼天下,又使至代之?

大意说,上天赐命给一个王朝,为何又时时警告它,使它有所戒惧?把天下交给他治理,为什么又让另一个王朝取代它?这就是诗人屈原在长诗《天问》咏史部分所要探讨和陈述的问题。诗中依次对夏、商、周(至幽王)的历史做了回顾和反思,对其治乱兴亡的缘故做了提问,特别是对于败身亡国之君的情况做了含义深永的陈述。

诗的后半部分,据古近人考证,可能有些错简的地方,但整个说来是次序分明的。按其所叙内容,大致也可以分为四个层次:(一)关于夏王朝的历史("禹之力献功"至"而黎服大说");(二)关于殷商王朝的历史("简狄在台"至"其罪伊何");(三)关于周王朝的历史("争遣伐器"至"卒无禄");(四)关于楚国的现状和诗人的忧心。

　　首先,诗人对夏王朝的兴衰起伏,以致终为汤所灭,做了一连串发问。在传说中,夏后启乃神禹之子,代伯益而有国。但他因偷天乐耽于享乐,而终被后羿所代替。后羿本是受天之命来拯救夏民的,但不久就因贪于女色,迷于田猎而遭寒浞的暗算而惨死。浞传其子寒浇,浇也因淫乱,与嫂私通而被少康所杀。关于夏王朝前期的这段历史,《左传·襄公四年》有所记述,诗人在《离骚》中也曾提到("启《九辩》与《九歌》兮,夏康娱以自纵"以下十句)。而在长诗《天问》中,诗人更以提问的方式,对这些因纵欲而遭祸之君的历史原委,一一做了发问,特别是论到后羿之亡的时候,诗中这样写道:

　　　　帝降夷羿,革孽夏民;
　　　　胡射夫河伯,而妻彼雒嫔?
　　　　冯珧利决,封豨是射;
　　　　何献蒸肉之膏,而后帝不若?

　　后羿秉天意而代启拯民,得天下后,他却夺人之妻,又恃强迷于田猎。虽然他用上美的肥肉献给上帝,上帝并不满意,而终使他灭亡了。显然,这里所表达的意思是所谓天佑天罚,并不是无条件的,而是以其行为的善恶为转移的。换句话说,就是"应之以治则吉,应之以乱则凶"(《荀子·天论》),后羿的败亡完全是他胡作非为的结果,说到底是咎由自取。

　　诗中论到夏桀灭亡的时候,也表达了同样的思想:

　　　　桀伐蒙山,何所得焉?
　　　　妹嬉何肆,汤何殛焉?
　　　　…………
　　　　缘鹄饰玉,后帝是飨;
　　　　何承谋夏桀,终以灭丧?
　　　　帝乃降观,下逢伊挚。
　　　　何条放致罚,而黎服大说?

　　夏桀伐蒙山,得到妹嬉,于是放荡无忌地迷恋女色,虽然他也曾用玉饰的宝鼎祭飨上帝,但是上帝还是另有选择,使贤臣伊尹辅助成汤,放夏桀于鸣条,有夏灭亡,而成汤却受到黎庶百姓的拥戴。

在反思殷、周王朝历史的时候,诗人仍主要集中在盛衰、兴亡的大事上:

> 授殷天下,其位安施?
> 反成乃亡,其罪伊何?

前句问殷王朝是怎样得天下而兴的,下句问殷王朝又是以何罪失天下而亡的?殷兴于成汤伐夏桀,而诗中特别强调了汤求贤臣伊尹的故事。周之兴在武王伐纣,诗中也特别提到武王在市井得贤臣吕望为辅佐的故事:

> 师望在肆,昌何识?
> 鼓刀扬声,后何喜?
> 武发杀殷,何所悒?
> 载尸(文王木主)集战,何所急?

传说中,吕望(即吕尚,姜太公)本隐在屠肆,被文王姬昌发现,而举为辅臣,也正是《离骚》中所提道的:"吕望之鼓刀兮,遭周文而得举。"这无疑是说国家之兴离不开贤臣,只有举贤授能才能安天下。反过来,诗中对于殷纣的覆亡是这样发问的:

> 彼王纣之躬,孰使乱惑?
> 何恶辅弼,谗谄是服?

据《史记》记载,纣王"知足以拒谏,言足以饰非"(《汲郑列传》),"好酒淫乐,嬖于妇人。爱妲己,妲己之言是从"(《殷本纪》)。可知纣王乃是个拒谏饰非,刚愎自用,迷恋女色的昏君。这里所问的正是:纣王那个人是谁使他惑乱误国的?他是怎样憎恶辅国大臣而又信用谗佞之人的?接着诗中举出了他如何残害忠良,任用小人的实例:

> 比干何逆,而抑沉之?
> 雷开阿顺,而赐封之?
> 何圣人之一德,卒其异方?
> 梅伯受醢,箕子详狂。

据《史记·殷本纪》：“微子数谏不听……比干曰：'为人臣者不得不以死争。'乃强谏纣。纣怒曰：'吾闻圣人有七窍。'剖比干，观其心。箕子惧，乃详狂为奴，纣又囚之。”《吕氏春秋·恃君览·行论》：“昔者纣为无道，杀梅伯而醢之。”殷纣王亲女色，用小人，杀忠臣，害贤良，竟弄得满朝的正直之士非死即狂的地步，从而"何亲就上帝罚，殷之命以不救"，也就是必然的了。

对于周朝，诗人问了周昭王溺于玩好，远游南土，寻求白雉，船沉而不返的事（"昭后成游，南土爰底？厥利惟何，逢彼白雉"），问到周穆王巧于贪求，周游天下，不理国事的事（"穆王巧梅，夫何为周流？环理天下，夫何索求"），诗中都做了指责。最后，问到西周的亡国之君幽王：

妖夫曳衒，何号于市？
周幽谁诛，焉得夫褒姒？

褒姒是幽王的宠妃。传说当时有两个妖人，曾献美女褒姒给幽王，幽王"见而爱之，生子伯服，竟废申后及太子，以褒姒为后，伯服为太子"（《史记·周本纪》），从而朝政昏乱，幽王后为犬戎所杀。这样说来，西周之亡，也是亡于女祸。诗人在长诗中，还问到了夏、商、周三代历史中的许多细节，有些由于文献缺失，已难尽解。但归纳起来主要问的都是兴衰存亡的事，而特别又集中在对亡国败身之君的陈述上，在诗人屈原看来，一个有位者或一个王朝之衰亡，不外是杀害贤良，耽于游乐，溺于女色，这些祸身亡国之由，正是诗人总结出来的历史教训。

在诗人看来，宇宙浩瀚，奇谈怪说，眩人耳目，安可一一置信？但历史长河，朝代更迭，其兴亡之迹，却思之可得，令人惊心，促人警戒。这就是长诗的主旨，诗人的立意所在。前人论述《天问》时曾说："兹细味其立言之意，以三代之兴亡作骨。其所以兴，在贤臣；所以亡，在惑妇。惟其有惑妇，所以贤臣被斥，谗谄益张，全为自己抒胸中不平之恨耳。篇中点出妹喜、妲己、褒姒，为郑袖写照；点出雷开，为子兰、上官、靳尚写照；点出伊尹、太公、梅伯、箕、比，为自己写照。末段转入楚事，一字一泪，总以天命作线，见得国家兴亡，皆本于天。"（清林云铭《楚辞灯》）评论者认为《天问》的主导思想是宣扬"天命"，这是不正确的，实际上诗人是在天佑、天罚的外衣下，在认真地总结历史教训，这已如上述。

至于说诗中褒贬人物,评论兴亡,都是诗人有意地在影射自己和周围的人事,这也很难说,未必可如此拘泥。但是,历史本身往往有惊人的相似,确是事实。诗人屈原身当楚怀王朝,后妃干政,党人惑君,忠良被斥,国运日下。诗人追古思今,心中不能自平,"其意念所结,每于国运兴废,贤才去留,谗臣女戎之构祸,感激徘徊,太息而不能自已。故史公读而悲其志焉。盖寓意在若有若无之际"(清蒋骥《山带阁注楚辞·余论·天问》)。这应该是比较符合诗人的心态和用意的。

但是,诗人写长诗《天问》,其思想感情之所系,最终是在现实,是在楚国。当时,诗人因正道直言,不见容于朝廷,被斥在外,眼看楚王朝君昏臣暗,国事日蹙,大厦将倾,一场国破君亡的悲剧就要发生了。他独立于苍茫的天地之间,寻往事,思来者。在他看来,历代兴亡之迹,凿凿可鉴,而他所尽忠的楚王,却如此倒行逆施,毫无醒悟。于是他心情激越,在进谏无路,救国无门的情况下,他问天,问地,问历代人事沧桑,但他又失望地感到,他的喋喋多言又有谁会来听从呢?在诗的最后,诗人写道:

>　　薄暮雷电,归何忧?
>　　厥严不奉,帝何求?
>　　伏匿穴处,爰何云?
>　　荆勋作师,夫何长?
>　　悟过改更,我又何言?

诗中写天届薄暮,雷鸣电闪,天愁地惨,一场惊天动地的暴风雨即将来临了。这是诗人当时写作此诗时的情景,也应是诗人对楚国现实的感受。因此他说,已到这种地步自己放归而一去不返,还有何可怕的呢?楚王不知自尊和严于律己,只是求上帝又有何用呢?如今自己被斥在外,荒居独处,还能说些什么呢?楚国若不修内政,只一味兴兵打仗,国运怎能长久?楚王只要知道悔悟,改弦更张,我又有何可说?诗人在极端忧苦矛盾的心情之下,对君国仍表露出一片忠贞拳拳之心。最后,诗人用这样三句话结束了全诗:

>　　吾告堵敖以不长,
>　　何试上自予,

忠名弥彰?

这结尾的三句大意是说,我曾经告知过楚臣堵敖,任此君昏臣暗下去,楚之国运将不会长久,这本属我的告诫之言,怎知却将被我不幸而言中,结果使我落了个大大的忠名而已。屈复说:"犹言使国家得败亡之实祸,而使我得忠谏之虚名,痛愤极矣。"(《楚辞新注》)吴世尚说:"结言及此,可谓长歌当哭矣!"(《楚辞疏》)诗人的这一自嘲口吻,实包含了无限的辛酸血泪!

第三节 《天问》的独特形式与文学价值

综观长诗《天问》,它是一首以咏史为内容,而史与论兼备,情与理相融的作品。它的宏富的内容和对宇宙的探索、历史的反思,表现了诗人博大精深的思想和追求真理的精神,也表现了诗人企图挽狂澜于既倒,积极救亡的爱国热忱。而它在艺术上的独创,在中国诗歌史上更是绝无仅有。从体制的宏伟、风格的雄奇说,在屈原作品中,它可与《离骚》并驾,若鸟之双翼,若车之两轮;而其形式的奇特,结体的新颖,语气的奇崛,可以说更比《离骚》而过之。故被唐代诗人李贺曾赞许说:"《天问》语甚奇崛,于'楚辞'中可推第一,即开辟来亦可推第一。"(见明蒋之翘《七十二家评楚辞》)

长诗《天问》从首至尾全用问句结撰而成,这在诗歌史上确乎属于绝无仅有的奇特之作,以至被视为"不伦不类","不经不典",甚至被否认为"不是文学作品"。这当然是不正确的。因为无论从作品《天问》的主旨来看,还是从作品的形式和表现方式,以至震动人心的艺术效果来看,它无疑是文学作品;乃与长诗《离骚》一样,是一篇表达诗人理想、蕴涵炽烈感情的优异诗作,只不过其"创格"更为奇特而已。

长诗《天问》呈现了哪些艺术特色呢?

首先是深沉的理性思考与热烈的感情相结合。《天问》全诗完全由提问组成,从宇宙洪荒、天文、地理之事问起,继而又问人事,广涉夏、商、周三代历史,最后以问楚先和当代楚国现实作结,洋洋洒洒,无所不问,但细按其提问的方式和口气,又绝非是什么纯知识性的问答,即并非完全属于问所不知；而更多的是问所不信，问所不平，以至问所当知（即用提问方式，要人戒惧，要人警觉）。表现出诗人对自然、历史、社会深思熟虑后的一种质疑，一种见解，一种抒怀。

在对自然界现象所提的问题中，大多数是属于对前人学说的质疑，在一系列的质问中，蕴涵着诗人在进行某些理性思考后对前人成说的否定。如长诗一开头对"遂古之初"的提问，无疑是对当时流传的天地开辟前"混沌"说的否认。诗中"圜则九重，孰营度之"说天有九层，谁经营度量的？"斡维焉系？天极焉加？"说天像个大伞，用绳子系着不使坠落，那么它的中心轴又安放在哪里？这显然是对古代认为天有九重和以"盖天"说解释天体的不信和质疑。对于古代诸多自然神话传说的提问，也都表现出作者觉得"匪夷所思"，难以理解的困惑和怀疑态度。无疑这都是出于诗人理性思考后，满怀探求真理的热情，为寻求底里而涌动于内心的迫切发问，它带给我们的抒情主人公的形象，是一个满富挑战精神的智者的形象。

诗人在长诗《天问》中，对历代兴亡史的发问，是本诗的主旨所在，即以历史为明鉴，来警戒楚之有国者，改弦更张，以救亡图存。在这部分里，既包含着诗人对人类社会历史的深刻反思，正反两方面经验教训的总结，也倾注着诗人对历史上贤明政治、正义人物的仰慕和对昏君奸佞的挞伐，其爱憎分明的感情，充溢于字里行间。

在回顾历史的时候，对于一些有贡献而遭遇不幸的人物，对于那些除暴安良的明主，以及辅佐明主建功立业的贤臣，诗人是充满了同情心和赞美心的。如对于传说中鲧的不幸遭遇，诗中就是通过设问而寄予同情而代鸣不平的："鸱龟曳衔，鲧何听焉？顺欲成功，帝何刑焉？"对于商汤以贤相为辅佐，吊民伐罪，放逐暴君夏桀的正义之举，即大加赞扬："帝乃降观，下逢伊挚；何条放致罚，而黎服大说？"相反，对于迷于女色，惑于奸邪，颠倒黑白，赏罚不明的昏君，则通过设问予以揭露和怒责："彼王纣之躬，孰使乱惑？何恶辅弼，谗谄是服？比干何逆？而抑沉之？雷开何顺，而赐封之？"诗人对于历代兴亡作了深刻的思考，在他看来有许多历史教训是值得治国者认真反思的，由此，诗中在咏史中常常间以总结性、启迪性的发问，如论到殷的兴亡之后，则发问说："授殷天下，其位安施？反成乃亡，其罪伊何？"是说天授给殷天下，王位怎么又移给了周？殷之败亡，是因为犯下了什么罪过？论到齐桓公的被杀，诗人设问说："天命反侧，何罚何佑？齐桓九会，卒然身杀！"是启发后人所谓"天命"也是反复无常，并不可靠的，九会诸侯的齐桓公，当初不可一世，只因刚愎自用，信任小人，还不是终遭杀身之祸！另外，诗中还在历史的设问中，特别于诗的最后对于自己遭遇的自阅中，还间杂着一些感叹性语句，激人心潮起伏，难以自已。正是由于作品中饱含了诗人丰富、炽烈的感情，才使这首全以问语构成的诗篇，既有理性的思考，给人以智慧，启人以深思；又能摇人心魄，激发人的爱和恨、忧与愁，以及愤懑不平的诸多感情。

我们知道，文学的特性和作品的魅力，是由多种因素促成的，诸如形象、想象和情感等等，而情感又是更为基础的。一切优秀之作都是"为情而造文"（《文心雕龙·情采》），只有"情动于中"，才能"形于声""形于言"而感动人。罗丹说："艺术就是感情。"《天问》一诗全以问句结撰而成，又极含哲理，但它不是什么知识性提问，也不是纯哲理性说教，而是一篇满富感情的文学之作，是一篇激人情志、感人肺腑的长诗。从内容看，他有古神话的追记、宇宙万物的思考、历史的钩沉，但这一切又无不是经过作者感情的过滤，使"一切景语皆情语也"（此原论诗之情景交融，移论《天问》，亦可谓情事、情理交融），从而使我们读着《天问》长诗，就仿佛看到了一位满怀爱国热情和对君国家邦的强烈忧患意识，历尽坎坷而又报国无门的老人，仰视苍天，激愤而问，唏嘘而叹的情景。王逸所谓《天问》乃诗人"渫愤懑，舒愁思"之作，从全诗感情色彩来说，是不错的。诗人撰写《天问》既有借史陈见之意，也是咏史抒怀、自述悲愁之情，这就难怪同有坎坷命运的司马迁，在《史记·屈原贾生列传》中说，他读《天问》，也和读《离骚》《哀郢》《招魂》等一样为之感动而"悲其志"。黑格尔说："艺术应该通过什么来感动人呢？一般地说，感动就是在情感上的共鸣。"所以说《天问》的性质和成就，不只是理性的陈词，而是理性的思考与强烈的感情相结合，两相交融，而铸造了这篇"独步千古"的长诗。

其次，从形式看，《天问》长诗完全由问句出之，确为"创格"，但如果没有艺术思维的驾驭，就会质直、呆板、枯燥、浑然一片，以至让人难以卒读。而令人惊奇的是，《天问》这首由170多个问题组成的问语长诗，却完全不是这样。它通过不同语词的运用，不同句式的变化，使全诗诗句错落有致，疾徐相间，且一气充盈，独具风采。

古语问句需用疑问助词，诗人在《天问》诗中，根据不同的问义和语气的要求，把众多疑问词相间使用，据统计全诗所用的表疑词就有谁、孰、胡、几、安、焉、何、几何、何由、何所、何以、何如、何故、爰何、夫何、几何、伊何、惟何等等，而在疑问词的用法上，有的放在句首，有的"以""焉"等虚词相连用，以表顿挫和转折。在屈原的二十多篇楚辞作品中，《天问》是唯一不用"兮"字调的，而诗人却正是以这些虚词的相间运用，来增强诗句的节奏性的。

在句式上，《天问》以四字句为主干，属四言体，但它多达四分之一左右的句式，又打破四言，杂有三言、五言、六言、七言，以至八言等不同句式，这也使诗平添了语句的错落之美。

《天问》全诗以问句构成，而问式的变化，对全诗的艺术性则起着更大的作用。试举出一个片段：

  天何所沓？
  十二焉分？
  日月安属？
  列星安陈？

  出自汤谷，
  次于蒙汜，
  自明及晦，
  所行几里？

  夜光何德，
  死则又育？
  厥利维何，
  而顾菟在腹？

  女岐无合，
  夫焉取九子？

伯强何处？
惠气安在？

其问式依次表现为一句一问,四句一问,两句一问,又一句一问,读起来疾徐回环,而又气脉贯通。全诗的这种句式、问式的错综变化,再加上针对不同问题所负载的感情色彩——或探究质疑,或谴责讽刺,或同情赞美,或激昂热烈,或冷峻无情,从而构成了全诗的雄肆活脱、穷幽极渺的风格,并取得了奇气袭人的效果。故有人分析说:"《天问》情感喷发的强烈程度并不比《离骚》《九章》逊色。当然,由于《天问》的表达方式独特,因此它抒情的强烈程度,是通过作者宣泄情感、欲望的强烈程度和理性思考和深刻程度传达出来的。"(张宏洪《〈天问〉艺术研究》)这话是不错的。《天问》一诗,正是以其独特的形式,成为中国诗歌史上独步千古的杰作。

第五章　屈原的短篇抒情诗——《九章》

第一节　《九章》概述

《九章》是诗人屈原的一部短篇抒情诗集,它包括九篇作品。依王逸《楚辞章句》的次序是《惜诵》《涉江》《哀郢》《抽思》《怀沙》《思美人》《惜往日》《橘颂》《悲回风》。关于《九章》之名称,与《九歌》《九辩》借用古乐曲的名称不同,它是标明了实际篇数的。王逸曾解释说:"屈原放于江南之野,思君念国,忧思罔极,故复作《九章》。章者,著也,明也。言己所陈忠信之道甚著明也。卒不见纳,委命自沉。楚人惜而哀之,世论其词,以相传焉。"意思是说《九章》各篇皆为诗人屈原被放逐江南临近自沉时期的作品。章,是表明他的忠于君国之心,彰明卓著,毫无隐讳的意思。其实这个说法并不符合实际,从《九章》所收的九篇作品看,其内容所反映的并不都是屈原流放于江南的晚年生活。至于对《九章》题意的解释,也是曲义求深,并未见符合原义。按,《九章》即指九篇诗歌而言,古代诗歌一般都是入乐的,故每一篇诗(包括诗中的段落),也可以取义于"乐章"而称"章"。关于《九章》的写作情况和编辑,宋代朱熹认为"屈原既放,思君念国。随事感触,辄形于声。后人辑之,得其九章,合为一卷,非必出于一时之言也",这个说法是比较符合实际的。

《九章》中的作品,并不是屈原一时一地之作,它原是单行的散篇,后人因其皆为随事感怀之作,形式又皆属记事纪行的短篇,故辑为组诗,冠以《九章》之名。西汉初司马迁在《史记·屈原贾生列传》中曾列举《怀沙》《哀郢》等作品,但未见有《九章》之称。《九章》的名称最早见于西汉刘向文中,其《九叹·忧苦》篇云:"叹《离骚》以扬意兮,犹未殚于《九章》。"一般认为,《九章》是刘向最初编辑《楚辞》时加上去的。又今存《九章》中的作品,后人或认为其中有某些伪作屡入,但理由并不十分充分。

　　《九章》各篇因并非出于诗人一时一地所作,故其内容、风格也不一律。《橘颂》一诗,以拟人化的手法,歌颂了生于"南国"的橘树,有"深固难徙""秉德无私"的品性和美质,认为可以作为自己的师表。全诗情调开朗乐观,没有任何失意悲愤的情绪;形式上基本四言一句,"兮"字置于句尾,说明诗人所创造的"楚辞"体,这时还在探索和形成之中,故后人多认为此诗为屈原年轻时代的最早期作品。其他作品或作于楚怀王时期因谗被疏以后,或作于顷襄王时被放于江南,分别反映了诗人一生的悲惨遭遇和苦难历程。其写作的前后次序大致是《惜诵》《抽思》《思美人》《哀郢》《涉江》《悲回风》《怀沙》《惜往日》。

　　《惜诵》一诗为诗人于怀王朝被疏失位后不久所作。诗中首句谓"惜诵以致愍(病痛,指内心的忧苦)兮,发愤以杼情。"其诗题取此。惜,痛惜;诵,陈述、诉说:意思是以痛惜的心情诵说自己的忧愤。诗中说自己本一心为国,忠言直谏,却反而受到排挤而失位:"竭忠诚以事君兮,反离群而赘疣。""赘疣"指身体上的肉瘤。蒋骥注:"离群赘疣,盖在朝而无职,如赘肉之无所用而为人所憎也。"(《山带阁注楚辞》)诗中表白自己在朝廷任职时,一直是"先君而后身""惟君而无他",忠心耿耿为君国效力,不想却"羌众人之所仇",受到朝廷群小们的仇视,成了"招祸之道"。在陈志无路,"进号呼又莫吾闻"的情况下,他烦忧困惑,不知如何是好。诗人说他曾梦游天庭,问卜吉凶,想高飞远走或变节从俗,但终以"志坚而不忍",因守志坚定而不忍那样做。全诗既写激愤的心情,又写被迫失位后进退两难的困境。

　　《抽思》一诗中说"有鸟自南兮,来集汉北",从而可知是屈原被疏去职后退居汉北时所作。诗题《抽思》出自篇中"少歌"的首句"与美人抽思兮,并日夜而无正"。美人,指楚怀王。抽,绀绎,引发;思(一作"怨"),情思,怨情,意谓向楚王倾诉自己的怨情。诗人在诗中追忆了在朝时的往事,指责怀王信谗而多怒,不明自己的心迹。于结构上又有"少歌""倡""乱辞"三个部分。其分别写怀王傲慢无礼,骄傲自专,不听善言;自己流落在外以来,日夜怀念郢都,又无人代达衷情;最后写由汉北南行,愁苦无告,聊作此诗以自我排遣忧愁。

《思美人》一诗其题义出自诗篇首句:"思美人兮,擥涕而伫眙(伫:伫立,久久站立;眙:凝望——引者)。"美人,指楚怀王,此诗亦为诗人被疏后所作。诗写诗人遭谗被毁离开朝廷后,烦冤愁苦,欲向楚王通问以表心迹而不能;欲变节从俗,又觉得有愧于初衷本志而不肯,从而只得兀自逍遥娱乐,修身以待时。诗中表现了屈原思国情笃,而报国无门的苦闷。诗中还以香草美人为喻,象征自己的高洁和对楚王的希冀和恋念,一腔苦衷,低回往复,感情深挚。

以上三篇的创作时间和背景与《离骚》同,从内容看,主要是写对已往经历的追溯和身遭挫折后的思想矛盾和斗争过程。其情虽烦冤愁苦,但仍企图自适自遣;对楚王虽有谴责,但仍觉得其或有改悟的一天;对自己的前途虽感到十分失意,但并未完全绝望。故惜、思之情,在这些诗中还一直占着主导地位。

《哀郢》一诗一开始就说"民离散而相失兮,方仲春而东迁",篇中又有叙及郢都破灭的话"曾不知夏之为丘兮,孰两东门之可芜",可知乃作于顷襄王二十一年(前278)秦将白起攻克郢都(楚国都,今湖北江陵)之时。当时楚王仓皇东迁,退保陈城。百姓四散逃亡,举国震惊,屈原亦厕身其中,"去故乡而就远兮,遵江夏以流亡"。在百感交集中诗人以血泪写下此诗。《哀郢》即哀悼郢都之沦亡的意思。

《涉江》与《悲回风》都是屈原在顷襄王时放逐于江南所作。游国恩认为:"《涉江》是顷襄王二十一年以后,屈原溯江而上,入于湖湘时作。从篇中的地名和时令看来,它是紧接着哀郢而来的。例如《哀郢》'背夏浦而西思',《涉江》于将济江湘时则说'乘鄂渚而反顾'。夏浦即今汉口,鄂渚即今武昌。《哀郢》沿江而下,涉江而上,都必须经过夏浦、鄂渚。又如《哀郢》以仲春东迁,《涉江》则欷秋冬之绪风,这也是紧相衔接的。但屈原入湖之后,更上沅水,至辰阳,入溆浦,已是山穷水尽,不能再走了。"(《楚辞论文集》)《涉江》一诗主要叙写诗人渡江而南,独处于深山中的情景,故以《涉江》名篇。此诗真实地记写了屈原放逐于江南时的苦难生活。《悲回风》一诗首句谓“悲回风之摇蕙兮，心冤结而内伤”，标题取此。回风，即摧折草木的旋风，用以比喻恶势力，全诗叙写了朝廷群小对自己的迫害。《悲回风》的具体写作时间难以确定，但从诗中“岁忽忽其若颓兮，时（指生命的时限）亦冉冉而将至。薠蘅槁而节离（枝离叶落）兮，芳已歇而不比”的诗句看，诗人屈原此时当已接近衰老之年。此篇与《九章》中其他篇章的不同是通篇抒情而很少叙事。其感情的基调是哀怨、孤独、彷徨。诗以独白的口吻，感时伤物，由物及人。诗中又多用双声叠韵联绵词如“仿佛”“惆怅”“相羊”“逍遥”和“邈漫漫”“缥绵绵”“愁悄悄”“翩冥冥”等等，极大地增强了节奏感和音乐性。后世宋玉的《九辩》一诗在抒情艺术上正是对此有所师承的。

《怀沙》与《惜往日》都是屈原临近自沉之前所作，表达了诗人在极端困厄中，在沉冤莫申、国亡无日，而又进谏无路、已无可为的情况下，从容赴死的决心。

《怀沙》一诗的命意最早多解释为“怀抱沙石以自沉”（朱熹《楚辞集注》）。后又多被解释为“怀念长沙”，并说“长沙”是楚始封之地，故怀念之。其实将“沙”等同于“石”并不妥当；而说长沙为楚之故地，也于史无征。明汪瑗《楚辞集解》则曰：“怀者，感也；沙，指长沙。题《怀沙》云者，犹《哀郢》之类也。”按怀，即有感于怀，或伤怀的意思。《怀沙》即伤怀于长沙。这从诗歌开端“伤怀永哀兮，汩徂南土”之语，亦可得到佐证。至于为什么伤怀于长沙，则于诗人写作此诗的时和地有关。游国恩曾对此解释说：“这要从《涉江》说起。根据《涉江》所记，屈原已经上溯沅水，到了辰阳，进入溆浦万山深处，‘劳苦倦极’，很想休息一下，谁料不久秦兵压境，攻占了楚国的巫郡与江南，置黔中郡。黔中即辰溆一带之地。屈原不甘死于敌手，乃复下沅水，涉洞庭，稍折而南，至长沙汨罗江而死。所以题其篇曰《怀沙》，与《涉江》《哀郢》同为纪实之词。”（《楚辞论文集》）

《怀沙》一诗开首说“滔滔孟夏兮，草木莽莽。伤怀永哀兮，汩徂南土”，写时值初夏时节，诗人以戴罪之身，仓皇凄苦地奔波于草木丛生、荒无人烟的南土。他感到前途茫茫，不胜伤怀（按传说诗人是以夏历五月初五投水自杀，不是全无根据）。诗人又写他身处于“变白以为黑兮,倒上以为下"的是非颠倒的黑暗之世,虽"怀瑾握瑜兮,穷不知所示",意谓自己虽有匡世救国之才,却处于穷困境地,不得施展;"怀质抱情,独无匹兮",虽满怀着忠贞之志爱国之心,却孤立无援。他自叹怀才不遇,生不逢时,这一感愤虽然是一直有的,但此时他已感到特别绝望,说"伯乐既没,骥焉程兮",伯乐已死,还有谁能识别良马?"世溷浊莫吾知,人心不可谓兮",时世浑噩,人心叵测,不会再有相知之人了。在公私交迫(国运日暮途穷,己身洗冤无望)沦于绝境之下,诗人只有走向死亡。他宣称"定心广志,余何畏惧兮","知死不可让,愿勿爱兮"。为了谨守"初志",他决不吝惜生命,他对于死已无所畏惧,诗人此时的心境既凄恻又坦荡,既激越又从容,诗人之死无疑是对黑暗现实的最后抗争。

如果说《怀沙》一诗表达了诗人死意已决,那么《惜往日》则是屈原的绝笔,是他的一首最后的述志诗。《惜往日》取自诗之首句"惜往日之曾信兮,受命诏以昭时"。惜,痛惜;往日,从前的时日,这里指屈原曾被怀王信用的日子。明汪瑗《楚辞集解》:"往日,指向任用之时也。"具体地说就是屈原曾为怀王左徒的时候。

《惜往日》一诗的主要特点,是诗人通过对自己早年的政治活动的追忆,重申了自己的政治主张和功败垂成的经过。诗一开始就说:"惜往日之曾信兮,受命诏以昭时。奉先功以照下兮,明法度之嫌疑。国富强而法立兮,属贞臣而日娭。"意思是说,想当初自己曾备受楚王的信任,受命颁布诏书以改革时政;其具体内容就是"明法度",图富强,以使"贞臣"(廉洁正直之臣)在位掌权,国君得以无忧。我们知道,战国时代,历史的发展已处于全国趋于统一的前夕。这时诸侯各国,均纷纷实行变法,以挽救国危,图谋富强。楚国于楚悼王时,就曾任用吴起策划变法,并一时取得很大成绩,但终以悼王早逝,旧贵族势力的反扑,而未能成功。上述诗句中的"奉先功(继奉先王的功业)"云云,正是指此。但是不幸的是诗人屈原所参与的这次紧关楚国命运的变法,也因"遭谗人而嫉之"和君王的不辨是非,"信谗谀之溷浊"而流于破产。而诗人也并因此而身遭迫害,失位被迁。屈原在毕命之前之所以又重申这段经历,是因为这不仅是诗人一生命运的转折点,同时也是楚国命运的转折点。

诗人在痛惜这次变法的失败和自己的不平遭遇和莫大的冤情以后,他指责楚国当前的统治者任私无法,已完全误入歧途:"乘骐骥而驰骋兮,无辔衔而自载。乘氾泭以下流兮,无舟楫而自备。背法度而心治兮,辟与此其无异。"意谓完全背离法度而只凭个人好恶、一己意志去治理国家,这无疑是等于骑在快马上奔驰而没有御马的缰绳,在急流中行船却不具备船桨,岂不危亡之日可待?联系诗歌起始所说,诗人总的意思是在表明,刷新政治,"明法度",乃是楚国富强图存的出路;而背法度,任"心治",则必会遭殃。而楚国却恰恰失去了这一历史际遇,走上了悲剧的道路。这是诗人虽死也难以瞑目的。清代学者钱澄之在《庄屈合诂》中说:"《惜往日》者,思往日王之见任而使造为宪令也。始曰'明法度之嫌疑',终曰'背法度而心治',原一生学术在此矣。楚能卒用之,必且大治,而为上官所谗,中废其事,为可惜也。原之'惜',非惜己身之不见用,惜己功之不成也。"这是十分有见地的。

全诗最后说:"宁溘死而流亡兮,恐祸殃之有再。不毕辞而赴渊兮,惜壅君之不识。""恐祸殃之有再",是指诗人之死有更加深刻的原因。朱熹说"不死则恐邦其沦丧而辱为臣仆"(《楚辞集注》),意谓不死将畏恐做亡国之民。姜亮夫对此更具体分析说:"盖顷襄昏暗,秦之见欺者日益加甚,家国飘摇,恐其不保,则屈子既辱于小人之谗害,或且将再辱于亡国之惨痛,此再辱之耻,宁能更忍,故曰'宁溘死而流亡矣。'"(《屈原赋校注》)是知诗人之死既殉于志,又殉于国,崇高而悲壮,千古之下,令人无限痛惜、景仰!

屈原的《九章》之作,与诗人的《离骚》《天问》等诸作不同,它写作于不同的时间和地点,时间跨度很长,因此,其所表现的思想内容和风格也不尽一致。《橘颂》为诗人早年的咏物述志之作;《惜诵》《抽思》《思美人》为诗人于怀王时期被疏去职时所写,虽语意悲怨,但多有眷恋不舍之情,风格则含蕴深婉,低回缠绵。《哀郢》《涉江》为诗人于顷襄王时再次遭谗被冤,流放于江南之作,国危势迫,频历艰险,感情悲愤,辞旨激越无讳。《悲回风》《怀沙》《惜往日》作时已届诗人晚年,虽壮志不减,但已濒于绝望,在感愤难抑中,多悲心唏嘘之言,凄音苦节,裂人肺腑。故《九章》中的各篇作品,实表现了诗人一生中每一阶段的生活经历和思想感情,是诗人平生遭际之印证。

从思想内容说,《九章》诸作均为政治抒情诗,与《离骚》同。但《九章》中的作品除少数片段外,采用幻想、夸张的手法较少,主要是纪实之辞。清代陈本礼在分析《九章》这组诗时说:"盖《离骚》《九歌》犹然比兴体,《九章》则直赋其事,而凄音苦节,动天地而凄鬼神,岂寻常笔墨能测?朱子浅视《九章》,讥其直至无润色。而不知从蚕丛鸟道巉岩绝壁而出,而耳边但闻声声杜宇啼血于空山夜月间也。"(《屈赋精义》)《九章》各篇主要是用直接倾泻的方法来表达其复杂的心曲和凄苦的忠怨之情,所谓"直而激,明而无讳",但以其内容的悲剧性和感情的真实性,读之每裂人肺腑,催人泪落。《九章》的语言亦十分生动精妙,工于抒情。篇章结构跌宕有致,语气随着诗人感情的起伏而变化,有时激情澎湃,有时凄苦低吟,有时缠绵悱恻。往往一首诗中,也不断起伏变化,犹如江流河涌,有浪峰也有波谷,有平缓也有陡峭。诗人感情的节奏,形成了诗歌内在的节奏,而深深打动着读者。刘勰在《文心雕龙·辨骚》中,曾对屈原作品的艺术造诣作了这样的评论:"故其叙情怨,则郁伊而易感;述离居,则怆怏而难怀;论山水,则循声而得貌;言节候,则披文而见时。"这虽是就屈原的整体创作说的,但这些成就和特点,则更充分体现在诗人的《九章》诸作中。因为诗人的《离骚》《九歌》等作品,多以瑰丽奇幻为其主要特点,而只有《九章》纯属于摹物纪实、感怀伤情之作,更能体现出刘勰所高度评价的艺术特征。

第二节 《九章》作品研读

《橘颂》

"橘"是长江流域楚地的特产,"颂"是歌颂或颂赞的意思。从文体说,这是一首咏物诗。它以拟人化的手法,对橘树斑斓夺目的外表和坚定不移的美质作了热情的歌颂,认为它可以作为自己的师表,实际上是诗人对高尚人格的肯定和歌颂,也是诗人对自己理想的抒写。根据《橘颂》所写内容比较单一、篇幅短小、以四言形式为主、风格明快、情感乐观来看,应属于诗人的早期作品。屈原在诗中首先赞美橘树是天地间的"嘉"树,"嘉"在何处呢?那就是"受命不迁","深固难徙",它生长在"南国",就扎根于自己的故土,难以再把它移栽到别处去。据传说,橘生于南方而不能移栽,过淮河就变为枳,而失味。显然,这里寄托了诗人自己眷恋故国乡土的情怀。不仅如此,诗人还接着赞颂了橘树有"廓其无求"(心怀广大,没有世俗的追求)、"苏世独立,横而不流"(清醒地独立于世上,绝不随同流俗)和"秉德无私"(坚持美德,毫无私念)等各种美质,因而诗人表示要以橘树作为良师益友和学习的榜样。很明显,诗人是把橘树作为一种高尚人格的象征,把橘树的某些特质和诗人自己的品格、理想结合起来,寄自己的情志胸怀于橘树的形象之中,诗人颂橘,也正是自颂。这首诗立意高远,构思巧妙,语言优美,对后世咏物诗很有影响。

> 后皇嘉树,橘徕服兮。
> 受命不迁,生南国兮。
> 深固难徙,更壹志兮。

诗以赞称橘为"嘉树"开端,而"嘉"在什么地方呢?这正好为铺写全诗开启了文思,铺垫了文路。这一开篇,貌似平平,实含有很高的诗艺技巧。

诗人首先赞颂的是橘的"受命不迁","深固难徙",清代钱澄之解释说:"受命不迁,得之于天也;深固难徙,存乎志也;惟有志乃能承天。"(《庄屈合诂》)即是说橘生于江南,不可迁徙,乃是它受命于天的固有美质和本性;而扎根深厚,不可移易,则又是它守志坚毅的结果。这里的意思正可与诗人在长诗《离骚》中的自叙"余既有此内美兮,又重之以修能"相比读。作者在这里表面上在咏橘、颂橘,实际上在托物自况,借橘抒发了自己的宗国之情和乡土之恋,并为自己生于楚,长于楚,义不容去国的思想,立下宏志美范。

> 绿叶素荣,纷其可喜兮。
> 曾枝剡棘,圆果抟兮。
> 青黄杂糅,文章烂兮。
> 精色内白,类任道兮。
> 纷缊宜修,姱而不丑兮。

此节全力咏橘,赞颂橘树叶绿花洁,枝茂果圆。内外修美,文采斑斓,即从花叶、枝干、果实等内外各个方面描写橘树,说它是那么美好而不同于凡俗。从文字所描摹看,确颇符合橘之物象,是在咏物,然细绎所咏赞的方方面面,实乃语含双关,有诗人自己的形象在,即充满了对内美外修之人格的赞颂和自矜自许。

> 嗟尔幼志,有以异兮。
> 独立不迁,岂不可喜兮?
> 深固难徙,廓其无求兮。
> 苏世独立,横而不流兮。
> 闭心自慎,终不失过兮。
> 秉德无私,参天地兮。

此节结合颂橘,而意在明志,其主要落点在借橘的某些自然本性特征来彰显节操,颂扬一种"无求""不流"和"秉德无私"的高尚品格。故此节可与诗人他篇的有关诗句参读。如"忽驰骛以追逐兮,非余心之所急"(《离骚》),即"廓其无求";"鸷鸟之不群兮,自前世而固然。何方圆之能周兮,夫孰异道而相安"(同上),即"苏世独立,横而不流";"民生各有所乐兮,余独好修以为常"(同上),即"闭心自慎,终不失过"。林云铭《楚辞灯》云:"看来两段中,句句是颂橘,句句不是颂橘,但见原与橘分不得是一是二,彼此互映,有镜花水月之妙。"此节以橘自况,借物言志,托物寄情,浑然一体,比上一节更明显,更深入一步。又此节以"嗟尔"感叹语领起,又用"岂不"反问语,"终不"肯定语穿插,从而增加了浓厚的感情色彩。

> 愿岁并谢,与长友兮。
> 淑离不淫,梗其有理兮。
> 年岁虽少,可师长兮。
> 行比伯夷,置以为像兮。

先说"长友",继说"可师",尊敬之情递增,以示守节之心更坚,最后提出以伯夷为榜样,以砺己志;不仅有乡土情怀,更有以死报国之信念,"伯夷饿死,亦以独立不迁,为志者也"(钱澄之《庄屈合诂》)。

按《橘颂》一诗作于诗人的青少年时代,是现存屈原作品中最早的一篇,同时也是一篇重要的明志之作。林庚曾对它做了这样的评论:

"《橘颂》所说的'苏世独立',王逸注:'苏,寤也。'这醒觉精神所以正如一流清丽的山泉便发挥为《离骚》的长江大河。《橘颂》说:'嗟尔幼志有以异兮。'又说:'年岁虽少可师长兮。'《橘颂》因此更使人相信其为屈原少年时期的作品。其实这少年非特是一个时期,而且正是永久的精神。《涉江》说:'余幼好此奇服兮,年既老而不衰。'屈原的精神终身都是少年的,那便是一种纯洁的向往,一种不屈的信念。《楚辞》因此永远带着年青人的生命成为诗坛崇高的典式。"(《诗人屈原及其作品研究·〈说橘颂〉》)按《橘颂》的重要意义,正在于它表达了诗人初始的,也是一生的向往,如最为人所感动的那种思乡恋土的爱国情结,廓其无求的无私品德,横而不流的人格保持,闭心自慎的好修精神,一直贯穿了他的一生,也几乎渗透到诗人一生的作品之中。

另外,《橘颂》这首诗也是中国诗史上出现最早也最为成功的一首咏物诗。讲咏物诗,有"不即不离"的说法。咏物,以所咏之物为对象,要与所咏之物相切合,即所谓"不离";但又不能局限于所咏之物,要借物见志,以物咏怀,即所谓"不即"。本诗借物自喻,正做到了这一点。诗中"受命不迁"一语,是全诗的主旋律,不迁于志,不流于俗,不离于国,"橘之可颂在此,原之以橘自拟亦在此"(钱澄之《庄屈合诂》)。从诗史上讲,此诗亦开我国咏物体诗之先河。

《哀郢》

此诗作于顷襄王二十一年(前278)秦将白起攻克郢都(楚国都,今湖北江陵)以后。当时楚王仓皇东迁,百姓四处逃亡,屈原百感交集,写下了这篇哀歌。"哀郢",谓哀悼郢都之沦亡。诗歌开头描写了郢都百姓因避难而四散逃亡的慌乱景象。继而写诗人离郢时对故都的系念和国破家亡的悲哀,并对楚统治集团误国的罪行加以揭露和批判,结尾则以"鸟飞反故乡兮,狐死必首丘"的诗句,表达了诗人至死不忘故都的深挚的感情。全诗紧扣"哀"字展开,并多用呼告、感叹句,词悲情烈,裂人心肺,深刻地表达了诗人的爱国情怀。

皇天之不纯命兮,何百姓之震愆。
民离散而相失兮,方仲春而东迁。
去故乡而就远兮,遵江夏以流亡。

> 出国门而轸怀兮,甲之晁吾以行。

　　国都失陷,举国逃亡,这对于楚人楚国来说,真乃是一场石破天惊的大变故。故诗人一开始即情急呼天,激奋地向天问罪,但天意难知,祸出有因,故实际上正是向当时昏聩的楚国统治者问罪。"何百姓之震愆",犹言苍生何辜,竟遭此巨大祸殃？诗一开端,就表现了诗人极大的悲愤之情。下写其时之乱象,只"民离散而相失"一语,足以写出当时大祸临头,众百姓四散逃亡时的惨境。"方仲春而东迁",春日来临,乃是百姓安居乐业,计划一年生计的和乐时光,不想竟遭受此妻离子散之大灾难。"方仲春"之"方"字,亦正表现出诗人对此情此景的无奈、怨愤和不平。

> 发郢都而去闾兮,怊荒忽其焉极？
> 楫齐扬以容与兮,哀见君而不再得。
> 望长楸而太息兮,涕淫淫其若霰。
> 过夏首而西浮兮,顾龙门而不见。

　　以上写诗人发郢离开乡里时的心情。"怊荒忽",犹言恍恍惚惚,心神不定,不知所云,写创痛之大,难过已极。"焉极",是说何处是终点,哪里是归宿。逃亡者非比一般出行,行无定处,心无定准,正细微地写出了此时诗人的一片痛苦、茫然的心态。下文写船往前行,身已离郢,而心不舍,故而"望长楸""顾龙门",正所谓一步一回首,步步生哀。

> 心婵媛而伤怀兮,眇不知其所跖。
> 顺风波以从流兮,焉洋洋而为客。
> 凌阳侯之泛滥兮,忽翱翔之焉薄？
> 心絓结而不解兮,思蹇产而不释。

　　"洋洋为客,一语倍觉黯然。"(唐李贺语)当时楚国的情事是"当顷襄二十一年,(秦)又攻楚而拔之,遂取郢。更东至竟陵,以为南郡,烧墓夷陵。襄王兵散败走,遂不复战,东北退保于陈城,而江陵之郢,不复为楚所有矣"(汪瑗《楚辞集解·哀郢》)。楚国楚人,生于此,长于此,祖先陵墓葬于此,如今国破家亡,四处流浪,故"洋洋为客",实黯然神伤之语。李后主(煜)国亡后有"梦里不知身是客"之句,或由此来。

> 将运舟而下浮兮,上洞庭而下江。
> 去终古之所居兮,今逍遥而来东。

关于"下浮""上洞庭而下江",历来有不同注释,惟沈祖緜云:"以舟向前曰上,船尾居后曰下,此行舟者习惯语。"(《屈原赋辩证》)简明可取。"去终古之所居",热爱世代繁息的故国、故土,是爱国思想的深刻内容。此使人想起近代著名诗人艾青在抗战时期爱国诗篇的名句:"为什么我眼里常含着泪水,因为我对这土地爱得深沉!"古今爱国者有着相通的情感。

> 羌灵魂之欲归兮,何须臾而忘反。
> 背夏浦而西思兮,哀故都之日远。
> 登大坟以远望兮,聊以舒吾忧心。
> 哀州土之平乐兮,悲江介之遗风。

身离故都,而灵魂欲归;行已过夏浦,而思绪西飞。"上二句言梦寐之频,下二句言思归之甚。惟其思之甚,故梦之频也"(汪瑗《楚辞集解》),"哀故都之日远",愈行愈远而愈思,身不能返,而梦魂仍不离故都左右,读之真堪催人泪下。接着说"登大坟以远望兮,聊以舒吾忧心",但远望岂可当归?聊以自我宽慰一下而已。则愈见其难离难舍之心。

"哀州土"二句,所谓风景不殊,而心情两样。眼见平乐国土,淳朴民俗将遭蹂躏,故而触目生悲,哀不能禁。清蒋骥云:"州土平乐,江介遗风,皆先世所养育教诲以贻后人者,故对之而愀然增悲焉。"(《山带阁注楚辞》)

> 当陵阳之焉至兮,淼南渡之焉如?
> 曾不知夏之为丘兮,孰两东门之可芜?
> 心不怡之长久兮,忧与愁其相接。
> 惟郢路之辽远兮,江与夏之不可涉。
> 忽若不信兮,至今九年而不复。
> 惨郁郁而不通兮,蹇侘傺而含戚。

上文说"眇不知其所蹠",再说"忽翱翔之焉薄",此又说"淼南渡之焉如",即往南渡过茫茫大水,又向哪里去呢?其意均在表明逃亡之人,茫茫然无所归宿之感。

"曾不知",犹言简直想不到,是对灾难之深重表示心惊。"夏之为丘""东门之可芜",犹言昔日的宫室、城郭皆将遭受敌人秦军的践踏,变为废墟,一片荒芜。清贺贻孙称此二句"忽作危语,痛极!盖屈子知郢将亡,预作麦秀之忧,忧及夏屋!又忧及东门,其忧深矣"(《骚筏》)。"'夏丘'二语,尤觉惨绝。"(《楚辞评林》引焦弱侯语)

    外承欢之汋约兮,谌荏弱而难持。
    忠湛湛而愿进兮,妒被离而鄣之。
    尧舜之抗行兮,瞭杳杳而薄天。
    众谗人之嫉妒兮,被以不慈之伪名。
    憎愠惀之修美兮,好夫人之慷慨。
    众踥蹀而日进兮,美超远而逾迈。

上文哀郢都之沦陷,此则进而揭示造成如此国家大难之根源。小人外饰媚态以承君欢,忠悃厚重之人,欲尽其才智而谋国,却被排斥,政焉能不乱,国焉能不亡?诗人在陈述自己被群小所嫉的遭遇时,还特举出尧舜亦曾无辜被诬的事,说像历史上尧舜那样德高及天的人,亦曾被小人们所诬,可知历代小人们都是如何的奸邪狡猾、心术不正。此节诸多用词上都很具表现力,如用汋约,形容佞臣的媚态;湛湛,状忠义之士的厚重深沉;杳杳,形容高远;踥蹀,形容群小相携竞进的样子:皆十分形象生动。

    乱曰:曼余目以流观兮,冀一反之何时?
    鸟飞反故乡兮,狐死必首丘。
    信非吾罪而弃逐兮,何日夜而忘之?

这末章的结语,也是诗人凄苦心语。郢都陷落,国将不国;自己更蒙冤被逐,"冀一反之何时?"从而诗人哀叹己身生不如鸟,死不如狐,曼目流观,前途茫茫,真有一恸而绝之意。"读至此,节愈促,情愈哀矣!"(清贺贻孙《骚筏》)

《哀郢》是一篇诗人哀痛国破流亡的纪实之作。

首叙郢破,百姓流离失所之哀;次叙离故都日远,步步怀思之哀;再叙党人祸国、己身长期被逐、回归无日之哀。可谓事事刺心，步步生哀。"《哀郢》于《九章》中最为凄婉，读之实一字一泪。"（《楚辞评林》引蒋之翘语）司马迁举屈原作品，将《哀郢》与《离骚》《天问》和《招魂》并列，视为诗人之重要代表作品，并称"悲其志"（《屈原贾生列传》），即悲其忠于君国、嫉邪悯民的情志。明黄文焕云："通篇分三段，开章至'东来'，言出国门之愁；'灵魂'至'含感'，言回思之愁；'承欢'至'逾迈'，痛恨党人被其生离之愁；末乃以求得归死为结局，眸开不得见故乡，目瞑尚及返故土。"（《楚辞听直》）又近世梁启超谓此篇"任凭是铁石人，读了怕都不能不感动哩！"（《饮冰室全集·屈原研究》）可知诗人《哀郢》一篇一恸千古！

《涉江》

屈原《九章》中的一篇。诗人晚年流放江南时作，篇中着重记述了诗人渡江而南，浮沉水西上的历程和心情，故名《涉江》。诗篇具体叙写了他这次被放逐的地区和所行的路线，即渡江后，经过鄂渚（今湖北武昌），至洞庭湖地区；然后又上沅水西行，经枉陼（今湖南常德）、辰阳（今湖南辰溪），入溆浦（今湖南溆浦），独处于深山之中。这是有关诗人晚年被流放所经历地区的一项重要史料。诗人所达到的流放地区是十分僻远、荒凉的，但诗人却表现出"苟余心其端直兮，虽僻远之何伤"的矢志坚持理想、决不屈服的无私无畏精神。本篇为纪实之作，但在诗的开端却采用浪漫主义手法，极写他的苦闷和欲忍不能的感情，表示他既不被污浊黑暗的社会所了解，则将"高驰而不顾"，幻想自己将乘龙驾马，去寻古帝重华（帝舜）同游于天上，以至"与天地兮同寿，与日月兮齐光"。全诗塑造了一个光明正大、执着不阿的爱国者的形象。他失去家国、戴罪远行，虽在这无情的打击面前，却始终眷恋祖国、坚持理想，自觉地承担了悲剧性的命运。他的遭际是凄苦的，但他的感情却是崇高悲壮的。诗中感情起伏，回旋激荡，动人心弦。

　　　　余幼好此奇服兮，年既老而不衰。
　　　　带长铗之陆离兮，冠切云之崔嵬。
　　　　被明月兮珮宝璐。
　　　　世溷浊而莫余知兮，吾方高驰而不顾。

此节写诗人蒙冤被逐，独自跋涉于僻远荒凉、瘴疠雾毒的深山老林之中,处境十分凄苦。但诗却以奇兀之笔开端,是其所是,我行我素,壮写人生。"奇服,奇伟之服,以喻高洁之行,冠剑被服皆是也。衰,懈也。"(朱熹《楚辞集注》)自幼至老,好此奇服不衰,即《离骚》所谓"独好修以为常",自尊自爱,崇尚高洁,一如既往,始终不变。这是诗人对理想的执着,也是对苦难的挑战。"吾方高驰而不顾",清钱澄之云:"自写其高视阔步,岸傲一世之状。"(《庄屈合诂》)

> 驾青虬兮骖白螭,吾与重华游兮瑶之圃。
> 登昆仑兮食玉英,
> 与天地兮同寿,与日月兮齐光。

此节是说诗人身虽陷于僻远,却难限其精神自由。登昆仑,食玉英,与重华同游,足以鄙视尘俗;与天地同寿,与日月齐光,黑暗终将沉沦,光明磊落者终将不朽,这是诗人的自信、自负,也是他的清醒、崇高和伟大的地方。

> 哀南夷之莫吾知兮,旦余济乎江湘。
> 乘鄂渚而反顾兮,欸秋冬之绪风。
> 步余马兮山皋,邸余车兮方林。
> 乘舲船余上沅兮,齐吴榜以击汰。
> 船容与而不进兮,淹回水而凝滞。
> 朝发枉陼兮,夕宿辰阳。
> 苟余心其端直兮,虽僻远之何伤!

此节写南行路线,历历分明,一方面表现长途劳瘁之情景,一方面抒写去国日远之心情,诗中写忽而陆行,忽而水程,其舟车劳顿可知;又说"反顾""容与""凝滞",表现了孤臣去国,回首难进,步步生哀的情状。"何伤"一语,旧说谓"自解之词",是自我宽慰语,恐非是。此句应与《离骚》中"岂余心之可惩"同义,犹言虽被投身荒远,其端直之心不可改,故云"何伤"。

> 入溆浦余儃佪兮,迷不知吾所如。
> 深林杳以冥冥兮,乃猿狖之所居。
> 山峻高以蔽日兮,下幽晦以多雨。

> 霰雪纷其无垠兮,云霏霏而承宇。
> 哀吾生之无乐兮,幽独处乎山中。
> 吾不能变心而从俗兮,固将愁苦而终穷。

溆浦处崇山峻岭、深山老林之中。此节写诗人入浦之后又入林,入林之后又入山,山高林深,历尽恶境,"迷不知吾所如",已不知行将何往,身在何处。"迷"字,道出其时身心失所之状。下文描述了放逐之地的荒僻险恶环境:山林幽深,气候恶劣,渺无人烟。谓"乃猿狖之所居",即非生人之所宜居,对人来说已至绝境矣。"吾不能变心而从俗兮,固将愁苦而终穷","固"字,说明遭此穷途,并非出其所料,所谓"余固知謇謇之为患兮,忍而不能舍也"(《离骚》)。此乃说既不能变心从俗,知必会罹此后果;然又绝不妥协,这是只有抱有"九死不悔"之气节者方能做到的。杨胤宗《屈赋新笺》评说云:"溆浦处重山深林之中,云岚雨雪,瘴疠雾毒,非人所宜居处,而原贬此,深山茅屋,载离寒暑,日处于阴惨岑寂之中,渡其非社会之人生。天高地远,郁荒独哭,其与朝廷恶势力斗争,已至援绝而矢穷,然终不肯降服也。"即通过绝境,而表现出诗人绝不屈服之性格。

> 接舆髡首兮,桑扈裸行。
> 忠不必用兮,贤不必以。
> 伍子逢殃兮,比干菹醢。
> 与前世而皆然兮,吾又何怨乎今之人!
> 余将董道而不豫兮,固将重昏而终身!

此节是说君昏政暗,小人猖獗,忠良遭害,贤臣被弃,乃自古皆然,何足怨怪?这是自我宽解语,也是愤世语。"余将董道而不豫兮,固将重昏而终身",明知前途悲惨,而仍守正不移,终无反悔。诗人之刚毅性格可见。

> 乱曰:鸾鸟凤皇,日以远兮。
> 燕雀乌鹊,巢堂坛兮。
> 露申辛夷,死林薄兮。
> 腥臊并御,芳不得薄兮。
> 阴阳易位,时不当兮。

> 怀信侘傺,忽乎吾将行兮。

　　此借物陈词,比兴见意。首二句言楚王愚暗,谗佞当道,仁贤远去,国将不国矣。中二句言污贱并进,而芳洁之士见弃于朝,不容于世。这是诗人对楚国社会现实的愤怒揭露,也是表明自己遭逢不幸的原因。"怀信侘傺,忽乎吾将行兮。"王逸云:"言己怀忠信,不合于众,故怅然住立,忽忘居止,将遂远行之它方也。"(《楚辞章句》)远行何方?诗人未明言,戛然而止。然诗人之失意侘傺,窘困烦乱之情可知。

　　《涉江》一诗记写了诗人晚年被放逐生活中最凄苦的一段经历,但诗中所洋溢的情绪,却是不屈服的。诗中所表现出来的诗人那种艰苦卓绝、矢志不渝、有进无退的精神,是如此的动人心弦、感人肺腑。"这是一篇线索明了、水陆并行的游记,也是一篇悲愤凄怆、见景生情的苦难历程记,更是一篇诗人上下求索、宁折不弯的行记。"(周建忠《楚辞考论》)在艺术手法上,它与《九章》中其他诸作亦有异,其虚实相生,大胆想象,比兴兼用近于《离骚》。崇高的思想,悲壮的经历,情真意切的言辞,读之催人泪下。

第六章 具有神话色彩和爱国内容的组诗——《九歌》

第一节 《九歌》概述

《九歌》是屈原吸取楚地的民间神话故事,并利用民间祭歌形式写成的一组意象清新、语言优美并富有爱国主义精神的抒情诗。

《九歌》名称来源很古,最早来源于神话传说。《山海经·大荒西经》云:"开(指夏启,汉人避景帝讳改)上三嫔于天,得《九辩》与《九歌》以下。"郭璞注:"皆天帝乐名也,开登天而窃以下用之也。"意思是说相传夏禹的儿子夏侯启,曾三次上天,窃取到天帝之乐《九歌》《九辩》,供人间享用。这是古代关于文艺起源的神话。这里的"九",含有九天之乐的意思。另外,《九歌》之名还两见于《离骚》,一见于《天问》,都是承这一神话传说来的。从屈原《九歌》来看,大部分篇章都取材于神话,写的是诸神的故事,袭用古《九歌》之名,也是很自然的。

"九歌"之名,来源于"九天",古代传说上天有九重,故称天乐为《九歌》。后人承用为祭神之乐,大约也以九个乐章充其数。《周礼·大司乐》:"《九德》之歌,《九磬》之舞,于宗庙中奏之。若乐九变,则人鬼可得而礼也。"可知古代祭享天神、地祇和人鬼的乐舞,都有"九变",即九次变化,祭九位神祇,相应地说,也要有九篇歌词。而现存屈原《九歌》,却分十一篇,其篇目和次第为:《东皇太一》《云中君》《湘君》《湘夫人》《大司命》《少司命》《东君》《河伯》《山鬼》《国殇》《礼魂》。

《九歌》既名为"九",为何是十一篇呢?后人有不同的解释。实际《九歌》既为九段乐舞,祭九位神灵,自应为九篇歌词。从现存作品看,《湘君》《湘夫人》分为两篇,实际为合祭湘水神,两篇歌词亦相连属,应合为一篇。另外,最末《礼魂》一篇,无具体对象,它紧接于《国殇》之后,《国殇》是祭颂楚国将士亡魂的,"魂魄毅兮为鬼神",而所礼之"魂",正是《国殇》所说的亡魂,因此,《国殇》与《礼魂》应当原是一篇,《礼魂》之名是后来误加的,原来乃是《国殇》的"乱辞"。这样说来,《九歌》确为九个乐章,九篇作品,每篇写一神灵。这些神可以分为三类:

一、天神——《东皇太一》(天之尊神),《云中君》(云神),《东君》(日神),《大司命》(主寿命的神),《少司命》(主人类灾祥的保护神)。

二、地祇——《湘君》《湘夫人》(湘水的配偶神),《河伯》(河神),《山鬼》(山神)。

三、人魂——《国殇》(为国牺牲的将士)。

关于《九歌》的创作,王逸以为是诗人屈原根据沅、湘地区民间"俗人祭祀之礼,歌舞之乐"(《楚辞章句》)重新创作。朱熹则以为在民间祭歌的基础上加以修改加工,所谓"蛮荆陋俗,词既鄙俚","故颇为更定其词,去其泰甚"(《楚辞集注》)。而二者对于当时南楚沅、湘之间的信鬼好祀,以及歌舞娱神的习俗皆有描述,同时都认为诗人创作《九歌》在诗中是有所寄寓的,所谓"上陈事神之敬,下见己之冤结,托之以风谏"(王逸),"因彼事神之心,以寄吾忠君爱国眷恋不忘之意"(朱熹)。但这从《九歌》诸篇作品中,并得不到具体的印证。如果从现存《九歌》的篇章构成(最后以祭悼楚国爱国将士《国殇》作结)来看,《九歌》应是诗人利用楚地祭祀旧礼,为哀悼为国捐躯的楚国将士而作,是一组具有民俗性的爱国诗篇。

屈原的《九歌》内容,或写祭神的场面,或写诸神的故事,确与楚地的宗教和祭礼有关,战国时代楚国的风俗非常迷信鬼神,宗教性的祭祀活动在民间普遍流行,所以《汉书·地理志》说楚人"信巫鬼,重淫祀"。所谓"淫祀",当包括两方面的意思:一是滥祭,即所祭的神灵众多,也就是带有泛神论的色彩;二是祭祀时的场面、规模都比较大,不是简单的行礼、祈祷就作罢。而是用巫觋来主祭并扮演鬼神。巫觋本是一种职司降神、扮演神,并以歌舞娱神的专门职业者。每当祭祀时,他们就穿上礼服,或各种表示神灵身份的道具,扮演故事,唱歌跳舞以"娱神",替人们祈福、禳灾,求得保佑。泛神论是原始的一种宗教信仰,但实际也包含和保留了一些关于日月山川等自然界的神话故事,是很好的文学素材。屈原的《九歌》各篇,正是描写的这些巫歌巫舞的场面,他不是为祭神而作,却吸取了其中的某些神话故事,以至巫歌的辞采,采用了某些祭奠形式,并写下了表达自己爱国热忱的新诗(如《国殇》)。从《九歌》的整体来看,它是一组具有楚地民间巫文化色彩,以楚神话为题材(《国殇》除外)的瑰丽诗篇。各篇在写法上也不尽同,有的单纯写祭神的场面,写神的降临和对神的礼赞;有的写娱神时所扮演的神话故事,其中包括情节和对话以至心理描写,各篇随着内容,即所刻画的神灵艺术形象的不同,在感情上有的庄严肃穆,有的缠绵悱恻,有的高亢悲壮,犹如一出十分丰富多彩和感人的多幕剧,而就其文体性质来看,它是"就当时祭典赋之,非祠神所歌也"(清戴震《屈原赋注》)。即它乃是以当时楚国民间祭典的内容和形式为蓝本,写出的一组神话诗和对楚国爱国将士的颂诗,并不是为祭神所写的祭歌。

从现存《楚辞·九歌》的内容看,除少数是对天神的礼赞和对楚英烈的悼念外,大多数篇章写的是自然神的故事。这些描写自然神的作品,既充满着美丽的浪漫主义幻想,又凝聚着人民在现实生活中一些美好的愿望,在艺术上达到了很高的境界。如诗中所描写的各类日、云、山、川之神,其生活环境、容貌体态,无不符合它们作为各类之神的身份特点。如《东君》写日神,"青云衣兮白霓裳,举长矢兮射天狼",以云为衣,霓为裳,耀武长空,完全是一副潇洒而又威严的日神气概。如《河伯》写河神,"与女游兮九河,冲风起兮横波。乘水车兮荷盖,驾两龙兮骖螭",完全是水神的环境,水神的性格。写云神则是"与日月兮齐光","览冀州兮有余,横四海兮焉穷",又是一种高处天际,广被原野,纵横飘动,变化莫测的样子。特别是写山中女神"乘赤豹兮从文狸,辛夷车兮结桂旗。被石兰兮带杜衡,折芳馨兮遗所思",乘赤豹驾的车子,后有文狸做随从,又以辛夷香木为车,编桂枝为锦旗。披香带翠,折花山间,正是山中自然风貌的拟人化。这些,如果没有对自然环境、自然属性的细致观察和极为丰富的想象,是刻画不出来的。但这些神话故事中的神,虽然作为神灵、神物而具备神的特质,但又不荒诞无稽、光怪不伦,这是因为作者在不同程度上又都赋予了他们以人的特征、人的性格。写他们也跟人一样有欢乐和悲哀,有对爱情的追求,有失意的烦恼,而且把这些感情很细腻地表达出来,具有人间的生活气息,从而令人觉得这些神都非常可亲,他们的英雄业绩使人钦佩,他们的某些遭遇也很值得同情。实际上,是人的生活与想象中神的特征相结合,表达的还是人的思想感情和理想愿望。由此亦可知,《九歌》中的神已与原始神话中的神有所不同,原始神话中的神,如我们讲原始时代文学时所述,它们或反映人对自然界的幼稚解释,或表达着原始人企图征服自然、支配自然的愿望,他们对自然界的"人化",纯粹产生于对自然界的无知,以至不能正确认识。但屈原《九歌》中的作品,已经与这一性质有了某些差别,它基本上是借助于神话形式的艺术作品,它的任务是对自然特征做审美的概括,并把自然作为一种象征手段来反映社会生活,表达某些社会意识。

在艺术手法上,作者还善于把周围的景物、环境气氛和人物的思想感情融合起来写,因而构成情景交融的意境,其中有一些片段是长期为后人所传诵的,例如《湘夫人》中:"帝子降兮北渚,目眇眇兮愁予。袅袅兮秋风,洞庭波兮木叶下。"写湘夫人在等候湘君前来相会,而湘君却迟迟未至,湘夫人陷入痴迷的幻觉之中。这是开头的几句,用简单的几笔,勾勒出一幅湖畔清秋的景色。在这幅清秋候人的画面上,可以感到深秋的凉意和感情上的寂寞,又有一种说不出的惆怅凄迷的情调,而这也正为全诗写爱情的不顺利创造了悲凉的气氛。寓景于情,从写景转入抒情,写得那样密合无间,单纯自然,无怪乎成为千古传诵的名句。又如《山鬼》一诗,则用深山中的雷雨交加、猿声啾啾的夜景,来渲染山林女神因失恋而激起的愁苦悲愤的感情,更是名文妙笔,极为生动感人。

《九歌》的诗歌语言,以情味悠深见长。它往往十分单纯自然,而又非常优美和极富含蕴,令人有读之不尽,味之无穷之感。如《九歌》各篇都有许多名句,如《东皇太一》中"灵偃蹇兮姣服,芳菲菲兮满堂",写祭神典礼上神巫起舞,香气四溢的场景,宛若亲临目睹。《云中君》

中"浴兰汤兮沐芳,华采衣兮若英","览冀州兮有余,横四海兮焉穷",形象而传神地写出了天空云锦的美丽高洁,自由博大。《大司命》中"纷总总兮九州,何寿夭兮在予。高飞兮安翔,乘清气兮御阴阳",充分显示了执掌寿夭大权者的尊贵、高傲和威严。《少司命》中"竦长剑兮拥幼艾,荪独宜兮为民正",生动地塑造了一位人类保护神之形象。《国殇》中的"首身离兮心不惩","魂魄毅兮为鬼雄",英雄的悲壮慷慨之气,震慑千古。《九歌》篇章中更有不少深刻地抒写爱情和表现契阔离合深沉情思的名句。如:"思夫君兮太息,极劳心兮忡忡。"(《云中君》)"心不同兮媒劳,恩不甚兮轻绝。"(《湘君》)"沅有芷兮澧有兰,思公子兮未敢言。"(《湘夫人》)"满堂兮美人,忽独与余兮目成。""悲莫悲兮生别离,乐莫乐兮新相知。"(《少司命》)浓郁的感情,浪漫的气息,深刻复杂的心理,都用十分简洁的语言生动地表现了出来,成为诗中的警策,而久为传诵。特别是《国殇》结尾的"乱辞"《礼魂》,更为优美奇绝:"成礼兮会鼓,传芭兮代舞,姱女倡兮容与。春兰兮秋菊,长无绝兮终古!"它描写典礼完成时的场面,表达了对美好未来的憧憬和绵绵无绝进行祭祀的愿望。只短短5句话,27字,便把礼成时的热闹气氛和人们虔诚的心愿完全表达了出来。

总的说来,《九歌》是一组充满神话色彩的浪漫主义作品,它瑰丽缥缈,意象清新,语言精美,故深得历代人们的喜爱;凡读《九歌》者,无不被它的巨大的艺术魅力所打动,所惊服。《九歌》乃是我国古代文学史上罕见的艺术珍品。

第二节　《九歌》作品研读

《东皇太一》

"东皇太一"为诸神之中神位最高的神。《汉书·郊祀志》:"天神,贵者泰一,泰一佐曰五帝。"中国古代有"三皇五帝"的传说,三皇五帝之名虽传说不一,但这里说"泰一"神以"五帝"为辅佐,可见其居神位最高位置。又,宋玉《高唐赋》:"进纯牺,祷璇室,醮诸神,礼太一。"刘良注云:"诸神,百神也;太一,天神也,天神尊,敬礼也。"这也说明"太一"神处于百神中最高位置,即俗所说的宇宙大神。《九歌》反映楚俗,宋玉亦楚人,正可作为佐证。

"东皇",在本诗中又称之谓"上皇"("穆将愉兮上皇"),"上",即至高无上的意思。至于为何又把这位至高无上的天神称作"东皇",这是因为古代有四方神的观念,认为东西南北四方各有一个上帝掌管着,如《离骚》中就曾出现过"西皇"的名称:"麾蛟龙使梁津兮,诏西皇使涉予。"那么这个东方的上帝是谁呢?《淮南子·天文训》:"东方木也,其帝太皞,其佐句芒,执规而治春。"这里说这位所谓东帝(即东皇)即传说中的太(一作泰)皞,是一位掌管春天的神。据历史记载,地处西方的秦,曾奉西皇(传说中的少皞)为上帝。而相对地理位置来说,楚处于东方,故奉东皇为上帝。至于将东皇与"太一"联称作为神名,乃含有至高无上、至尊已极的意思。

> 吉日兮辰良,穆将愉兮上皇。
> 抚长剑兮玉珥,璆锵鸣兮琳琅。
> 瑶席兮玉瑱,盍将把兮琼芳。
> 蕙肴蒸兮兰藉,奠桂酒兮椒浆。
> 扬枹兮拊鼓,疏缓节兮安歌,
> 陈竽瑟兮浩倡。
> 灵偃蹇兮姣服,芳菲菲兮满堂。
> 五音纷兮繁会,君欣欣兮乐康!

《东皇太一》是《九歌》的首篇,曾被疑为是整个祭神典礼中的迎神曲(见闻一多《什么是九歌》),但从本篇内容来看,它写的只是众神中的一神,被祭祀的神只是"东皇太一",与后面各篇对诸神的描写并无联系,因此迎神曲的说法,还难以成立。只是这篇诗确有它的特殊性。这首诗叙写了祭神的场面、盛况,但受祭的神并没有出场,这就与后面多数诗篇不同,后面诸篇(除《国殇》《礼魂》外),都有受祭神出场,甚至生动地写了他们的故事,而《东皇太一》则只有祭祀场面的描写,而无神灵的活动。

这是什么原因呢?这是因为《九歌》中的其他一些篇章,所描写的乃是诸如日、云、山、川等自然神,而东皇太一却是属于凌驾于自然神之上的所谓"上皇"尊神。自然神产生于万物有灵论,即泛神论,而作为皇天上帝的所谓宇宙大神，却是经过人们头脑进一步抽象化的产物，"最初仅仅反映自然界的神秘力量的幻想的形象，现在又获得了社会的属性，成为历史力量的代表者。在更进一步的发展阶段上，许多神的全部自然属性和社会属性都转移到一个万能的神身上"（恩格斯《反杜林论》）。一般说来，它往往带有地上君主的投影。在人们的心目中，它创造一切，统治一切，占有一切，因此，它具有无上神威，但从形象来说，它又带有笼统性。古人对这种神往往表现为崇敬有余而亲切不足。它带给人们更多的是神秘感、威严感，而不像自然神那样具有生动、鲜明的个性和丰富的人情味。但《东皇太一》一诗，却以特有的艺术手法为我们再现了古代祭礼的隆重场面，表达了古代楚地人民虔诚的宗教感情，以及当时人民企图通过娱神活动而获得安宁、幸福生活的愿望。

《东皇太一》篇幅不长，全诗仅有 15 句，但它却极为成功地写出了一场祭礼的盛况，以及在这场祭礼中所特有的严肃而热烈的气氛。

> 吉日兮辰良，穆将愉兮上皇。
> 抚长剑兮玉珥，璆锵鸣兮琳琅。

诗中首先写这场典礼是在特选的吉日良辰时举行的，正是在这美好的时日，人们集合在一起，以十分敬畏的心情来参加这次祭拜造物主的活动。诗歌一开始就通过卜日选辰和人们心情、态度的描写，表现了这场祭礼的隆重性。接着写典礼开始了，首先出场的是主持这场典礼的主祭者——一个繁饰盛装的巫师。"抚长剑兮玉珥，璆锵鸣兮琳琅。"他身携长剑、腰佩美玉，且一举一动之间，好不恭谨、严肃！我们看他入场时，手抚剑环，唯恐剑环发出声响，完全是一副小心翼翼、恭谨谦和的样子。这一"抚"剑环的动作细节描写，无疑增加了典礼上的肃穆气氛。下句又写这位主祭者腰佩五光十色的美玉，而这些腰间悬佩的美玉，又随着主祭者的进退，不时发出清脆悦耳的"锵鸣"。抚剑环表现了气氛的肃穆；玉石锵鸣，其声细微，非要在十分静谧的环境中才能听到，因此，轻微细小的玉石碰撞声，同样烘托出典礼上的安静、肃穆的气氛。同时，佩玉锵鸣，还表示着人物进退合礼，动静有节。《礼记·玉藻》篇说："君子必佩玉……进则揖之，退则扬之，然后玉锵鸣也。"因此,佩玉锵鸣,还暗示着这位主祭者彬彬有礼和举动如仪的体式与风度。

"瑶席兮玉瑱"以下四句,写的是摆在祭坛上的供物。宝物、鲜花、香食、美酒,表现出祭拜者们的一片虔诚之心。瑶席、玉瑱,显示祭礼的隆重和典礼的规模(玉瑱用于大祭),馥郁的香花,精美芳香的祭肴祭酒,既表现奉献者的美意,也显示着受享者"神格"的高洁。

到此为止,典礼是在肃穆的气氛中进行的。当奠酒以后,乐歌声突然而起,气氛开始活跃起来。

扬枹兮拊鼓,疏缓节兮安歌,陈竽瑟兮浩倡。

这三句诗写出了在祭礼上奏乐唱歌的三个过程。首先是鼓师扬起鼓槌有节奏地敲起鼓点,伴随着鼓点而起的是合唱队的歌声。稀疏的拍节,缓慢的节奏,平缓徐徐的歌声,缭绕在祭堂上空,更给人带来一种肃然起敬的感受。而随后就是竽、瑟齐鸣,纵声高唱,强烈地表达了对天神的颂赞之情。

接着,祭礼进一步达到了高潮。随着繁音促节的鼓声、吹竽声、奏瑟声和高亢震耳的歌唱声,出现了更为热烈的场面:

灵偃蹇兮姣服,芳菲菲兮满堂。

一群男女巫师,身着五颜六色的盛装,手持香花,在祭堂前忽前忽后,忽左忽右,或仰或俯,翩翩起舞,香风四溢,充堂盈室。

祭礼在持续地进行着,热闹的气氛不断高涨,最后:

五音纷兮繁会,君欣欣兮乐康!

在五音交会,繁声四起中,一场隆重的祭祀典礼结束了。人们依稀感到,天神在安享了丰厚高洁的祭品和人们的普遍颂赞以后,觉得心满意足,从而下界的人民也广受福荫,获得了保佑。

这首诗从选日择辰,开始举行祭礼写起,形象地再现了一场具有原始气息的宗教祭典的全过程。读这首诗的时候,我们觉得自己似乎也亲临现场,看到了主祭者的服饰动作,闻到了祭坛前供品的馨香,观赏到楚楚动人的乐舞,同时,随着诗中对祭礼进程的描写,而感情起伏,并最终得到了一次上帝的祝福,对生活的美好未来,充满憧憬。

《东君》

《东君》是一首对日神,即太阳神的颂歌。"东君"为日之别称,亦为尊称。楚辞中又称日为朱明、曜灵。《广雅·释天》:"朱明、曜灵、东君,日也。"汉承旧俗,亦称日为"东君",《汉书·郊祀志》有"祀五帝、东君、云中君"。日出于东方,故有"东君"之名。祭日时也向东而拜,《礼记·祭义》云:"祭日于东。"《仪礼·觐礼》:"出拜日于东门之外。"至于称朱明、曜灵,显然是就其光明体而言,作为神明致祭时,而尊敬地称之为"东君"。

关于东君的神位,历来少有异词,清王闿运《楚辞释》则提出东君"盖句芒之神"的意见,其主要根据是诗中有"灵之来兮蔽日"句,神和日分为二,所以东君之神并非指日神。句芒本为春神,位居于东方,所以王氏说东君指"句芒"。实际上,诗中"灵之来兮蔽日"之灵,系指众神灵,而诗中所描述叙写的完全是日神的形象,故"句芒"之说,不能成立。

关于本诗的意旨,古今注者或认为有所隐喻,因诗中有"举长矢兮射天狼"一语,王夫之云:"其寓意于去谗以昭君之明德者。"(《楚辞通释》)戴震云:"此章有报秦之心。"(《屈原赋注》)即表示要向秦国报仇雪恨。此诗为对自然界日神的礼赞,日神被描写为光明、正义的象征,但是从《九歌》整体的作意来看,此篇或如戴氏所说,兼有报秦雪耻的微意。

> 暾将出兮东方,照吾槛兮扶桑。
> 抚余马兮安驱,夜皎皎兮既明。
> 驾龙辀兮乘雷,载云旗兮委蛇。
> 长太息兮将上,心低徊兮顾怀。
> 羌声色兮娱人,观者憺兮忘归。
> 緪瑟兮交鼓,箫钟兮瑶虡。
> 鸣篪兮吹竽,思灵保兮贤姱。
> 翾飞兮翠曾,展诗兮会舞。
> 应律兮合节,灵之来兮蔽日。
> 青云衣兮白霓裳,举长矢兮射天狼。
> 操余弧兮反沦降,援北斗兮酌桂浆。
> 撰余辔兮高驰翔,杳冥冥兮以东行。

在《九歌》诸篇作品中,《东君》和后面的诗篇《国殇》,在形象及其所蕴含的思想上有一致的地方,它们都满含英雄主义精神,表达了诗人的爱国情愫,只不过《东君》是神话题材,而《国殇》是对报国英烈的直接颂赞。

《东君》描写的是自然神日神的形象,无疑它包含着古代先民对日(太阳)这一自然现象的观察和感受,并表达了当时人们所特有的信仰和膜拜心理。但同时也会打上本诗作者的思想烙印,即诗人的审美意识和写作意图、社会观念。

日,带给人们的直接感受是光明、炽烈、辉煌,这就必然形成了它的正面形象的特征,在此基础上加以拟人化、性格化,所出现的则是一个奇丽、威武、扶正祛邪的英雄神的形象。《东君》中所描摹和塑造的正是这样一位神灵。

《东君》一诗所描写的歌舞场面,是从日神的出现,到他的除暴安良,直至杳然离去。而这也正是从旭日东升,到日丽中天,最后到日落这一景观的全过程。

诗中首先描写日神的出场。

　　暾将出兮东方,照吾槛兮扶桑。
　　抚余马兮安驱,夜皎皎兮既明。

一轮红日从东方升起,投射出最初的一缕阳光。在神话传说中,日神始出前是浴于东方的汤谷,栖息于东方"其高万仞"巨大无比的神木扶桑树上的。这里描写日神方始苏醒,尚未升天,最先照亮了扶桑木挺拔交错的枝干。日神以扶桑为居舍,故扶桑木的枝干就是他的舍槛(栏杆)。接着他轻轻鞭策了一下驾车的龙马,开始了他一天的行程。随着日神的启程和徐徐地到来,黑夜开始退去,大地一片光明。

然后是写日神东君升天时的显赫气势和暂离所居时的心情。

　　驾龙辀兮乘雷,载云旗兮委蛇。
　　长太息兮将上,心低徊兮顾怀。

他驾着龙车,车轮滚滚,发出巨雷般的轰鸣。光芒所射,霞光万道,是他车上的彩旗,招展飘摇。这是何等的威武壮观。眼看就要离开家乡远去了,他不觉长叹一声,迟缓了脚步,心情低徊不安起来。

这里对于日神出现的描写,无疑是对日出景观的生动描摹。细读

诗句,映入眼帘的正是这样一幅图景:

旭日东升,阳光一抹,驱散了黑暗。接着一轮红日喷薄而出,云海滚滚,势若雷霆在天际轰响。既而霞光万道,熠耀长空,若彩旗迎风飘扬。日之甫升,吞吐浮沉于云气之中,乍升乍降,正像一个行将远行的游子,现出低佪顾怀之状。这正是日出时瑰丽、壮观景色的生动描摹。接下两句"羌声色兮娱人,观者憺兮忘归",则是写观众对这一奇观的心理感受。关于上述文字,清人王夫之曾经有过这样的解说:"日出委蛇之容,乍升乍降,摇曳再三,若有太息低佪顾怀之状。晶光炫采,如冶金闪烁,观者容与而忘归。此景唯泰衡之巅及海滨观日能得之。并言声色者,破云霞,出沧海,若有声也。"(《楚辞通释》)

下面的诗句则转入对祭典上歌舞场面的描写:

　　缅瑟兮交鼓,箫钟兮瑶虡,
　　鸣篪兮吹竽,思灵保兮贤姱。

这是由善音貌美的"灵保"(巫)组成的庞大的乐队。先是瑟开始张弦演奏,既而鼓声交错,钟声大作,由于演奏者有力地频频敲击,以至悬钟的木架也随之摇动起来。与此同时,篪、竽等管乐器,也鸣响吹奏个不停。这是多么悦人心神、令人陶醉的艺术享受啊,不由不令人对这些演奏者表示敬佩和赞叹。

随着乐声的飞扬,舞者也出场了:

　　翾飞兮翠曾,展诗兮会舞,
　　应律兮合节,灵之来兮蔽日。

一群打扮得花枝招展的少女,翩翩起舞。她们那轻盈灵巧的舞姿,像翠鸟般飞转盘旋。于是展诵诗章,群体合舞。诵诗者抑扬顿挫的声音,和舞者的每一个动作,无不应律合节,从而使歌、舞、乐三者融为一体,无上优美。这时满台的歌舞者,已将日神团团围住,群情高涨,热闹非凡。

在如此受到拥戴之下,日神开始履行他的职责了:

　　青云衣兮白霓裳,举长矢兮射天狼。
　　操余弧兮反沧降,援北斗兮酌桂浆。

日神在受享之后,西行之时,开始了他为民除害的壮举。只见他青云为衣,白霓为裳,高举起大弓长箭,奋力射向肆虐的"天狼"。天狼指天狼星,古人认为这是一颗给人间带来灾难的主侵扰掳掠的恶星,《晋书·天文志》:"狼一星,在井东南。狼为野将,主侵掠。"只见他操弧反身一射(弧,也是星名,又名天弓星),结果肆虐的天狼应声而坠。灾星已除,人间天上皆大欢喜,日神也为自己的成功而感到无比痛快和骄傲,于是以北斗(北斗七星,勺形)为勺,挹桂浆(桂花酒)痛饮,庆贺诛暴取得的胜利。

《东君》是一篇神话歌舞诗,但细按其"射天狼"等情节,应含有一定的寓意。前人对此已有所察觉,如清人戴震就认为"此章有报秦之心"。这是因为天狼星的星空位置在西,与当时强秦的方位相合。秦在当时怀有野心,专事侵掠,被称为"虎狼之国",这与古代关于天狼星的传说也相合。又从《九歌》所赋典礼的性质,诗人屈原的创作意图上看,《东君》一诗很可能是含有微意的。

诗中的"东君"是位日神,是人们对辉煌的自然天体——日的观念化。从这位神灵身上,我们可以看到作为自然体太阳的一切生动特征。我们看,诗中的首段写日神的出场,无疑正是红日东升景观极为惟妙惟肖的写照。红日初升,几束阳光首先射出地平线,像光栅一样交织在天边。静静地、缓缓地东方开始明亮起来,黑夜退去,黎明到来了。既而一轮红日跃然而上,在云气激荡之中,喷涌而出,若携万钧雷霆,滚滚而来,稍后则霞光万道,铺满云锦,若无数彩旗迎风飘扬。但旭日甫升,为云雾所笼罩,它吞吐于云山雾海之中,若升还降,也正是"日将升时,必盘旋良久,而后忽上"(林云铭《楚辞灯》)真实情景的再现。

另外,这位日神还身着青云、白霓,手持长矢,勇武无畏,这也正是对行于高空,光芒四射的太阳的丰富想象。茅盾在《中国神话研究初探》中就曾指出:"把太阳神想像为一个善射者,或者想像他的武器是弓箭,也是常有的事;因为太阳的光线射来便容易使原始人起了弓箭的想象。"(《茅盾评论文集》)而太阳神的那种光明磊落、豪迈的性格,富于正义感,除暴安良的品格,实际上也正是对太阳作为一个巨大、辉煌的天体,光明所至,黑暗无所藏身的自然素质的概括和想象。正是在这样的基础上,太阳作为一位英雄神而出现了。

古代神话乃是上古人对自然特征所做的审美概括。而诗人屈原这篇以日神神话为题材的作品,无疑也有诗人的艺术加工,打上了诗人的审美意识和社会意识的烙印。已如上述,诗人通过对这位太阳神英雄性格的塑造,寄托了他的报国之思,爱国之情。因此,我认为在《九歌》诸作品中,《东君》与著名的《国殇》,有异曲同工之处。它们都饱含英雄主义精神,表达了诗人的爱国情怀。

《少司命》

少司命是一位怎样的神?历来有主子嗣,主男女情缘,主灾祥等不同说法。主子嗣说始见南宋罗愿的《翼尔雅》:"少司命,主人子孙者也。"后来王夫之《楚辞通释》更进一步解释说:"而少司命则司人子嗣之有无,以其所司者婴稚,故曰少。"主情缘说者如清蒋骥《山带阁注楚辞》:"大司命主寿,故以寿夭壮老为言,少司命主缘,故以男女离合为说,殆月下老人之类也。"主灾祥说者如清戴震《屈原赋注》:"文昌宫四曰司命,主灾祥,《九歌》之《少司命》也。"至于最早注释楚辞者王逸,在其《楚辞章句》中虽未直接在解题中说明少司命的执掌,但在注诗句"荪何以兮愁苦"句时,称:"荪,谓司命也。言天下万民,人人自有子孙,司命何为主握其年命,而用思愁苦。"似乎认为少司命的执守与人的子孙年命有关。又于"竦长剑兮拥幼艾"句注云:"言司命执持长剑,以诛绝凶恶,拥护万民长少,使各得其命也。"盖认为少司命兼有作为"万民长少"之保护神的使命。

我们从全诗来看,因它有"男女离合"的内容就说其"主缘",恐难以成立,因《九歌》其他篇也有这类描写。主灾祥说,从诗最后"登九天兮抚彗星"的诗句看,确有抚持彗星,扫除邪恶的意思,但若从其全诗来看,又并不能概其全。至于说"司人子嗣之有无"(近人比作"送子娘娘"),但诗中却说"夫人自有兮美子",显然并没有什么送子、赐子的意思。特别是下句更说"荪何以兮愁苦",反而是说有子无子并不需要他特别操心。按司命,从命名上就可以知道他是主管人的生命、命运的神。司命又分为二,大司命主生死,实际上是主死,或偏重于主死亡、寿终;少司命则主生,即主对生命的守护和福佑。故诗中写他看到世人"有子",从而表示担心而"愁苦"。最后,又说到他对"幼艾"的守护。王逸说:"幼,少也,艾,长也。言司命执持长剑,以诛绝凶恶,拥护万民长少,使各得其命也。"林云铭《楚辞灯》:"十年曰幼,五十曰艾。劝长剑以防老弱之害,所以为民也。"故少司命乃主生,是使生命由幼至长不受祸害的保护神。从这个意义上讲,也可以说他是主灾祥(去灾呈祥)的神。

> 秋兰兮糜芜,罗生兮堂下。
> 绿叶兮素华,芳菲菲兮袭予。
> 夫人自有兮美子,荪何以兮愁苦!
> 秋兰兮青青,绿叶兮紫茎。
> 满堂兮美人,忽独与余兮目成。
> 入不言兮出不辞,乘回风兮载云旗。
> 悲莫悲兮生别离,乐莫乐兮新相知。
> 荷衣兮蕙带,倏而来兮忽而逝。
> 夕宿兮帝郊,君谁须兮云之际?
> 与女游兮九河,冲风至兮水扬波。
> 与女沐兮咸池,晞女发兮阳之阿。
> 望美人兮未来,临风恍兮浩歌。
> 孔盖兮翠旌,登九天兮抚彗星。
> 竦长剑兮拥幼艾,荪独宜兮为民正。

  诗中写少司命是在极其芳香素雅的氛围中出场的:"秋兰兮糜芜,罗生兮堂下。绿叶兮素华,芳菲菲兮袭予。"秋兰、糜芜,罗列满堂;绿叶素枝,白花吐蕊,阵阵香气,扑鼻而来。迎神的殿堂布置得是如此的高洁美丽而又生机盎然。在企盼中,少司命神飘然而至。但他既不像大司命那样威严凛凛,也不像云中君那样容光焕发,河伯那样气势高扬,而是一副忧心忡忡的"愁苦"样子。从而更加引动人们对他的关爱:"夫人自有兮美子,荪何以兮愁苦!"你看,世人都自有美好儿女,何劳你还如此担心愁苦。这是一种温慰之词,希望他摆脱愁苦而快乐起来,充分表达了人与神之间的互相关爱之情。

  这时少司命已经降临,步入了为他精心布置的香草环绕的殿堂:"满堂兮美人,忽独与余兮目成。"在众多迎神的美丽女子中,他对其中的一人表现了特别的钟情。这是由被爱的女子一方,用自矜的口吻表达的。满堂都是迎神的美女,却唯独专注于我,表示了亦惊亦喜的难言的情意。"目成,谓以目而通其情好之私也。"(汪瑗《楚辞集解》)两心相悦,用目光互相传情,生动地写出了男女之间心招目挑深情蜜意、心灵交会的爱情场景。故前人曾评此两句谓"曲尽丽情,深入冶态。裴铏《传奇》,元氏《会真》,又瞠乎其后矣"(明杨慎《升庵诗话》)。

接着是少司命神的匆匆而别：

> 入不言兮出不辞,乘回风兮载云旗。
> 悲莫悲兮生别离,乐莫乐兮新相知。

像《九歌》中其他神灵一样,迎降来临之后,总是来去匆匆,接着就是离别,而少司命似乎更多一份深沉和沉默。"入不言兮出不辞",来时没有言谈,走时也未打招呼。是庄重,是出于忠于职守而匆匆地不及言谈,还是无情？从诗的最后所写来看,是说他有护卫万民之责,也许正是这种庄严的使命,而使他别有一番庄重。但无论如何,他悄悄地来了,又默默地走了,对于一位恋他、爱他的多情女子来说,未免感到太遗憾、太难过了。在万感交集中,她对人生的离合发出了这样的感慨："悲莫悲兮生别离,乐莫乐兮新相知。"这两句诗极为简练、深刻、动人,从而被古人推许为"千古情语之祖"（《楚辞评林》引王世贞语）,还说："'悲莫悲'二语,千古言情都向此中索摸。"（周拱辰《离骚草木史》）这两句诗虽以悲乐谈离合,但在这里则侧重在离别之悲,故下文紧接着就写离后的无限向往和失意之情：

> 荷衣兮蕙带,倏而来兮忽而逝。
> 夕宿兮帝郊,君谁须兮云之际？

荷衣、蕙带,是少司命的装饰,这里犹言其美丽的身影；"忽而逝",一去无踪,正表其不胜怨惋之情。少司命复归于帝郊而宿,可知并未与迎他爱他的女子同欢共居。但这并没有使充满渴望的女子就此甘心。"君谁须兮云之际",君,指少司命。须,等待；谁须,是说等待谁。"既目成而又他宿,不知其更待何人,疑而不定之词。"（林云铭《楚辞灯》）"须,待也。神既逝矣,然迟留云际,犹似有情,曰谁须,妒之又幸之也。"（蒋骥《山带阁注楚辞》）这是说少司命神,虽归帝郊,但仍迟留云际下望,像在等待什么人的到来,是待己乎,抑或是另有他人乎？令人猜疑不定,失望和希望并生。这正是在当时情境中一个痴心女子的心理写照。

下文"与女游兮九河,冲风至兮水扬波。与女沐兮咸池,晞女发兮阳之阿"四句,是一种向往之词,希望同出游嬉戏,一起洗发、晒发,并非是实有的情景,可以说是由于深情而产生的奇思。而少司命神至终并未再来到身边。"望美人兮未来,临风恍兮浩歌",在久盼中所爱没有来,只得用歌声来抒忧。

诗的结尾,是对少司命神的热烈礼赞:

孔盖兮翠旍,登九天兮抚彗星。
竦长剑兮拥幼艾,荪独宜兮为民正。

孔盖、翠旍,华美高贵,表现他的身份和威仪;"抚彗星""拥幼艾",写他作为人类守护神的使命和职责。"荪独宜兮为民正","独"有独一无二,非他莫属的意思,在颂赞中透露出无限的信赖。

《河伯》

河伯,河水神,诗写河水之神的一段恋爱故事。

根据古代神话传说的一般情况,河,不会泛指,应指黄河。黄河,位于北方,不在楚境,故曾怀疑不应成为楚祭的对象。实际上不应这样狭隘理解。殷周以来,黄河即被列为"五岳四渎(长江、黄河、淮水、济水)"的名山大川之一,其被尊崇是全国性的。

按照古代的礼制,确曾有诸侯国只祭境内山川的规定,如《礼记·王制》:"诸侯祭名山大川之在其地者。"又有"诸侯山川有不在其封内者,则不祭也"(《公羊传·僖公三十一年》)的说法,楚昭王有"三代命祀,祭不越望",从而拒不祭河的记载,但这恐怕只是在周天子尚能维持其全国统治时的早期情况,逮至战国时期,诸侯略地纷争,疆域以至观念均已起了变化,未必尚被遵守。况且像黄河这样的名川,其神话传说故事之流传,绝不限于北域(如屈原《天问》中就涉及河神故事),楚地神祇中出现河神,奉为祭祀对象,并不是不能理解的。

更重要的是,证之《河伯》本文,河伯应即指黄河之神无疑。如诗中云:"与女游兮九河",九河,是黄河下游水系的统称。《尚书·禹贡》:"九河既道(导)。"据说大禹治水,为了泄导洪水,自孟津以下,分九条河道,即《尔雅·释水》所注:"徒骇一,太史二"云云,可知"九河",即指黄河下游诸水系。诗中又云"登昆仑兮四望",写河而及昆仑,因为古代认为昆仑乃黄河之源,《尔雅·释水》:"河出昆仑虚。"《史记·大宛列传》:"河所出山曰昆仑。"由此可知,《河伯》即指黄河之伯,亦即黄河水神。

与女游兮九河,冲风起兮横波。

> 乘水车兮荷盖,驾两龙兮骖螭。
> 登昆仑兮四望,心飞扬兮浩荡。
> 日将暮兮怅忘归,惟极浦兮寤怀。
> 鱼鳞屋兮龙堂,紫贝阙兮朱宫。
> 灵何为兮水中,乘白鼋兮逐文鱼。
> 与女游兮河之渚,流澌纷兮将来下。
> 子交手兮东行,送美人兮南浦。
> 波滔滔兮来迎,鱼隣隣兮媵予。

《河伯》全诗,写一对水神情侣相聚出游,复又执手相别的场景,是河伯、洛神神话故事的一个片段。

诗分三个层次,即相约同游,水殿幽会,送别南浦。

诗中写"与女游兮九河",既而"登昆仑兮四望",是从河之中下游,逆流而上,直至河源。莽莽大河,蜿蜒千里,河伯携情侣,漫游全程,正是要显示自己的身份和气派。一位大河之神出游,自是气势非凡,"冲风起兮横波",一路冲风破浪逆水而行,本来是艰巨的,但对河神却了无阻碍,风浪之中逆流直行,神奇快速,更显出河神本色。既是水神,他的车驾亦自不同,"乘水车兮荷盖,驾两龙兮骖螭"。龙螭为驾,荷盖饰车,在水面疾速奔驰,这是一幅睹之令人神往的场面,也表现出水神河伯携爱侣出游中那种欢快愉悦,不可一世的心态。

"登昆仑兮四望,心飞扬兮浩荡。"倏忽之间,他们登上凌空高绝的昆仑山巅,这里是河之源,也是他们出游的终点。在登高四望中,他们产生了怎样的心情呢?首先是情绪昂扬奋发,心胸无限舒畅的感觉,这是经过长途奔波,终至目的地,而又凭高远眺所惯有的心情,这是出游的高潮。但随着夜幕的降临,登高四顾,景物迷茫,从而产生了无所适从,若有所失,不知何处是归宿的感觉。于是他们怀念起"极浦",即温馨的栖所来了。

下面则写河伯、洛女双双来到水中宫殿屋宇共同度他们的良宵。"鱼鳞屋兮龙堂,紫贝阙兮朱宫。"水神之居,离不开水族的特色。王逸注:"言河伯所居,以鱼鳞盖屋,堂画蛟龙之文,紫贝作阙,朱丹其宫,形容异制,甚鲜好也。"鱼鳞砌筑的屋宇,闪烁着亮光,画壁的龙纹,令人炫目;再加上紫贝、朱红的色彩,显得是那么神奇而美丽。

下面则接写河伯伴洛水女神在水上嬉游而下。这时,已不复像出游河源时那么威风凛凛地疾速赶路,而是"乘白鼋兮逐文鱼。与女游兮河之渚"。改换乘坐慢吞吞游浮着的"白鼋"(大鳖),追赶着河中五颜六色的文鱼(纹鱼),绕河渚(小洲)嬉戏游玩。"流澌纷兮将来下",顺着水流而将至下游。

分别的时刻到了。"子交手兮东行,送美人兮南浦",美人(洛水女神)将回归南浦了,临别之际,河伯紧紧牵着情侣的手,难舍难分。"波滔滔兮来迎,鱼鳞鳞兮媵予",相见时难别亦难,虽恋恋不舍,眷眷惜别,但终需一别,波涛来迎,随从已至,美人称自己不能不离去了。送别的场景写得这样动情,以至"南浦送别",就成了后世叙写离情别绪的生动典故。

《湘君》《湘夫人》

《湘君》与《湘夫人》二诗(简称"二《湘》"),是《九歌》诗中写得最为优美而又富于故事情节的诗篇。但历来的解释也最为分歧,据陆侃如《中国诗史》的统计,其历代异说有九种之多,一般都认为其取材于帝舜与其妻尧女娥皇与女英故事。如说帝舜曾巡视南方,他的两个妻子尧女起先没有随行,后来追至洞庭、湘水地区,得知舜已死于苍梧之野,葬在九嶷山,便南望痛哭,投江而死。但从作品本身看,并得不到印证。

近今之人,一般都认为《湘君》是神话传说中的湘水神,男性;湘夫人是其配偶,写的是男女思念恋慕之情;又由于它是歌舞剧的形式,故分别由男巫(觋)、女巫扮演。但具体解释二诗的结构时,又有不同。如陆侃如等认为《湘君》一篇"祭时可能由男巫扮湘君,由女巫迎神,二巫互相酬答,边歌边舞。在男女对唱中,体现了湘君与湘夫人互相思慕的心绪,但侧重于抒发湘夫人等待湘君不来而产生的思恋情绪"。而《湘夫人》一篇,则是"在由女巫扮湘夫人而由男巫迎神时,同样对唱,互表情意。这一首侧重写湘君思念湘夫人的心情"。(《楚辞选译》)正是基于这种认识,他将每篇歌词均划分为"男唱""女唱"的不同段落。马茂元等则认为《湘君》《湘夫人》均为独唱词。《湘君》"一开始就是女巫的独唱,通篇到底都是湘夫人思念湘君的语气",《湘夫人》则是"湘君思念湘夫人的语气,由扮湘君的男巫(觋)独唱"。(《楚辞选》)

按从《湘君》《湘夫人》的歌词来看,它写的是一个恋爱故事,这是无疑的。但这个故事的具体情节如何,今已无从详知,因此,也就造成了对这两篇诗结构理解上的困难。在无其他旁证的资料情况下,我们只能就诗篇的文字内容进行研究。

首先,从这两诗的内容看,写的都是相思、相疑、相约而又得不到相会的。如果说它分别各写一方,那么相约而又得不到相会的原因是什么呢?牛郎织女的悲剧故事,是由于外在的势力所谓"天帝"作梗,而从本诗的内容看,却并非如此。诗中说"心不同兮媒劳,恩不甚兮轻绝","交不忠兮怨长,期不信兮告余以不闲",分明说的是对方的变心。前篇用"采薜荔兮水中,搴芙蓉兮木末"表达所求不遂,后篇则也同样用"鸟何萃兮蘋中,罾何为兮木上"表达同样遭遇和境况;前篇最后用投物江中表示无奈和决绝,后篇同样也用投物江中表示无奈和决绝。如果说两篇各写一方,故事就很难理解了。因为写彼此相思、眷恋,都启程来赴约,但又未得相会,各表示决绝,这是说不过去的。按照故事的内容,只能是一方痴情,一方变心爽约,才会有失望和绝望的结局。因此,前后两篇只能理解为同一主人公的活动和情绪。

其次,《九歌》里的其他篇都是新颖而自成面目的,但唯独《湘君》《湘夫人》却文章结构大体相同,内容文字亦复相似。因此,林庚曾认为"这重复其实正是一个诗篇中的回环复沓,它们所以绝不能是两篇诗"(《诗人屈原及其作品研究》)。回环复沓,曾经是民歌作品所习惯于使用的手法,《诗经》民歌就是明显的例子。所谓回环复沓,一般都是重复中有变化,变化中有重复。从内容来说,两章或几章的重复可以是平行关系,也可以是前后递进的关系。而《湘君》《湘夫人》按其内容来看,正是表现了同一主人公的活动和思想情绪的递进。在《湘君》中,着重描写了湘夫人对湘君的思念,写她驾舟浮沅、湘,至洞庭前去会合的情形,但湘君却爽约未至,因而满腔怨恨,在"北渚"暂息下来("朝骋骛兮江皋,夕弭节兮北渚"),接着是捐玦、遗佩,表示决绝。而在《湘夫人》里,开头便从"帝子降兮北渚"写起,再次写她的怨恨和失望心情。由于寻觅而不得,只得"朝驰余马兮江皋,夕济兮西澨",再次停留下来。从"闻佳人兮召予,将腾驾兮偕逝"到"九嶷缤兮并迎,灵之来兮如云",正是写她在一片痴迷心境中的想象之词,实际上湘君并未到来。这从"闻佳人兮召予"的"闻"字和"将腾驾兮偕逝"的"将"字,就透露了消息。而且"九嶷缤兮并迎,灵之来兮如云",似乎看到湘君的到来,但并无一语写出两方见面、会合的情景。这正如有学者所释:"忽闻召予,胸中妄想耶?耳中妄听耶?绝望之时,便思机缘偏在意外,未可知也。水中者,夫人之所素居,故欲筑室就之而居。"这也就正如《诗经》中《蒹葭》篇所写的经过寻觅而不得后,而产生"宛在水中央"的幻觉一样,正是一个痴情人特殊心理的写照,也就是在情笃意乱的情况下,所产生的想象之境。特别是在诗的最后一节,与前篇一样,以失望、决绝的心理和举动告终:"捐余袂兮江中,遗余褋兮醴浦。搴汀洲兮杜若,将以遗兮远者。"如果真的相会了,就绝不会出现这样的情节和心理。

因此,《湘君》《湘夫人》无论从内容来看,还是从结构上来看,都说明它原本是一篇。从内容上说,它写的只是湘夫人一人的活动,描写的是一个爱情悲剧故事——湘夫人的相思痛苦、失恋的遭遇及其心理波折。从这一点看,正与《山鬼》相似。从诗歌的结构上说,它采用的是回环复沓的手法,不过在情节上有所递进。那么《湘君》《湘夫人》为什么又会分割为两篇呢?林庚说:"湘君湘夫人的故事虽是一篇,演出时可能是两幕,这或者正是造成了后来被割裂成两篇的缘故。"(《诗人屈原及其作品研究》)这一推测是极有启发的。

(一)

> 君不行兮夷犹,蹇谁留兮中洲?
> 美要眇兮宜修,沛吾乘兮桂舟。
> 令沅湘兮无波,使江水兮安流。
> 望夫君兮未来,吹参差兮谁思?
> 驾飞龙兮北征,邅吾道兮洞庭。
> 薜荔柏兮蕙绸,荪桡兮兰旌。
> 望涔阳兮极浦,横大江兮扬灵。
> 扬灵兮未极,女婵媛兮为余太息。
> 横流涕兮潺湲,隐思君兮陫侧。
> 桂櫂兮兰枻,斫冰兮积雪。
> 采薜荔兮水中,搴芙蓉兮木末。
> 心不同兮媒劳,恩不甚兮轻绝。
> 石濑兮浅浅,飞龙兮翩翩。
> 交不忠兮怨长,期不信兮告余以不闲。
> 朝骋骛兮江皋,夕弭节兮北渚。
> 鸟次兮屋上,水周兮堂下。
> 捐余玦兮江中,遗余佩兮醴浦。
> 采芳洲兮杜若,将以遗兮下女。
> 时不可兮再得,聊逍遥兮容与。

《湘君》《湘夫人》如前所述,实一诗而两章,诗中出现的主人公,仅湘水女神——湘夫人一人而已。全诗用湘夫人的口吻写成,写她对所爱的思慕、恋念、追求,以及遇合不偕的失望、愁情。这是一首表现赤诚的情思、执着的追求、深长的怨望,带有一定情节性的恋歌。它比起《九歌》中其他篇章,篇幅较长,感情的表达也更为充分。

《湘君》《湘夫人》作为同一故事之两章,前章主要写深切的思恋与寻求,后章则写寻求不遇后的迷惘,而构成全诗统一基调的是狂热的情思和辛酸的遭遇。

《湘君》一章,除尾声外约略可以分为三个层次:

从起始到"吹参差兮谁思",共八句主要写期待。诗一开始写湘夫人迎候湘君,而湘君却迟迟未来:"君不行兮夷犹,蹇谁留兮中洲?"点明湘夫人已等待了好久,而不见对方的到来,从而产生了一些疑虑。这是一种自思自忖,兀自默念的口气。在孤独而久久的等待中,她似乎已朦朦胧胧地感到了什么。"蹇谁留兮中洲?"相约而未能按时来到,难道是给谁绊住了脚,会故意爽约不成?但这只不过是在急于相会而未见对方到来时掠过心头的一点担心和疑虑的阴影。正是因为如此,她自己就作了排除,其原因是她对自己的美质是充分自信的。"美要眇兮宜修(笑)",她美目流盼,笑似花开,诱人的姿质连她自己都陶醉了。于是她乘着桂木之舟前去迎会湘君,希望能够在中途相遇。她令江水"无波""安流",这样会使她更顺利的前行,一路张望,一路寻觅,但君在哪里?"望夫君兮未来",她的心开始沉重了。于是她吹起排箫,一则排遣忧思,同时也有以声音传递信息召唤对方的意思。"谁思",即"思谁",我是在思念谁呢?这一问语看似无谓,实际表达着一股怨情,是表示我虽深情地思念着对方,但对方看来并未把我放在心上,我的痴情是为了谁呢?正是一种痴情加自怜的心理。

接着是不能自已的追寻。"驾飞龙兮北征"至"横大江兮扬灵"是说她在十分急迫的心情下,北出湘浦,转道洞庭,远望涔阳,横渡大江,其行踪几遍及可行的水域。但烟波浩渺,空无所获,从而使她身旁的侍女,也不禁为她的执着和徒劳而难过起来,"女婵媛兮为余太息",而她自己此刻也再忍不住眼泪,"横流涕兮潺湲",但也只有把相思的痛苦深埋心底,"隐思君兮陫侧",兀自悲伤而已。

对方的爽约,使她痛苦、失望,从而也陷入沉思,开始认识到她对对方的一片痴情不过是徒劳的,就像"采薜荔兮水中,搴芙蓉兮木末",薜荔本生于山间,却到水中去采;芙蓉生于水中,却到树梢去摘,岂能得到？这是对自己痴情的一种省悟，也是对自己错爱的自嘲。她省悟到"心不同兮媒劳，恩不甚兮轻绝"，在相爱中如果"心不同"、"恩不甚"，分手"轻绝"也就没有什么奇怪了。"交不忠兮怨长，期不信兮告余以不闲"。对方不忠于恩爱，不来相会，却假用"不闲"来推诿，正是经过冷静的思考，使她认识到自己实际上是受骗了。这时她不再寻找，于是拢船靠岸，"朝骋骛兮江皋，夕弭节兮北渚"，从朝至夕，在岸边兀自徘徊。黄昏中只见鸟栖屋顶，寒水绕堂（"鸟次兮屋上，水周兮堂下"），一片孤寂、愁人的景象。林云铭《楚辞灯》谓："绝望而行且归，杳不见神，惟凄寂之景现前矣。"眼前之景，实即失意者之情，与开始时热情的追寻相衬，正表现出主人公的一片落寞之感。

最后写她在极端失望中，索性将所佩带的玦、珮投入江中，以表决绝；将采集的香花随手赠予"下女"，以泄心中之怨愤。"时不可兮再得，聊逍遥兮容与"，表面上似已释然，但真正能够就此忘怀、决绝吗？在紧接的下章中，正表现并没有做到。

（二）

帝子降兮北渚，目眇眇兮愁予。
袅袅兮秋风，洞庭波兮木叶下。
登白薠兮骋望，与佳期兮夕张。
鸟何萃兮蘋中？罾何为兮木上？
沅有茝兮醴有兰，思公子兮未敢言。
荒忽兮远望，观流水兮潺湲。
麋何食兮庭中？蛟何为兮水裔？
朝驰余马兮江皋，夕济兮西澨。
闻佳人兮召予，将腾驾兮偕逝。
筑室兮水中，葺之兮荷盖。
荪壁兮紫坛，播芳椒兮成堂。
桂栋兮兰橑，辛夷楣兮药房。
罔薜荔兮为帷，擗蕙櫋兮既张。
白玉兮为镇，疏石兰兮为芳。
芷葺兮荷屋，缭之兮杜衡。
合百草兮实庭，建芳馨兮庑门。

> 九嶷缤兮并迎,灵之来兮如云。
> 捐余袂兮江中,遗余褋兮醴浦。
> 搴汀洲兮杜若,将以遗兮远者。
> 时不可兮骤得,聊逍遥兮容与。

《湘君》《湘夫人》是写同一主人公、同一内容的两章,但侧重方面又有不同。前章主要是写恋爱女主人公湘夫人对所爱者的追寻,以及寻而不得的失望和哀怨;后章则主要写等待中的企盼,以及在企盼中所产生的幻想。正是通过对爱情心理的这种虚实相兼的描写,而成功地描写出一个苦恋者的感情历程,呈现给读者一个动人的爱情故事。

> 帝子降兮北渚,目眇眇兮愁予。
> 袅袅兮秋风,洞庭波兮木叶下。

"北渚",即前章"夕次兮北渚"的"北渚"。诗中写经过怀着急迫心情从朝至暮的追寻,并未见到所爱,这虽使她十分失望,但对一个痴情者来说,却又很难心甘。于是她开始苦苦地等待。在秋风落叶的湖边,她极目远望,也不知伫立了多久。她本来是为"佳期"相会做了充分准备的,"与佳期兮夕张",但一切都事与愿违。期盼而遭到失望,钟情而受到冷落,忠贞而蒙受欺骗,这眼前的一切不都错乱了吗?"鸟何萃兮蘋中?罾何为兮木上?""麋何食兮庭中?蛟何为兮水裔?"这与其说是对颠倒错乱现象的比喻,不如说是对女主人公在痛苦中目眢心迷的直接描写。

> 沅有茝兮醴有兰,思公子兮未敢言。
> 荒忽兮远望,观流水兮潺湲。

一片芳心倾注,无限相思,但又那样难以启齿倾吐,这位女神似乎也像世间凡俗的少女一样,在爱情的表白上显得那样娇羞。朱熹说:"盖曰沅则有茝矣,醴则有兰矣,何我之思公子,而独未敢言耶?思之之切,至于荒忽而起望,则又但见流水之潺湲而已。其起兴之例,正犹越人之歌,所谓'山有木兮木有枝,心悦君兮君不知'。"(《楚辞集注》)林云铭《楚辞灯》云:"开篇'袅袅兮秋风'二句,是写景之妙,'沅有茝'二句是写情之妙,其中皆有情景相生,意中会得口中说不得之妙。"

在漫长的等待之后,她焦虑起来,又心神无着地开始在江边往来奔驰,希图相遇相会,"朝驰余马兮江皋,夕济兮西澨"。这时,她仿佛突然听到"佳人"对她的召唤,将约她同往同欢。但这从后文来看并非是真实的,只不过是一个痴情者的幻觉。这正如清钱澄之所说:"闻佳人召者,妄想生妄听也。腾驾偕逝,言随召者飞腾而去,喜极欲速至也。未至之时,便思从神久居,作许多布置,空中楼阁何所不极。"(《庄屈合诂》)但就在此幻觉之下,为迎接佳人的到来,她在水中筑起了新房;用荷叶做屋顶,用香草紫贝修砌墙壁铺垫庭院,厅堂中撒满香椒,用桂木做梁,木兰为椽,辛夷木的门楣用白芷花做装饰,薜荔枝叶编成帷帐,蕙草做隔扇,用白玉镇席,把石兰花散布到各处散发芳香……总之无不精美绝伦。另外,还想象有九嶷山的众神,前来迎接簇拥她进入洞房。对新居的精心构筑,反映着居于秀美山(洞庭山)水(湘水)之间的女神所特有的审美趣味,也正表达了她对爱情的珍视。宾至如云的场面,更表现了她所强烈向往的幸福感。由于对恋人的思恋心切而产生幻觉,这一虚幻之景的出现,正说明对所爱者的无以复加的强烈感情。

但因痴生幻,毕竟是幻;当她从这梦幻的美景惊醒时,重又堕入到失望的深渊,从而又出现了与前篇相仿佛的决绝之词。而前后两篇回环复沓的尾声,正是这一爱情悲剧故事的基调,读后令人对这位美丽而多情的女神的不幸遭遇,感到不平,而唏嘘不已。

《山鬼》

本篇写山中女神的爱情故事。因它未称"神"或用其他尊称如"君""伯"之类,而称"山鬼",故往往使人联想到精灵鬼怪,以至人之鬼魂方面去。实际古代鬼、神二字义通,故亦常常连用,如《论语》"敬鬼神而远之"(《雍也》)、《吕氏春秋》"使上帝鬼神伤民之命"(《顺民》)等,故"山鬼"也就是"山神",与《九歌》中的云、日、水神一样,均属自然神。

本篇诗的内容,与二《湘》诗一样,写的是一桩爱情故事。古、今都曾有人认为诗中所写的山中女神或者就是传说中的巫山神女瑶姬,如清代顾成天《楚辞九歌解》说:"楚襄王游云梦,一妇人名曰瑶姬。通篇(按即指《山鬼》篇)辞意,似指此事。"今人郭沫若根据诗中"采三秀兮於山间"句,认为"於""巫"古音通转,亦认为"於山"即巫山,山鬼即宋玉《高唐赋》中所写的巫山女神。因文献不足,此也只能略备一说。但从《山鬼》一诗所写的内容看,她倾慕爱情,追寻配偶,可知必包含着一桩动人的爱情故事,只是完整的情节已不能详知了。诗中所着重描写的,只是一个感人的片段,即女神赴约不遇,失恋后悲哀的情景。全诗以抒情为主,兼有一定的情景描写和情节进展,特别是比较细致地刻画了人物的心理,把一个多情女子在追求爱情时的那种一往情深和自信,以及在爱情受挫时的那种特有的心理波折和苦恼,都刻画得淋漓尽致,十分感人。

> 若有人兮山之阿,被薜荔兮带女萝。
> 既含睇兮又宜笑,子慕予兮善窈窕。
> 乘赤豹兮从文狸,辛夷车兮结桂旗。
> 被石兰兮带杜衡,折芳馨兮遗所思。
> 余处幽篁兮终不见天,路险难兮独后来。
> 表独立兮山之上,云容容兮而在下。
> 杳冥冥兮羌昼晦,东风飘兮神灵雨。
> 留灵修兮憺忘归,岁既晏兮孰华予!
> 采三秀兮於山间,石磊磊兮葛蔓蔓。
> 怨公子兮怅忘归,君思我兮不得闲。
> 山中人兮芳杜若,饮石泉兮荫松柏。
> 君思我兮然疑作。
> 雷填填兮雨冥冥,猿啾啾兮狖夜鸣。
> 风飒飒兮木萧萧,思公子兮徒离忧。

山鬼即山中之神,诗中写的是一位山中女神的爱情故事。楚国地处大江南北,山川秀丽,在原始宗教的幻化和屈原天才的艺术加工下,这位山中的精灵,既是自然美的化身,又是人间一位多情少女的化身。她空灵缥缈,仪态万方,同时又多愁善感,有着贞洁的品格和无限丰富的内心世界。在《九歌》所描写的诸多神祇中,她是塑造得最美的一位女神的艺术形象。

本诗是一篇言情之作,因此流贯全诗的是一股强烈深厚的恋情。而这故事本身又是悲剧性的,即一个多情女子追求爱情而不得,受到抛弃,从而这一恋情又成为苦恋。从希望到失望,从无限幸福的憧憬到落入痛苦的深渊,这就是贯穿于全诗的主旋律,是诗中所着意表现的全过程。

诗是按照女主人公的出场赴约、等待相会和久候不至而陷入失望痛苦这样三个层次来写的。

首先写山中女神的出场：在幽静的山谷里，仿佛有个人影（"若有人"）出现了，她用山中的芳草打扮自己，以薜荔为衣，女萝为带，显得既美丽，又芳洁。而她的面容和仪态更为秀丽可爱，两目含情，笑脸盈盈，体态窈窕，充满着少女的情思和青春的朝气。她此时正满怀自信，"子慕予兮善窈窕"，想到如果恋人这时看到自己，真不知会怎样的爱慕和倾倒。接着用"乘赤豹兮"两句写她的威仪：火红的赤豹驾车，斑彩的狸兽随后，辛夷木制的香车，桂枝结成的锦旗，威严华美，气势凛然，正是深山女神所特有的神韵风采。她虽是位深山独处的女神，却与凡间女子一样爱美而多情，"被石兰兮带杜衡，折芳馨兮遗所思"，她一再用香花、美草打扮自己，把自己装饰得华美照人，同时还没有忘记折取一些香花芳草，送给即将会面的情人。"余处幽篁兮终不见天，路险难兮独后来。"这两句是写她在赴约时急匆匆赶路中的心理活动。她殷望与久思的情人早点会面，但路险难行，于是她不由得埋怨起自己的居处来。她住在深山幽谷之中，每次出来要穿过遮天蔽日的山林，越过艰难险阻的峡谷，是多么的不易！同时，更使她忐忑不安的是，她的迟来会让对方久等，从而感到抱愧、内疚；也许还使她担心由此会引起对方有所不快和误解。这种复杂的心理正表现出一个热恋中的女子所特有的衷情。

第二层则接着写女神来到约会的地点，而未见爱人到来时的焦虑情景。女子手持打算送给情人的香花，从不见天日的丛林幽谷中赶来，却不见所思，于是她登上山巅，居高远望，急切地盼望情人的到来。"表独立兮山之上，云容容兮而在下"，她像一座雕像一般一动不动地伫立在山巅，脚下是一片变幻不定的茫茫云海。这时的天气，也正如她的心情，逐渐阴沉沉起来。弥漫的浓云，遮住天光，白昼如晦；阵阵的东风，夹着雨点，向她身上飘洒下来。在这凄风苦雨中，更增加了她的美人迟暮之感。"留灵修兮憺忘归，岁既晏兮孰华予"，她憧憬着长久的幸福，想到这次相会，定不能再离开了，她将更加倍地体贴对方，使对方感到安乐，永不离去；因为她已感到年华易逝，青春难再了。

虽然女神的意中人仍没有来，但对幸福的憧憬和对对方的一片痴情,却使她想不到,或者虽然已经想到但又本能地加以抗拒的现实——对方已经忘记了她,她被抛弃了。"采三秀兮於山间,石磊磊兮葛蔓蔓",她徘徊于山石磊磊葛藤蔓蔓的山间,用采撷稀有难寻的仙草("三秀"即灵芝草)来消磨时光,继续等待。"怨公子兮怅忘归,君思我兮不得闲",她开始埋怨公子,感到怅然若失,但她仍不愿离开。她相信对方是思念她、爱她的,只是由于"不得闲"而未能即刻到来相会。正是在这样的自我宽慰之下,她仍然苦苦地等待。她采芳、饮泉,孤独地栖息于松柏之下,时光在流逝,但爱人始终没有来到。任何开脱的所谓理由都站不住脚了,"君思我兮然疑作",对于对方的爱情她怀疑了,一种使她难以承担的痛苦顷刻向她袭压过来。

夜幕降临了,雷声滚滚,大雨滂沱,猿声凄厉,落木萧萧,女神的一片痴情得到了不应有的回报,"思公子兮徒离忧",她感到不平,感到孤寂无告,从而陷入极度哀伤忧愤之中。

《九歌》中的诗篇是神话体裁的作品,所谓山川等自然之神,不过反映着人们对自然界中某些自然物特征的认识和艺术概括。山鬼,作为一个山中女神,她犷野中带着娟秀,正反映着我国南方山林的特征,是作者所感受到的自然美的性格化。同时我们在这位山中女神身上,从她的情感、心理和身世遭遇方面,又可以感受到人间的浓厚生活气息,感觉到她正是人世间一个性格高洁、美丽多情的女子的形象。因此,诗中的女主人公——山鬼这一形象,正具有自然美和社会美的双重特征,是一个有着丰富内含的浪漫主义艺术形象。

《国殇》

《国殇》是楚辞《九歌》的最后一篇。《礼魂》系《国殇》"乱辞",也是屈原写作《九歌》组诗的目的之所系。

《国殇》诗的内容是颂悼为国捐躯的死难将士,而对于"国殇"两字的字义,又有不同的解释。如"殇"字,洪兴祖《楚辞补注》引《小尔雅》:"无主之鬼谓之殇。"《说文》又谓指未成年者:"殇,不成人也。人年十九至十六死为长殇,十五至十二死为中殇,十一至八岁死为下殇。"又《国语·楚语上》:"余左执鬼中,右执殇宫。"韦昭注云:"夭死曰殇。殇宫,殇之居也。"清戴震《屈原赋注》又总其义说:"殇之义二:男女未冠(二十岁)笄(十五岁)而死者,谓之殇;在外而死者,谓之殇,殇之言伤也。"其所指第二义"在外而死者",实际与《小尔雅》所谓"无主之鬼"义同。此外,还有"强死"之说。《左传·文公十年》:"三君皆将强死。"孔疏:"强,健也,无病而死,谓被杀也。"故又有"强鬼""强死鬼"的称谓,如《礼记·郊特牲》:"乡人裼(同"殇"字),孔子朝服立于阼,存室神也。"郑注云:"裼,强鬼也。"又《世本》:"微作裼。"注云:"微者,殷王八世孙也。裼,强死鬼也。"统上诸说,实际上可以概言之,即"殇"是指非善终者。具体到本篇诗来说,"殇",即指战死者而言。"国殇",即死于国事者。

> 操吴戈兮被犀甲,车错毂兮短兵接。
> 旌蔽日兮敌若云,矢交坠兮士争先。
> 凌余阵兮躐余行,左骖殪兮右刃伤。
> 霾两轮兮絷四马,援玉枹兮击鸣鼓。
> 天时坠兮威灵怒,严杀尽兮弃原野。
> 出不入兮往不反,平原忽兮路超远。
> 带长剑兮挟秦弓,首身离兮心不惩。
> 诚既勇兮又以武,终刚强兮不可凌。
> 身既死兮神以灵,魂魄毅兮为鬼雄。

《九歌》组诗以祭享主神"东皇太一"(楚上帝)为开端,中间描写了既娱神又娱人的一系列天神、地祇的故事,以神话题材演绎了传说中的神界——实际上是人界——的各种悲欢离合的场景,最后直接落实到现实中来,原来这一切是为了祭祷国魂——那些刚强无畏、视死如归、勇往直前、宁死不屈的楚国卫国将士。

《国殇》是《九歌》这组诗的高潮,也是这场祭礼的目的所在。它以激越的感情,壮烈的战斗场面描写,歌颂了死于国难的楚国将士们的英雄气概。"故三闾先叙其方战而勇,既死而武,死后而毅,极力描写,不但以慰死魂,亦以作士气,张国威也。"(林云铭《楚辞灯》)

诗歌一开始就描写一场残酷的战斗已进行到十分激烈的程度:

> 操吴戈兮披犀甲,车错毂兮短兵接。
> 旌蔽日兮敌若云,矢交坠兮士争先。

诗的开头写楚军的装备和威严,接着写激烈的战斗开始了,战车相摩,短兵相接,旌旗蔽空,敌若云屯。在箭如雨发的激战中,楚方的将士却冲锋陷阵,毫不气馁,争先恐后地与敌人搏斗。楚方是在众寡悬殊的形势下进行这场战争的,接着写了敌人的猛烈进攻和楚方的失利:"凌余阵兮躐余行,左骖殪兮右刃伤",战阵被敌人冲破踏乱,连主帅的车马也毁伤被困,但将士们却不肯后退一步,而是"援玉枹兮击鸣鼓",把战鼓擂得更响。直战得天怨神怒,弃尸遍野。"出不入兮往不反,平原忽兮路超远。带长剑兮挟秦弓,首身离兮心不惩。"以视死如归的决心,与敌人奋战到底,至死不放下武器,虽身首异处也不屈服。真所谓"伤心惨目之言,俱带锐气"(《楚辞评林》引金蟠语),"极叙其忠厚节义之志,闻之足以壮浩然之气"(汪瑗《楚辞集解》)。

全诗的结尾,诗人以极大的敬意礼赞了这些武勇刚强、为国捐躯的英雄:

诚既勇兮又以武,终刚强兮不可凌。
身既死兮神以灵,魂魄毅兮为鬼雄。

这虽是一次失利的战争,但写得激昂壮烈,正气凛然,充满了爱国主义、英雄主义精神;诗中为爱国者树立了英雄群像,读来令人敬仰,激人心志。前人谓:"此篇凄楚敢决,字字悲壮,如闻胡笳声,令人泣下,亦令人起舞。"(周拱辰《离骚草木史》)

《礼魂》

《礼魂》位于《九歌》组诗的最后,内容简短,但多认为亦为独立的一篇。而对其所祭祀的对象和性质也有不同的理解。如有的认为它与《九歌》其他各篇一样,也有主祀之对象,但是祭的是人,而不是神。至于是怎样的人,又有不同推测,宋洪兴祖《楚辞补注》谓"以礼善终者",即一般的老死者。林云铭《楚辞灯》更进一步具体化谓"考终于家,得成其敛殡之礼",即子孙对其祖考的祭奠。也有人认为是对乡先贤的祭奠,"盖有礼法之士,如先贤之类"(蒋骥《山带阁注楚辞》),"今乡贤名宦之类"(胡文英《屈骚指掌》)。这些说法既无诗歌内证亦无任何旁证,纯属臆测之辞。

其次,则是"乱辞"说,即认为《国殇》并无单独祀主,乃是前十篇通用的"乱辞",如汪瑗《楚辞集解》称:"礼魂者,谓以礼而祭其神也,即首章'成礼'之礼。盖此篇乃前十篇之乱辞,故总以'礼魂'题之。前十篇祭神之时,歌以侑觞,而每篇歌后,当读以此歌也。"王夫之《楚辞通论》在此基础上,则提出《国殇》为"送神曲"之说:"凡前十章,皆以其所祀之神而歌之。此章乃前十祀之所通用,而言终古无绝,则送神之曲也。"这一说法不认为"礼魂"有单独的祀主,比较符合原诗的内容,又从古代祭礼乐章的结构出发,来判定它的性质,故取得了多数人的信从,至今有广泛影响。

但此一说法也有难以说通的地方,那就是强把礼"魂"说成礼"神"。故林庚驳论说:"按古人所谓'魂'是生于人身的,所以人死了就变成了游魂,魂既是生于人的,似乎就不能等于神,何况《九歌》里所祀的东皇太一(天神)、东君(日神)、云中君(云神)等都是自然的化身,既无死生,又如何能称之为魂?所以'礼魂'等于'礼神'在字义上是不恰当的。"又说:"按《九歌》的次序,《礼魂》就正在《国殇》之后,《国殇》末后一句说:'魂魄毅兮为鬼雄',这正是《九歌》里惟一一处提到'魂'的,而下面紧接着就是《礼魂》,然则《礼魂》岂不正就是《国殇》的'乱辞'吗?不过这所礼之魂不是'善终者',而是'英勇的为国战死者'。也正因为这种精神可以永垂不朽,所以才说:'春兰兮秋菊,长无绝兮终古!'"(《说〈国殇〉》)如果我们再证之以屈原《九歌》的作意,应该说,《礼魂》确为《国殇》之乱辞,是无疑的。

　　　　　　成礼兮会鼓,传芭兮代舞,
　　　　　　姱女倡兮容与。
　　　　春兰兮秋菊,长无绝兮终古!

《礼魂》承《国殇》而作,是《国殇》之乱辞,亦是祭礼告成之曲。它描写礼成时百乐齐奏,群巫狂舞的场面,表达对美好未来的憧憬和绵延无绝进行祭祀的愿望。只短短五句话,二十七个字,便把当时的热闹气氛和人们虔诚的心愿完全表达出来了。刚一宣告礼成,鼓声汇然而起,众女子手持鲜花,相互传递,并轮番起舞。同时,歌声婉转,悠扬不绝。其热闹的气氛,五彩缤纷的场面,令人宛如目睹。结尾两句用春兰、秋菊来形容季节岁月的更替,兼寓时光的美好以至心愿的洁诚,再用"长""无绝""终古"三个近义词,一层深一层,组成一句,强调地写出一种虔诚和期望的感情。《九歌》的语言,以情味悠深见长。它往往十分单纯自然,而又非常优美和极富含蕴,令人有读之不尽,味之无穷之感。短章《礼魂》一诗,正充分体现了这一点。

后 记

　　这是一部供大学文科使用的中国古代文学专题课教材。《诗经》与"楚辞"同产生于先秦时代，不仅是我国文学伟大、辉煌的开端，同时它们又各以其不同的思想、艺术成就和鲜明的特色，对后世文学分别起着重大影响，构成了中国古代文学史上的两大传统，即所谓"诗""骚"传统。现加以合编讲授，既可以对《诗经》和《楚辞》这两部伟大著作有较为全面、专门的了解；同时在两相对照中，更可以对中国文学的渊源和两种不同的创作方法和优良传统的形成和发展，取得进一步的认识。

　　本书由褚斌杰主编，具体执笔撰写者如下：

　　上编《诗经》部分第一、二、三、四、五章由鲁洪生撰写；第六、七、八、九、十、十一章由赵敏俐撰写。下编"楚辞"部分由褚斌杰撰写；"绪论"则由褚斌杰、章必功撰写。

　　本书作为一部具有专题研究性的教材，在尽力吸纳学术界研究成果的同时，并于总结的基础上致力于某些学术问题的新探讨。由于受水平和时间所限，或有失当、疏误之处，尚祈专家、读者批评指正。

褚斌杰
2002.10.8